MULHERES
DE
TROIA

The Women of Troy
Copyright © Pat Barker, 2021

Tradução © 2022 by Book One
Todos os direitos de tradução reservados e protegidos pela Lei
9.610 de 19/02/1998. Nenhuma parte desta publicação, sem
autorização prévia por escrito da editora, poderá ser reproduzi-
da ou transmitida sejam quais forem os meios empregados: ele-
trônicos, mecânicos, fotográficos, gravação ou quaisquer outros.

Tradução	*Lina Machado*
Preparação	*Letícia Nakamura*
Revisão	*Tássia Carvalho*
	Tainá Fabrin
Arte, projeto gráfico, adaptação de capa e diagramação	*Francine C. Silva*
Tipografia	*Adobe Garamond Pro*
Impressão	*Ipsis*

Dados Internacionais de Catalogação na Publicação (CIP)
Angélica Ilacqua CRB-8/7057

B237m   Barker, Pat
          Mulheres de Troia / Pat Barker; tradução de Lina Machado.
          – São Paulo: Excelsior, 2022.
          272 p.
          ISBN 978-65-87435-81-7
          Título original: The Women of Troy
          1. Ficção inglesa 2. Mitologia grega 3. Tróia, Guerra de I.
          Título II. Machado, Lina

22-2812   CDD 823

MULHERES DE TROIA

EXCELSIOR
BOOK ONE
São Paulo
2022

PAT BARKER

1

Dentro das entranhas do cavalo: calor, escuridão, suor, medo. Eles estão amontoados, tão apertados quanto azeitonas em um pote. Ele odeia esse contato com outros corpos. Sempre odiou. Mesmo o corpo humano limpo e perfumado o faz querer vomitar; e esses homens fedem. Seria melhor se ficassem parados, mas não ficam. Cada homem se remexe de um lado para outro, tentando conseguir um pouco mais de espaço para os ombros, todos embolados e se contorcendo como vermes na bosta de um cavalo.

Vermes vermelhos.

As palavras o fazem mergulhar em uma espiral; caindo, caindo, rumo ao passado, diretamente de volta à casa do avô. Quando menino – o que *alguns* parecem pensar que ele ainda é –, costumava ir até os estábulos todas as manhãs, correndo ao longo do caminho entre as sebes altas, a respiração condensando o ar, cada graveto nu cintilando à luz avermelhada. Virando a curva, deparava-se com o pobre e velho Rufo parado perto do portão do primeiro piquete, apoiado nele, na verdade. Ele tinha aprendido a montar em Rufo; quase todos tinham, porque Rufo era um cavalo excepcionalmente calmo. Brincavam dizendo que, se a pessoa começasse a cair, ele estenderia uma pata e a empurraria de volta. Todas as suas lembranças de aprender a montar eram felizes, então ele coçou Rufo com vontade em todos os lugares nos quais ele não conseguia alcançar, depois soprou em suas narinas, suas respirações se misturando para produzir um som quente e abafado. O som da segurança.

Deuses, ele amava aquele cavalo, mais do que a própria mãe, mais até do que sua ama que, de qualquer maneira, fora-lhe afastada assim que ele completara sete anos. Rufo. Até o nome havia formado um vínculo: Rufo; Pirro. Ambos os nomes significam "vermelho"; e lá estavam eles, os dois, espetacularmente ruivos, embora fosse verdade que, no caso de Rufo, a cor fosse mais castanha do que avermelhada. Quando era um cavalo jovem, seu pelo costumava brilhar como as primeiras castanhas no outono, mas é claro que estava mais velho no momento. E doente. Ainda no inverno passado, um cavalariço comentara: "*Ele* está um pouco ossudo". E, a cada mês, desde então, ele perdera peso; os ossos pélvicos projetando-se, os ombros formando pontas afiadas: estava ficando com aparência esquelética. Nem mesmo a grama exuberante do verão o havia engordado. Um dia, vendo um cavalariço remover uma pilha de excrementos soltos, Pirro perguntou:

– Por que está desse jeito?

– Vermes vermelhos – disse o homem. – O pobre velhote está cheio deles. *Vermes vermelhos.*

E essas palavras o levam de volta ao inferno.

No início, eles têm permissão para acender velas de junco, embora com a severa advertência de que teriam de ser apagadas no instante que o cavalo começasse a se mover. Luzes frágeis e bruxuleantes, mas sem elas o manto de escuridão e o medo o teriam sufocado. Ah, sim, medo. Ele negaria se pudesse, mas está aqui, sem sombra de dúvida, na secura de sua boca e no afrouxamento de seus intestinos. Ele tenta fazer uma prece, mas nenhum deus o escuta, então ele fecha os olhos e pensa: *Pai.* A palavra lhe parece estranha, como uma espada nova antes de os dedos se acostumarem ao cabo. Alguma vez vira o pai? Se tivesse visto, era um bebê na época, jovem demais para se lembrar do encontro mais importante de sua vida. Em vez disso, ele tenta *Aquiles*, e de fato é mais fácil, mais confortável, usar o nome que qualquer homem no exército pode usar.

Ele olha ao longo da fileira de homens à sua frente, vendo cada rosto iluminado por baixo, pequenas chamas dançando em seus olhos. Esses homens lutaram ao lado de seu pai. Lá está Odisseu: moreno, magro, parecido com um furão, o arquiteto de toda a empreitada. Ele projetou o cavalo, supervisionou sua construção, capturou e torturou um príncipe troiano para obter detalhes a respeito das defesas da cidade e, por fim, inventou a história que deveria fazê-los atravessar os portões. Se a estratégia falhar, todos os principais guerreiros do exército grego morrerão em uma única noite. Como se suporta o peso de uma responsabilidade dessas? No entanto, Odisseu não parece nem um pouco preocupado. Sem querer, Pirro cruza o olhar com o dele e Odisseu sorri. Ah, sim, ele sorri, parece amigável, mas o que de fato está pensando? Será que deseja que Aquiles estivesse aqui, em vez daquele moleque inútil, seu filho? Bem, se deseja, está certo, Aquiles deveria estar aqui. *Ele* não estaria com medo.

Olhando mais adiante na fileira, ele vislumbra Álcimo e Automedonte sentados lado a lado: outrora os principais assessores de Aquiles, agora seus. Só que não é bem assim. *Eles* estão no controle, estiveram desde o momento em que ele chegara – apoiando um comandante inexperiente, encobrindo seus erros, sempre tentando fazê-lo ficar bem aos olhos dos homens. Bem, neste dia, ou melhor nesta noite, tudo isso vai mudar. Depois desta noite, ele vai olhar nos olhos dos homens que lutaram ao lado de Aquiles e não verá nada além de respeito, respeito por suas conquistas em Troia. Ah, é claro que ele não vai se gabar, provavelmente nem vai mencionar. Não, porque não precisará, todos saberão; eles sempre sabem. Ele vê esses homens observando-o às vezes, duvidando dele. Bem, não depois desta noite… Esta noite, ele vai…

Ah, deuses, que vontade ele tem de cagar. Endireita-se na tentativa de ignorar o aperto em seu ventre. Quando eles entraram no cavalo, houve muitas piadas sobre onde colocar os baldes de latrina. "No traseiro", disse Odisseu, "onde mais?". Isso produziu uma explosão de risos à custa dos que estavam sentados nos fundos. Ninguém usara os baldes ainda, e ele está desesperado para não ser o primeiro. Todos vão prender os narizes e abanar o ar. Não é justo, não é *justo*. Ele devia estar pensando em coisas importantes, a guerra terminando esta noite em um momento de glória – para *ele*. Treinara para isso durante anos, desde que tinha idade suficiente para erguer uma espada. Até mesmo antes, com cinco, seis anos, lutava com varas afiadas, não havia momento em que não estivesse lutando, esmurrando sua ama sempre que ela tentava acalmá-lo. E agora acontecia, finalmente acontecia, e tudo em que ele consegue pensar é: *E se eu me cagar?*

O aperto parece diminuir um pouco. Talvez fique tudo bem.

Está muito silencioso lá fora. Por dias, houve o barulho de navios em carregamento, o cantar de homens, o rufar de tambores, rombos bramindo, sacerdotes entoando cânticos; tudo tão alto quanto possível para que os troianos ouvissem. Eles precisam acreditar que os gregos estão realmente partindo. Nada deve ser deixado dentro das cabanas, porque a primeira atitude que tomarão é enviar grupos de reconhecimento à praia a fim de verificar se o acampamento foi de fato abandonado. Não basta remover homens e armas. Mulheres, cavalos, mobília, gado: tudo tem de ir.

Dentro do cavalo, agora, há um murmúrio crescente de inquietação. Eles não gostam desse silêncio; parece que foram abandonados. Virando-se no banco, Pirro espia por um espaço entre duas tábuas, mas não consegue ver droga nenhuma.

– Que porra está acontecendo? – Alguém pergunta.

– Não se preocupe – disse Odisseu –, eles vão voltar.

De fato, poucos minutos depois, ouvem passos vindo em sua direção na praia, seguidos por um grito: "Todos bem aí?". Um ronco em resposta. Então, após o que parecem horas, embora provavelmente tenham sido meros minutos, o cavalo dá um solavanco para a frente. No mesmo momento, Odisseu levanta a mão e, uma a uma, as velas se apagam.

Pirro fecha os olhos e imagina as costas suadas dos homens fazendo esforço enquanto se dedicam à tarefa de transportar esse monstro pelo solo esburacado até Troia. Dispõem de roletes para ajudar, mas mesmo assim leva muito tempo; a terra está esburacada e marcada pelos dez longos anos de guerra. Sabem que se aproximam quando os sacerdotes começam a entoar um hino em louvor a Atena, guardiã das cidades. Guardiã das cidades? É uma piada? Vamos torcer para que ela não esteja guardando *esta* cidade. Por fim, a oscilação termina e os homens dentro da barriga do cavalo se viram para encarar uns aos outros, seus rostos não mais do que borrões pálidos sob a luz fraca. É isso? Chegaram? Outro hino a Atena, e assim, após três gritos finais em homenagem à deusa, os homens que arrastaram o cavalo até os portões de Troia partem.

Suas vozes, ainda entoando hinos e orações, se esvaem em silêncio. Alguém sussurra:

– E agora?

E Odisseu responde:

– Esperamos.

MULHERES DE TROIA

Um cantil feito de couro de bode contendo vinho diluído passa de mão em mão, embora eles não ousem fazer mais do que umedecer os lábios. Os baldes já estão mais de dois terços cheios e, como disse Odisseu, um cavalo de madeira que começasse a mijar levantaria suspeitas. Está quente ali dentro; o lugar cheira a resina de toras de pinheiro recém-cortadas; e algo muito estranho passou a acontecer, porque ele sente o gosto da resina e o cheiro do calor. Suas narinas parecem queimadas. E ele não é o único a sofrer. Macaão pinga de suor, ele é muito mais pesado do que os homens mais jovens, que são tão esguios quanto os cães selvagens que mesmo naquele momento devem estar farejando às portas das cabanas vazias, ponderando aonde as pessoas foram. Pirro tenta imaginar o acampamento deserto: o salão no qual entrou pela primeira vez dez dias após a morte do pai, sentando-se na cadeira de Aquiles, apoiando as mãos nas cabeças entalhadas de leões da montanha, encaixando as pontas dos dedos em suas bocas abertas, como Aquiles deve ter feito, noite após noite; e, sentindo-se o tempo todo como um impostor, um garotinho que obteve permissão para ficar acordado até tarde. Se mirasse para baixo, suas pernas estariam balançando a trinta centímetros do chão.

Amanhã de manhã, talvez esteja morto, mas não adianta pensar assim; o dia predestinado de um homem chegará e não há nada que se possa fazer para adiar o momento. Pirro observa ao redor, notando a própria tensão refletida em todos os rostos. Até Odisseu começou a roer a unha do polegar. Os troianos já devem saber que os navios partiram, que o acampamento grego está de fato deserto, mas talvez não acreditem? Príamo governou Troia por cinquenta anos; ele é uma raposa velha demais para cair em um truque do tipo. O cavalo é uma armadilha, uma armadilha brilhante – *sim, mas quem está preso nela?*

Odisseu levanta a cabeça e ouve e, um segundo depois, todos ouvem: um murmúrio de vozes troianas, curiosas, nervosas. O que é isso? Por que isso? Os gregos desistiram mesmo e voltaram para casa, deixando para trás esse presente impressionante?

– Impressionantemente inútil – alguém opina.

– Como pode dizer que é inútil se não sabe para que serve?

– Podemos não saber para que serve, mas sabemos uma coisa: não confie nos malditos gregos.

Um rugido de concordância.

– De qualquer modo, como sabemos que está vazio? Como sabemos que não há ninguém lá dentro?

Vozes passando da suspeita ao pânico.

– Taca fogo nisso.

– Sim, vamos, queime essa desgraça. Logo vai descobrir se há alguém dentro.

A ideia faz sucesso; logo todos bradam:

– Queime! Queime! Queime!

Pirro perscruta ao redor e distingue o medo em todos os rostos. Não, mais do que medo: terror. Ali estão homens valentes, a seleção dos melhores do exército grego, mas o homem que alega não ter medo do fogo é um mentiroso ou um tolo.

QUEIME! QUEIME! QUEIME!

Uma caixa de madeira abarrotada de homens vai se incendiar tal qual uma pira funerária coberta de gordura de porco. E o que os troianos farão quando ouvirem gritos? Vão correr e buscar baldes de água? Uma ova que vão; vão é assistir e rir. O exército retornará para encontrar apenas madeira carbonizada e os cadáveres de homens queimados, seus punhos erguidos e cerrados nas poses pugilísticas daqueles que morrem por causa do fogo. E acima deles, nas muralhas, os troianos esperam. Ele não é covarde, não mesmo, ele entrou neste maldito cavalo preparado para morrer, mas de jeito nenhum vai morrer como um porco assando no espeto. Melhor sair agora e *lutar...*

Já está quase de pé quando uma ponta de lança aparece entre as cabeças dos dois homens sentados à sua frente. Ele vê seus rostos sem expressão com o choque. No mesmo instante, todos começam a se arrastar mais para o fundo da barriga, o mais longe possível das laterais. Lá fora, uma mulher grita a plenos pulmões:

– É uma armadilha, não veem que é uma armadilha?

E então outra voz, de um homem. A voz é velha, mas não fraca, imbuída de muita autoridade. Só pode ser Príamo.

– Cassandra – diz ele. – Volte para casa agora, vá para casa.

Dentro do cavalo, os homens se viram com olhares acusadores para Odisseu, responsável pelo plano, mas ele apenas dá de ombros e ergue as mãos.

MULHERES DE TROIA

Outra explosão de gritos. Os guardas encontraram alguém se escondendo fora dos portões e agora ele está sendo arrastado diante de Príamo e forçado a ficar de joelhos. E então, finalmente, finalmente, Sínon se põe a falar, a voz vacilando no início, mas se fortalecendo conforme avança em sua história. Pirro olha de relance para Odisseu e vê seus lábios se movendo no ritmo das palavras de Sínon. Ele o treinou durante as últimas três semanas, os dois andando para cima e para baixo na arena por horas seguidas, ensaiando a história, tentando antecipar todas as perguntas que os troianos pudessem fazer.

Cada detalhe é tão convincente quanto possível; como os gregos acreditam que os deuses os abandonaram, em especial Atena, a quem ofenderam gravemente. O cavalo é uma oferenda votiva e deve ser levado de imediato ao seu templo. Mas não são os detalhes que importam. Na verdade, tudo depende da compreensão de Odisseu acerca do caráter de Príamo. Quando menino, com menos de sete anos, Príamo fora capturado em uma guerra e mantido como refém. Sem amigos e sozinho, forçado a viver em uma terra estrangeira, ele se voltou para os deuses em busca de conforto, em particular para Zeus Xênio, o deus que ordena generosidade para com estranhos. Sob o governo de Príamo, Troia sempre esteve disposta a acolher pessoas contra as quais os próprios compatriotas se voltaram. A história de Odisseu é calculada para comover Príamo, cada detalhe pensado para explorar sua fé e transformá-la em fraqueza. E, se o plano não funcionar, com certeza não será culpa de Sínon, porque ele está dando o melhor de si, sua voz subindo aos céus em um grande lamento de miséria.

– Por favor – repete. – Por favor, por favor, tenha piedade de mim, não me atrevo a ir para casa, serei morto se for para casa.

– Soltem-no – diz Príamo. E então, provavelmente dirigindo-se a Sínon: – bem-vindo a Troia.

Não muito depois, ouve-se o barulho de cordas laçando o pescoço do cavalo, que começa a se mover. Apenas alguns metros adiante, estremece parando, fica preso por vários minutos agonizantes, então sacoleja para a frente de novo. Pirro espia por uma fenda entre as tábuas, o ar noturno é inesperadamente frio em suas pálpebras, mas vê só uma muralha de pedra. Contudo, é suficiente para lhe informar que estão passando pelas portas Ceias, entrando em Troia. Eles se entreolham com olhos arregalados.

Calados. Lá fora, os troianos, homens, mulheres e crianças, cantam hinos de louvor a Atena, guardiã das cidades, enquanto arrastam o cavalo portões adentro. Há muita conversa animada entre os menininhos que "ajudam" os pais a puxar as cordas.

Enquanto isso, algo peculiar está acontecendo com Pirro. Talvez seja apenas sede ou o calor, que agora está pior do que antes, mas ele parece ver o cavalo de fora. Observa a cabeça no nível dos telhados de palácios e templos enquanto é puxado lentamente pelas ruas. É uma sensação estranha: estar trancado em total escuridão e ainda assim conseguir enxergar as ruas largas e praças abertas, as multidões de troianos animados circulando ao redor dos pés do cavalo. O chão está preto com eles. São como formigas que encontraram a crisálida de um inseto, vasta o bastante para alimentar seus filhotes por semanas, e a estão arrastando de volta para o formigueiro em triunfo, sem saber que, quando a pupa dura e brilhante se abrir, libertará a morte sobre todas elas.

Por fim, o cambalear e o balançar terminam. Naquele momento, todos dentro do cavalo se sentem nauseados. Mais orações, mais hinos; os troianos se aglomeram no templo de Atena a fim de agradecer à deusa pela vitória. E então começa a festa, cantoria, danças, bebedeira, mais bebedeira. Os guerreiros gregos escutam e aguardam. Pirro tenta encontrar espaço para esticar as pernas; ele tem cãibras na panturrilha direita, devido à desidratação e a ficar sentado por muito tempo na mesma posição comprimida. Estão mergulhados em uma escuridão mais profunda agora, sem luar que lançasse luz pelas frestas nas laterais do cavalo – uma noite sem lua foi escolhida para o ataque. De vez em quando, um bando de foliões bêbados passa cambaleando e suas tochas flamejantes lançam listras de tigre nos rostos dos homens que esperam lá dentro. A luz cintila em capacetes, couraças e nas lâminas de suas espadas desembainhadas. Ainda assim, eles esperam. Lá fora, bem longe na escuridão, os navios negros e pontudos criam sulcos brancos no mar cinzento e agitado enquanto a frota grega retorna. Ele imagina os navios entrando na baía, com as velas recolhidas à medida que os remadores assumem o controle e, em seguida, o ruído das quilhas nos seixos enquanto avançam com força rumo à terra.

Gradualmente, a cantoria e a gritaria cessam; os últimos bêbados se arrastaram para casa ou desmaiaram na sarjeta. E os guardas de Príamo?

MULHERES DE TROIA

Será que ficaram sóbrios, dado que a guerra acabou, dado que pensam saber que venceram e que não há mais ninguém contra quem lutar?

Por fim, a um aceno de Odisseu, quatro soldados na extremidade mais distante puxam travas e removem dois segmentos das laterais. O ar mais frio da noite entra; Pirro sente a pele formigar enquanto o suor evapora. E então, um por um, em fluxo constante, os homens descem as escadas de corda e se reúnem em um círculo no chão. Há um pouco de empurra--empurra na frente porque cada homem quer a honra de ser o primeiro a sair. Pirro não se importa com isso; é um dos primeiros, isso é suficiente. Quando seus pés tocam o chão, ele sente o choque subir por toda a sua coluna. Alguns batem os pés na tentativa de fazer a circulação voltar, porque a qualquer minuto terão de correr. Pirro pega a tocha de uma arandela na parede do templo e, sob o brilho da luz vermelha, vira-se e olha para trás enquanto os últimos soldados caem pesadamente no chão. O cavalo está cagando homens. Assim que todos saem, eles se viram e se encaram, com a mesma expressão semidesperta em todos os rostos. Estão *dentro*. Com vagarosidade, a compreensão o inunda: uma onda irrefreável. Então, nesse momento, ele está onde o pai nunca esteve, dentro das muralhas de Troia. Não há medo mais. Tudo está iluminado, tudo está claro. Adiante, na escuridão, estão os portões que eles precisam abrir para permitir a entrada do exército. Pirro aperta o punho da espada e sai correndo.

Uma hora depois, ele está na escadaria do palácio, no centro da batalha. Ao pegar o machado de um homem moribundo, abre caminho através da porta. A pressão de guerreiros subindo os degraus atrás de si torna difícil desferir um bom golpe, Pirro grita com eles para que recuem, para lhe dar espaço, e quatro ou cinco golpes depois há uma abertura larga o suficiente para passar; e depois disso fica fácil, tudo fica *fácil*. Precipitando-se pelo corredor, ele sente o sangue do pai pulsando em suas veias e grita em triunfo.

Na entrada da sala do trono há uma parede sólida de guardas troianos, os guerreiros gregos já lutando contra eles, mas ele se desvia para a direita, à procura da passagem secreta que leva da casa de Heitor – onde sua viúva, Andrômaca, agora mora sozinha com o filho –, para os apartamentos privados de Príamo. Essa é a informação que Odisseu torturou de seu príncipe capturado. Uma porta na parede, meio escondida por uma tela, conduz a uma passagem mal iluminada descendo bastante íngreme – com o cheiro frio de lugares em desuso e mofados –, e então um lance de escadas o leva rumo à luz brilhante da sala do trono, onde Príamo se encontra ante um altar, imóvel, esperando, como se toda a sua vida fosse uma preparação para esse momento. Estão sozinhos. Os sons de gregos e troianos guerreando do outro lado da parede parecem desaparecer.

Em silêncio, encaram-se. Príamo é velho, chocantemente velho e tão frágil que sua armadura o sobrecarrega. Pirro pigarreia, um som estranho de remorso naquela imensa quietude. O tempo parece ter parado e ele não sabe como fazê-lo voltar a correr. Ele se aproxima dos degraus do altar e anuncia o próprio nome, o que deve ser feito antes de lutar:

MULHERES DE TROIA

— Sou Pirro, filho de Aquiles.

De modo inacreditável, imperdoável, Príamo sorri e balança a cabeça. Furioso agora, Pirro posiciona um pé no degrau inferior e observa Príamo se preparar; porém, quando o velho por fim atira a lança, ela não consegue penetrar no escudo, apenas fica presa por um momento, tremendo, antes de cair no chão. Pirro cai na risada, e o próprio som o liberta. Ele avança escada acima, agarra um punhado do cabelo de Príamo, puxa a cabeça para trás para expor a garganta esquelética e...

E nada...

Durante a última hora, ele esteve em um estado de quase frenesi, os pés mal tocando o chão, a força vertendo sobre ele do céu; mas agora, quando esse frenesi é mais necessário, ele o sente se esvair de seus membros. Ergue o braço, mas a espada está pesada, pesada. Ao perceber fraqueza, Príamo se livra de seu aperto e tenta correr, mas tropeça e cai de cabeça escada abaixo. Pirro se lança sobre ele na hora, segurando a juba de cabelo prateado, e é isso, é isso, agora, *agora*, mas o cabelo é inesperadamente macio, quase como o de uma mulher, e aquele detalhe minúsculo e insignificante é suficiente para perturbá-lo. Ele golpeia a garganta do velho, erra — *que estúpido, que estúpido* —, parece um menino de dez anos tentando matar seu primeiro porco, golpeando, corte após corte e nenhum deles profundo o suficiente para matar. Com seu cabelo branco e pele pálida, Príamo parecia não ter uma gota de sangue; ah, mas ele tem, litros e litros, ele escorrega e desliza pelo chão. Por fim, Pirro consegue agarrar o velho patife, se ajoelha em seu peito ossudo e, mesmo assim, não consegue. Ele geme em desespero:

— Aquiles! Pai!

E, inacreditavelmente, Príamo o fita e sorri mais uma vez.

— Filho de Aquiles? — desdenha ele. — *Você?* Você não se parece em nada com ele.

Uma névoa vermelha de ira dá a Pirro a força para golpear de novo. Direto no pescoço dessa vez, sem erro. O sangue quente de Príamo jorra sobre seu punho cerrado. É isso. Acabou. Ele deixa o corpo escorregar para o chão. Em algum lugar, bem perto, uma mulher grita. Perplexo, ele olha em volta e vê um grupo de mulheres, algumas com bebês nos braços, agachadas do outro lado do altar. Bêbado de triunfo e alívio, corre em direção a elas com os braços bem abertos e grita, diretamente em seus rostos:

— BUUU!

E ri enquanto elas se amedrontam.

Mas uma garota se levanta e o encara de volta – olhos arregalados, o rosto como o de um sapo. Como ela ousa encará-lo? Por um momento, ele fica tentado a atacá-la, mas recua a tempo. Não há glória em matar uma mulher e, de qualquer maneira, ele está cansado, mais cansado do que já esteve na vida. Seu braço direito pende de seu ombro, tão sem vida quanto uma pá. O sangue de Príamo seca em sua pele, fedorento, com aquele odor de peixe, ferroso. Ele fica parado por um momento, contemplando o cadáver, e então, por impulso, o chuta. Não haverá enterro para Príamo, ele decide. Sem honrarias nem rituais fúnebres, sem dignidade na morte. Ele fará exatamente o que seu pai fez com Heitor: vai amarrar os tornozelos finos do velho ao eixo de sua biga e arrastá-lo de volta ao acampamento. Mas, primeiro, precisa se afastar de todos os gritos e soluços e, então, às cegas, tropeça por uma porta à sua direita.

Ali está escuro, fresco e silencioso; os gritos das mulheres soam mais baixos agora. À medida que seus olhos se acostumam com a penumbra, ele vê uma prateleira de vestes cerimoniais e, ao lado dela, uma cadeira com as vestes de um sacerdote penduradas sobre o encosto. Esse deve ser o aposento de vestir de Príamo. Parado perto da porta, ele escuta, sentindo a sala se encolher para longe de si, assim como as mulheres fizeram. Tudo está silencioso, vazio. Mas então, de repente, percebe um movimento no canto oposto. Alguém está se escondendo, ali nas sombras, ele pode entrever o contorno de uma forma. Uma mulher? Não, pelo vislumbre obtido, tem quase certeza de que era um homem. Afastando a arara de roupas, ele avança – e quase ri alto de alegria, de alívio, porque ali, bem à sua frente, está Aquiles. Não pode ser mais ninguém: a armadura brilhante, o cabelo esvoaçante – e é um sinal, um sinal de que ele finalmente foi aceito. Ele se avança com confiança, perscrutando a escuridão, e se depara com Aquiles vindo em sua direção, coberto de sangue; tudo vermelho, do capacete emplumado aos pés nas sandálias. Os cabelos vermelhos também, não laranja, não cor de cenoura, não, vermelhos como sangue ou fogo. No último momento, cara a cara, ele estende a mão, e seus dedos pegajosos encontram algo duro e frio.

Perto, agora, perto, quase perto o suficiente para um beijo.

– Pai – diz ele, enquanto sua respiração obscurece o bronze brilhante do espelho. – Pai. – E de novo, com menos confiança agora: – *Pai?*

3

Estamos indo
Estamos indo
Estamos indo pra casa!

Eu havia perdido a conta do número de vezes que escutara aquela canção – se é que se poderia chamá-la de canção – nos últimos dias. Grupos de homens cambaleando pelo acampamento – bêbados, com as bocas frouxas, os olhos embaçados –, berrando as palavras simples e repetitivas até que suas vozes ficassem roucas. A disciplina havia sido quase completamente abandonada. Por todo o acampamento, os reis lutavam para recuperar o controle de seus homens.

Atravessando a arena certa manhã, ouvi Odisseu gritar:

– Se não carregarem aquela porcaria de navio, não vão a lugar algum!

Ele saíra de seu salão e estava parado nos degraus da varanda, confrontando um grupo de vinte ou trinta homens. Era um sinal do estado de espírito geral que, mesmo ali, no próprio acampamento, ele carregava consigo uma lança. A maioria dos cantores começou a se afastar, mas então uma voz se elevou na multidão.

– É? E você, seu safado calculista? Não vejo *você* carregando muita coisa.

Era Térsites, é claro. Quem mais? Ele não tinha exatamente dado um passo à frente; foi mais o caso de os outros recuarem. Odisseu foi para cima do outro na hora, a lança erguida bem acima da cabeça. Usando a ponta sem lâmina como cassetete, ele atingiu Térsites várias vezes nos braços e ombros, e então, enquanto ele estava caído enroscado e gemendo no chão, desferiu vários golpes adicionais contra suas costelas antes de terminar com um chute na virilha.

Agarrando as bolas, Térsites se debatia de um lado ao outro, enquanto os outros homens se aglomeravam em volta, urrando de rir. Ele era conhecido como um agitador, um desbocado; se houvesse trabalho a ser distribuído, sempre encontrariam Térsites no final da fila. Ah, eles podiam sentir prazer pela empatia com relação aos seus desafios à autoridade, mas não amavam o homem, não o respeitavam. Então, deixaram-no jogado ali e se afastaram, talvez para carregar o navio, mas mais provavelmente para procurar mais bebida, uma vez que os cantis de couro de bode pendurados em seus ombros pareciam vazios. Metros adiante, puseram-se a cantar de novo, embora a cada repetição a música soasse mais e mais como um canto fúnebre.

Estamos indo
Estamos indo
Estamos indo pra casa!

A verdade? Ninguém estava indo para casa. Ninguém estava indo a lugar algum. Apenas quatro dias antes, estavam a uma hora da partida – alguns dos reis, incluindo Odisseu, já haviam embarcado –, mas então o vento mudou de direção de repente e começou a soprar quase com a força de uma tempestade vinda do mar. Seria preciso estar louco para deixar o abrigo da baía em tais condições. "Ah, não se preocupe", todos disseram. "Logo passa." Mas não havia passado. Dia após dia, hora após hora, o vento estranho soprava, e então, aqui estavam todos, os guerreiros gregos vitoriosos, presos; e as mulheres troianas cativas junto a eles, é claro.

Enquanto isso, havia Térsites. Inclinei-me sobre ele, tentando não recuar por causa do fedor que exalava de sua boca aberta. Doía-me pensar mal de um homem que acabara de chamar Odisseu de safado calculista na cara dele, mas de fato não havia muito o que gostar em Térsites. Mesmo assim, lá estava ele, ferido, e eu estava a caminho do hospital, então coloquei a mão sob seu braço e o ajudei a se levantar. Ele parou curvado por um momento, as mãos nos joelhos, antes de levantar a cabeça devagar.

– Eu conheço você – disse ele. – Briseida, não é? – Ele limpou o nariz ensanguentado nas costas da mão. – A puta de Aquiles.

MULHERES DE TROIA

— *Esposa* do senhor Álcimo.

— Sim, mas e esse pirralho que você está carregando? O que o *senhor* Álcimo pensa disso, hein? Prenha do bastardo de outro homem?

Dei-lhe as costas, consciente o tempo todo enquanto me afastava de que Amina me seguia. Será que ela sabia da história do meu casamento? Bem, se não sabia antes, agora com certeza sabia.

Dias antes de ser morto, Aquiles me concedera a Álcimo, explicando que Álcimo tinha jurado cuidar da criança que eu esperava. Eu não sabia de nada disso até a manhã em que aconteceu. Tirada da cama de Aquiles — um lençol manchado de sêmen ao redor dos meus ombros, migalhas de pão no cabelo, enjoada, cheirando a sexo —, casaram-me com Álcimo. Um casamento esquisito, embora perfeitamente legal, com um sacerdote para fazer as orações e unir nossas mãos com o fio escarlate. E, dando o devido crédito, Álcimo cumpriu sua palavra. Esta manhã mesmo, ele havia insistido que eu precisava ter uma mulher para me acompanhar sempre que eu deixasse o acampamento.

— Não é seguro — disse ele. — Precisa ter alguém com você.

Essa garota, Amina, foi o resultado.

Formávamos uma procissão ridícula: eu, uma respeitável mulher casada, coberta por véus, e Amina trotando alguns passos atrás. Tudo bobagem, é claro. O que me protegia das gangues de bêbados que rondavam o acampamento não era a presença de uma garota adolescente, mas a espada de Álcimo que, tal como antes, há apenas cinco meses, fora a espada de Aquiles. A única coisa, a *única* coisa que importava nesse acampamento era o poder, e isso significava, no fim das contas, o poder de matar.

Em geral, eu considerava agradável uma caminhada ao longo da praia, mas não naquele dia. O vento se tornara uma mão quente e úmida que empurrava para longe do mar, dizendo: *Não, você não pode ir para lá*. Eu digo "úmida", mas até o momento não chovera, embora uma nuvem em forma de bigorna se erguesse no céu acima da baía e, à noite, fosse possível ver relâmpagos no interior dela. Tudo sugeria que uma tempestade estava prestes a cair, mas ela nunca vinha. A luz, de um curioso marrom-aver-melhado, tornava cada parte de pele exposta um tom de bronze, até que as mãos e faces dos homens parecessem feitas do mesmo metal duro e inflexível de suas espadas.

Por trás das celebrações – bebedeiras, banquetes, danças –, eu percebia uma corrente de inquietação. Esse vento começava a afetar os nervos de todos, como um bebê irritado que simplesmente não dorme. Mesmo à noite, com todas as portas fechadas e trancadas, não havia como escapar. Rajadas se insinuavam em cada fenda, levantando tapetes, apagando velas, perseguindo você ao longo do corredor até seu quarto, até mesmo durante o sono. No meio da noite, você se pegaria acordado olhando para o teto, e todas as perguntas que conseguiu ignorar durante o dia se reuniam ao redor de sua cama.

O que o senhor Álcimo pensa disso, hein? Prenha do bastardo de outro homem?

Minha gravidez era de conhecimento público agora. A mudança parecia ter acontecido imperceptivelmente, como o prolongamento das noites. Noite após noite, não se percebe nenhuma diferença de fato até que de repente há uma friagem no ar e sabe-se que é outono. As atitudes das pessoas em relação a mim mudaram com o crescimento da minha barriga, e isso, por sua vez, tornou meus próprios sentimentos em relação à criança mais difíceis de lidar. Um bebê de Aquiles. Um *filho* de Aquiles, de acordo com os mirmídones, que aparentemente podiam enxergar dentro de meu ventre. Às vezes, eu tinha a sensação de que aquilo que carregava dentro de mim não era um bebê, mas o próprio Aquiles, em miniatura, reduzido ao tamanho de um homúnculo, mas ainda identificável como Aquiles; e totalmente armado.

Ao nos aproximarmos do portão do acampamento de Agamêmnon, olhei para baixo, acompanhando com determinação os movimentos dos meus pés – *dentro, fora; dentro, fora* – conforme apareciam e desapareciam sob a bainha da túnica. Fui tão infeliz nesse lugar, sempre tinha medo de voltar, mas lembrei a mim mesma que a vergonha de ser escrava nas cabanas de Agamêmnon, na cama de Agamêmnon, era coisa do passado. Eu era uma mulher livre; e assim, uma vez dentro do portão, levantei a cabeça e fitei ao redor.

Estávamos no pátio principal do acampamento. Quando eu morava lá, fora a praça de armas onde os homens se reuniam antes de marchar para a guerra; nesse momento, era ocupada por uma tenda de hospital, transferida de sua posição original e exposta na praia. Em seu novo local, a tenda parecia ainda mais surrada do que antes, sua lona coberta de manchas

MULHERES DE TROIA

verdes, com um cheiro nauseabundo devido ao seu longo armazenamento no porão de um navio. Essa foi uma das tendas nas quais os gregos viveram durante os primeiros meses da guerra, quando foram arrogantes o bastante para pensar que Troia seria derrotada com facilidade. Depois de seu primeiro inverno miserável sob a lona, eles derrubaram uma floresta inteira para construir suas cabanas.

Abaixei-me sob a aba aberta, parando por um momento enquanto meus olhos se ajustavam à penumbra esverdeada. Achei que ouvira todos os sons que o vento podia emitir, mas o estalido e o rugido da lona eram novos. Contudo, os cheiros eram os mesmos: sangue rançoso de uma cesta plena de ataduras usadas; um aroma intenso de ervas frescas: tomilho, alecrim, lavanda, louro. Quando trabalhei ali, a barraca estava tão superlotada que era preciso passar por cima de um paciente para alcançar o próximo. Agora, estava meio vazia: apenas duas fileiras de cinco ou seis camas de couro, a maior parte de seus ocupantes dormia, exceto por dois no canto mais distante que jogavam dados. Eram homens que haviam sido feridos no ataque final a Troia. Nenhum parecia gravemente ferido, exceto um no final da primeira fila, que parecia em péssimo estado. Questionei-me por que estava me preocupando em avaliá-los; nada disso era da minha conta agora.

Ritsa estava de pé ao lado do banco na outra ponta, enxugando as mãos no avental de saco grosso em volta da cintura. Sorriu quando me aproximei, mas notei que ela não correu para me encontrar, como costumava fazer.

— Bem — disse ela, quando a alcancei. — Olhe para *você*.

Ponderei o que havia de diferente em mim. Minha gravidez, que começava a aparecer, ou o bordado opulento em meu manto? Mas nada disso era bem uma novidade. Então entendi que ela devia estar se referindo a Amina, que me seguiu para dentro e pairava alguns metros atrás de mim.

— Quem é esta, então? Sua serva?

— *Não.* — Era importante deixar isso claro. — É que Álcimo não quer que eu ande pelo acampamento sozinha.

— Ele está certo. Nunca vi tantos bêbados. Entre, sente-se…

Ela pegou uma jarra de vinho e serviu três canecas. Após um momento de hesitação, e com um olhar em minha direção, Amina aceitou uma. Para minha irritação, ela estava se comportando exatamente como uma serva.

Sentei-me à mesa comprida e voltei-me para Ritsa.

– Como você está?

– Cansada.

É o que ela aparentava. Na verdade, parecia exausta, e eu não conseguia entender por quê, pois esses homens, além daquele com o ferimento na cabeça na primeira fileira, tinham todos ferimentos leves.

– Estou dormindo na cabana de Cassandra.

Isso explicava tudo. Lembrei-me de como Cassandra ficara frenética quando as mulheres troianas estavam à espera de sua divisão entre os reis; como ela agarrara tochas e as girara acima da cabeça, batendo os pés, gritando para todas virem dançar em seu casamento... Ela até tentou colocar a mãe de pé, forçando-a a dançar e bater os pés também.

– Ela está melhor?

Ritsa fez uma careta.

– Varia. As manhãs são muito boas; as noites são terríveis... Ela é obcecada pelo fogo, é incrível como põe as mãos nele, mas ela consegue... e todas as vezes, *eu* fico em maus lençóis, é culpa *minha*. Fico surpresa que ela não tenha incendiado o maldito lugar por completo. Não me atrevo a dormir... e depois tenho que trabalhar aqui o dia todo. Isto não é vida.

– Você precisa de alguém para ajudá-la.

– Bem, tem uma garota, mas ela é uma inútil. Não posso deixar Cassandra com ela.

– Eu poderia ficar com ela, para que você possa dormir um pouco.

– Não sei o que Macaão diria sobre isso.

– Poderíamos pedir. *Eu* poderia pedir.

Ela negou com a cabeça. Macaão era o médico-chefe do exército grego. Ele também era – o que era ainda mais relevante – o proprietário de Ritsa. Eu podia ver que ela estava relutante em me deixar abordá-lo, então tive de deixar para lá.

– Bom vinho – elogiei, para preencher o silêncio.

– É, não é? Nada mal.

Ela nos servia outra caneca quando uma vasta rajada de vento inflou a lona acima de nossas cabeças. Alarmada, olhei para o alto.

– Não está preocupada? Eu ficaria com medo de que estivesse desabando.

– Eu gostaria que desabasse.

Olhei para Ritsa, mas ela apenas deu de ombros novamente e voltou a moer ervas. Podem achar estranho, mas invejei a sensação fria do pilão

MULHERES DE TROIA

contra a palma de sua mão. Fazia muito tempo que não trabalhava ao lado dela nesse banco, mas foi minha época mais feliz no acampamento. Eu ainda podia identificar cada um dos ingredientes que ela havia alinhado à sua frente – todos com efeito sedativo. Misturados com vinho forte, tinha-se uma poção capaz de nocautear um touro.

– Isto é para Cassandra?

Ela olhou para Amina e murmurou:

– Agamêmnon. Aparentemente, não consegue dormir.

– *Ah*, pobre coitado.

Trocamos um sorriso, então ela sacudiu a cabeça para Amina.

– Ela é quieta.

– É mais profunda do que aparenta.

– É mesmo?

– Não, não sei. Mas você está certa: ela não fala muito.

– Ela *é* sua serva?

– Não, ela é uma das garotas do senhor Pirro. Suponho que seja bom para nós duas. Preciso de alguém para me acompanhar, e ela precisa sair.

A situação toda era bem desconfortável. Eu conhecia Ritsa desde criança. Naquela época, ela era uma pessoa de alguma posição, uma curandeira e parteira respeitada. Fora a melhor amiga da minha mãe e, depois da morte dela, Ritsa fez o melhor que pôde para cuidar de mim. Então, anos depois, quando Aquiles saqueou e queimou nossa cidade, fomos trazidas para este acampamento, vindo juntas de Lirnesso como escravas. Ela foi de grande ajuda para mim na época, e para muitas das outras mulheres. Mas agora eu era uma mulher livre, a esposa do senhor Álcimo, enquanto Ritsa continuava sendo escrava. Ah, é fácil sugerir que mudanças de posição social, de sorte, não deveriam prejudicar uma amizade, mas todos sabemos que prejudicam. Mas não *essa* amizade. Eu perdi tantas das pessoas que amava; estava decidida a não perder Ritsa.

Então, por instinto, comecei a relembrar nossa vida em Lirnesso, na tentativa de me aproximar dela por meio de recordações compartilhadas de um passado mais feliz, antes de Aquiles destruir tudo, antes de ouvirmos seu terrível grito de guerra ecoando pelas muralhas. Mesmo assim, a conversa foi difícil, vacilando como uma vela no fim; e eu estava o tempo todo ciente de Amina, escutando com avidez. Depois de outra pausa, eu disse:

– Bem, acho que devo voltar.

Ritsa assentiu no mesmo instante e empurrou o almofariz para o lado. Hesitamos antes de nos beijarmos, dando bicotas e nos curvando de forma inútil na direção uma da outra antes de enfim conseguirmos um esbarrão desajeitado de narizes. Amina observava. Quando partimos, ela mais uma vez ficou propositalmente para trás. Recuei, em busca de caminhar ao lado dela, mas no momento que diminuí a velocidade, ela também diminuiu, então a distância entre nós se manteve. Suspirei e lutei contra o vento. A garota pesava na minha consciência e fiquei bastante ressentida por isso, pois sentia que estava fazendo tudo o que podia. Lembrando-me de meus primeiros dias no acampamento, do quanto as outras mulheres me ajudaram, tentei me aproximar dela antes, em minhas visitas à cabana das mulheres, mas até o momento ela rejeitara qualquer tentativa de amizade. Claro, eu estava tentando apoiar as outras garotas também, mas Amina em particular, provavelmente porque ela me lembrava muito de mim mesma, da maneira como eu observava, escutava e esperava. A amizade é muitas vezes baseada em semelhanças, a descoberta de atitudes compartilhadas, de paixões compartilhadas, mas as semelhanças entre mim e Amina não tinham esse efeito. Na verdade, apenas aumentavam as dúvidas que eu sentia sobre mim mesma. Ainda assim, eu queria fazer contato. Eu ficava olhando para trás, mas ela andava com a cabeça baixa e evitou meu olhar muito bem.

Um grupo de homens se reunira na arena e chutava a bexiga de um porco de um lado para o outro. Pelo menos, eu esperava que fosse uma bexiga de porco. Um dia após a queda de Troia, encontrei alguns solda-dos jogando bola com uma cabeça humana. Esse grupo parecia bastante inofensivo, mas eu não ia arriscar. Virei-me, toquei o braço de Amina e acenei com a cabeça em direção à praia. Eu estava começando a achar que Álcimo estivera certo o tempo todo e que era perigoso demais deixar o acampamento.

A praia estava deserta, exceto por dois sacerdotes trajando as fitas escarlates de Apolo que giravam aerofones acima de suas cabeças, talvez pensando que, se fizessem barulho suficiente, o vento seria intimidado a se submeter. Enquanto eu observava, uma rajada pegou um deles mal equilibrado e o arremessou sem cerimônia na areia úmida. Depois disso, eles desistiram, arrastando-se, desolados, em direção ao acampamento de Agamêmnon. Por todo o acampamento, sacerdotes como esses tentavam

MULHERES DE TROIA

tudo que sabiam para mudar o clima: examinavam as entranhas de animais sacrificados, observavam os padrões de voo dos pássaros, interpretavam sonhos... e o vento ainda soprava.

Depois que os sacerdotes partiram, tínhamos toda a vasta praia para nós, embora tivéssemos de segurar nossos véus sobre o rosto para podermos respirar; falar era impossível. Nenhuma de nós poderia ter ficado de pé por si só contra as rajadas, então fomos forçadas a nos agarrar uma à outra; e aqueles poucos minutos de esforço compartilhado fizeram mais para quebrar as barreiras entre nós do que minhas ofertas de amizade jamais fizeram. Cambaleamos, gargalhando e dando risadinhas. As bochechas de Amina estavam vermelhas; acho que ela provavelmente ficou surpresa ao descobrir que o riso ainda era possível.

A princípio, ficamos na beira da praia, onde os navios atracados forneciam alguma proteção, mas nunca consigo resistir à atração do mar e, de qualquer maneira, disse a mim mesma, a areia úmida perto da água seria mais firme. Seria mais fácil nos mantermos em pé. Assim, descemos as encostas de areia e cascalho, para nos depararmos com uma parede de água cinza-amarelada que parecia determinada a engolir a terra. À beira d'água, havia pilhas fedorentas de favas-do-mar cravejadas de criaturas mortas, milhares delas, mais do que eu já vira antes: minúsculos caranguejos verde-acinzentados, estrelas-do-mar, várias águas-vivas enormes com centros vermelho-escuros, quase como se algo dentro delas houvesse estourado, e outros seres cujos nomes eu não sabia; todos mortos. O mar estava matando seus filhos.

Amina se virou a fim de observar as torres fumegantes de Troia, seu rosto de repente tenso e infeliz. Senti que estava falhando com ela e que outra pessoa, mais velha, mais experiente – Ritsa, talvez – teria sido mais capaz de se conectar com ela. Então, caminhamos em silêncio até chegarmos ao nível do acampamento de Pirro. Uma vez dentro dos portões, eu sabia que estaríamos seguras, mas ainda não estávamos lá. Ouvindo uma gargalhada estridente, me aproximei com cautela, mantendo-me nas sombras, na tentativa de descobrir o que estava à nossa frente. Não estava exatamente escuro, mas naquela época o céu costumava ficar tão nublado que mesmo ao meio-dia quase não havia luz.

Bem em frente, do lado externo do portão havia um grande espaço aberto onde os mirmídones costumavam se reunir antes de marchar para a guerra. Aqui, outro grupo de guerreiros havia se reunido, mas no centro da disputa estava uma garota. Com os olhos vendados. Eles a giravam pela roda, cada homem passando-a bem rápido para os braços do próximo. Ela não gritou ou pediu ajuda; provavelmente já sabia que ninguém viria. *Amina não pode ver isso.* Agarrei seu braço e apontei para a direção de onde viemos, mas ela apenas ficou parada, atônita, e então, por fim, tive de arrastá-la para longe. Tropeçando, ela me seguiu ao longo do muro, mas ainda olhou por cima do ombro para a garota rodando e o círculo de homens rindo.

Nas minhas primeiras semanas no acampamento, quando o mar era tanto um consolo quanto uma tentação – digo "tentação" porque muitas vezes queria entrar nas ondas e não voltar atrás –, eu explorara cada centímetro da praia, e tal conhecimento me serviu bem agora. Eu sabia que havia um caminho pelas dunas que levava até outra entrada para os estábulos, então segui direto para lá. Chegando ao primeiro lugar protegido, me joguei na areia para reunir meus pensamentos dispersos e, após um momento de hesitação, Amina se sentou ao meu lado, se deitou de costas e olhou para o céu.

Deitadas assim, escapávamos da força do vento, embora as lâminas afiadas de amofila balançassem com violência acima de nossas cabeças. Fechei os olhos e coloquei os braços sobre meu rosto. Eu estava com medo de que Amina quisesse conversar sobre o incidente que acabáramos de testemunhar e não sabia o que dizer a ela. Falar a verdade, suponho, mas era uma verdade difícil de mencionar. Na minha segunda noite no acampamento, dormi na cama de Aquiles. Menos de dois dias antes, eu o vi matar meu marido e meus irmãos. Deitada embaixo de Aquiles enquanto ele dormia, pensei que nada pior poderia acontecer comigo, ou com qualquer mulher. Pensei se tratar do fundo do poço. Todavia, mais tarde, enquanto caminhava pelo acampamento, comecei a notar as mulheres desprivilegiadas, aquelas que lutavam por restos ao redor das fogueiras de cozinhar, que ficavam sem comer para alimentar os filhos, que rastejavam sob as cabanas para dormir à noite. Não demorou muito para que eu percebesse que havia muitos destinos piores do que o meu. Amina precisava saber disso, ela precisava entender as realidades da vida nesse acampamento, mas eu não conseguia encarar a brutalidade de lhe contar. De qualquer modo, comentei comigo mesma, ela aprenderia em breve.

MULHERES DE TROIA

Quando abri os olhos, percebi que ela observava alguns corvos que voavam cerca de cem metros adiante. Achei que ela parecia intrigada, e depois de um tempo ela se colocou de pé, protegendo os olhos para ver melhor. Com seu manto preto se agitando ao seu redor, ela mesma parecia um corvo. Com relutância, me levantei, pensando em como a faria passar além daquele local, porque eu sabia – ou melhor, suspeitava – o que estava lá. Quando Pirro voltou triunfante após suas façanhas em Troia, ele arrastava um saco de sangue e ossos quebrados atrás das rodas de sua carruagem: Príamo. O ato era tanto horrendo quanto terrivelmente previsível. Aquiles havia desonrado o corpo de Heitor arrastando-o atrás de sua carruagem, então, é óbvio, Pirro tinha de infligir o mesmo destino a Príamo. Lembrei-me de Aquiles retornando ao acampamento naquele dia, de como ele entrou no salão e mergulhou a cabeça e os ombros em uma tina de água limpa, voltando à superfície, cerca de um minuto depois, ensopado e sem enxergar. Os corvos começaram a sobrevoar naquele dia também.

– Vamos. – Tentei colocar um pouco de energia na minha voz. – Vamos andando.

Enrolei meu véu apertado ao redor do rosto e parti. Havia uma mácula no ar que eu esperava que Amina não tivesse percebido, embora ela parecesse alerta a tudo. Deslizando pelas encostas de areia solta, chegamos a uma clareira e aquilo – *ele* – estava lá. Não há como saber se esse lugar foi escolhido deliberadamente ou se o corpo de Príamo foi apenas abandonado onde a louca corrida de Pirro havia chegado ao fim. Mas, seja por acidente ou por desígnio, ele havia sido deixado apoiado em uma ligeira inclinação de modo que parecia estar se levantando para nos cumprimentar. De alguma maneira, isso era pior. Não sobrara quase nada de seu rosto: seus olhos e a ponta do nariz haviam sumido. Os corvos sempre buscam os olhos primeiro, porque é fácil e eles têm de trabalhar rápido. Muitos corvos famintos demoravam um segundo a mais e acabavam nas mandíbulas de uma raposa.

Não havia como contornar o corpo: tínhamos de passar por ele. Nas imediações, o fedor se tornou uma barreira física contra a qual era necessário avançar. Respirei pela boca, mantendo meus olhos baixos para ver o menos possível. O que não esperava era o zumbido de moscas, milhares delas, cobrindo o corpo como uma nuvem de pelos pretos. Quando minha sombra recaiu sobre as moscas, elas se ergueram, apenas para posar de novo tão logo eu havia passado. O ruído encheu minha cabeça até que pensei que fosse se partir. Às vezes, mesmo agora, tantos anos depois, sento-me na área externa, aproveitando o calor de um anoitecer de verão, e noto o zumbido de abelhas remexendo as flores, de inúmeros outros insetos fervilhando na sombra verde, e é insuportável.

– Aonde você vai? – perguntam.

E eu digo, com convincente falta de preocupação, porque tenho muita prática, ah, acredite em mim, *muita*:

– Está muito quente aqui fora, não acha? Por que não entramos?

Naquele dia, não houve escapatória. Tentei focar em coisas triviais: no cardápio do jantar, se as mulheres se lembrariam de preparar um banho quente para o retorno de Álcimo, embora eu não fizesse ideia de quando ele retornaria para casa, nem se voltaria. Pensei em toda e qualquer coisa, exceto no que estava à minha frente; a lamentável ruína de um grande rei.

Amina encontrava-se um pouco atrás. Eu me virei, com a intenção de instá-la, e descobri que não conseguia falar. Enojada com o fedor, ela ergueu o véu para cobrir o nariz e fitava o corpo. Aquela juba de cabelo prateado, coberta de sangue – não havia muito mais que fosse reconhecível – mas ainda foi o suficiente para ela dizer:

– *Príamo?*

Assenti com a cabeça e acenei para ela continuar, mas ela ficou enraizada no lugar, olhando, encarando fixamente, seus olhos tão arregalados que pareciam ter engolido o restante de seu rosto. E então ela se virou de lado e vomitou, seu corpo todo se sacudindo pelo esforço. Momentos depois, ela enxugava a boca com delicadeza na borda do véu.

– Você está bem?

Sem resposta. Bem, é justo, foi uma pergunta estúpida. Usando a ponta da sandália, ela raspava terra o suficiente para cobrir o vômito. Devagar. Cuidadosa como um gato. Quando, enfim, ela se virou para mim, fiquei surpresa. Não sei o que esperava. Repulsa? Sim. Choque? Sim. Até completo nervosismo, talvez; qualquer coisa, menos esse olhar frio, calmo e calculista. Isso me deixou nervosa.

– Vamos, vamos para casa.

– *Casa?*

MULHERES DE TROIA

Tarde demais para escolher outra palavra e, de qualquer maneira, gostasse ela ou não, a cabana das mulheres *era* sua casa agora. Continuei andando, à espera de que me seguisse, mas ela não o fez, e quando olhei por cima do ombro, encontrei-a ainda olhando, não mais para Príamo, mas para o pequeno monte de terra que ela fizera para cobrir seu vômito. Amina ergueu os olhos.

– A terra é muito solta. Seria fácil cavar.

A princípio, não entendi. Então:

– Não. *Não!*

– Não podemos simplesmente deixá-lo assim.

– Não há nada que possamos fazer.

– Há, sim. Podemos enterrá-lo. – Então, como uma criança repetindo uma lição que havia decorado: – Se uma pessoa morta não recebe um enterro adequado, estará condenada a vagar pela terra. Não pode entrar no mundo dos mortos, ao qual pertence.

– Você acredita nisso de verdade? Que Príamo está sendo punido porque Pirro não permite que ninguém o enterre? Não atesta muito sobre a misericórdia dos deuses, não é? – Cada palavra daquilo era falsa. Nada em minha vida até aquele ponto havia me levado a acreditar na misericórdia dos deuses. – O que quero dizer é que Pirro não o quer enterrado e a vontade de Pirro é uma ordem.

– Há um poder superior ao de Pirro.

– Sim – retruquei, entendendo errado de propósito. – Agamêmnon. Acha que *ele* se importa se Príamo está enterrado ou não?

– Eu me importo.

– Você é uma garota, Amina. Não pode lutar contra reis.

– Não quero lutar contra ninguém. E de qualquer modo, não estaria... eu estaria apenas fazendo o que as mulheres sempre fizeram.

Ela estava certa, é claro. Preparar os mortos para o enterro é trabalho de mulheres, tanto quanto o parto e o cuidado dos recém-nascidos. Somos as guardiãs dos portais. Em tempos normais, as mulheres da casa de Príamo teriam preparado seu corpo para o enterro, mas as circunstâncias estavam diferentes no momento, e Amina parecia não ter noção de como sua vida havia mudado profundamente.

– Olha, Amina, se vai sobreviver, tem que começar a viver no mundo real. Troia acabou. Neste acampamento, tudo o que Pirro quer, Pirro tem.

O que eu realmente queria dizer era: *Você é uma escrava. Aprenda a pensar como uma.* Mas não consegui. Ela era tão jovem, tão corajosa. E eu era uma covarde, suponho; apenas deixei de lado, esperando que ela assimilasse a realidade de sua situação sem que eu tivesse de empurrar-lhe goela abaixo.

– Vamos voltar para a cabana. E comer alguma coisa.

Com relutância, ela concordou com um gesto da cabeça. Parti, caminhando o mais rápido que pude, embora nesse terreno protegido atrás das dunas a grama e o mato crescessem quase à altura da cintura; foi uma batalha passar por eles. À nossa frente se situava o caminho de carvão que conectava os estábulos às pastagens no promontório. Um cavalariço vinha em nossa direção, conduzindo um garanhão preto. Perturbado pelo vento forte, o cavalo balançava a cabeça e andava para o lado com tanta frequência que o homem que caminhava do outro lado dele mal era visível. Ébano. Eu o reconheci porque era metade da parelha da biga de Pirro. Parei à beira do caminho e ergui meu véu, ciente de Amina parada com as costas eretas ao meu lado. No início, eu estava tão absorta em observar as constantes piruetas de Ébano que não vi quem era o "cavalariço"; mas então tive um vislumbre de cabelo ruivo soprado pelo vento, batendo contra o pescoço preto e lustroso do cavalo. *Pirro.*

O que diabos ele estava fazendo, trazendo o próprio cavalo do pasto, quando tinha cerca de uma dúzia de cavalariços para fazer o trabalho em seu lugar? Mas então me lembrei de que, quando Pirro chegara ao acampamento, dez dias após a morte de Aquiles, Álcimo havia mais de uma vez comentado sobre quantas horas ele passava nos estábulos. "É excelente com os cavalos", contou ele em um tom que implicava que Pirro era menos excelente com os homens. "Rapaz estranho." Foi o mais próximo que ele chegou de expressar as dúvidas que eu sabia que ele tinha. Às vezes, eu conjecturava se alguma daquelas dúvidas iniciais permanecia, apesar de Pirro ter se saído tão bem em Troia. Uma guerra curta, mas boa, parecia ser o veredito geral. ("Se sair bem em Troia" e "uma boa guerra" são frases que ardem na minha língua.)

Então, lá estávamos nós, ambas discretamente veladas, à espera de que cavalo e homem passassem. Talvez Ébano sentisse o cheiro da morte ou talvez apenas não gostasse dos enormes pássaros negros ainda sobrevoando no alto, suas sombras agudas e angulares esboçando fatias no

MULHERES DE TROIA

chão sob suas patas. Arrastando a corda da guia, ele se empinou, depois corcoveou três ou quatro vezes em sucessão rápida, soltando uma série de peidos explosivos. Pirro se saiu bem em segurá-lo. Tinha uma verdadeira batalha em mãos, mas manteve a calma, falando baixo, com gentileza, de modo tranquilizador, até que por fim o cavalo estava manso, embora suando profusamente. Pirro passou para o outro lado dele, mantendo-lhe a cabeça afastada para que não tivesse de avistar os pássaros medonhos. E eram medonhos – pareciam sê-lo até mesmo para mim, que não tinha razão para temê-los –, grasnando alto na luz que se esvaía, suas plumas de voo parecendo dedos estendidos acenando para a noite. Só depois de estar longe do corpo de Príamo, Pirro soltou a corda e deixou Ébano mover a cabeça com liberdade mais uma vez.

Exalei, embora não soubesse até então que prendia a respiração. Esperei até que Pirro estivesse muito à nossa frente antes de sair para a trilha e, com um olhar cuidadosamente inexpressivo para Amina, seguir para o acampamento, ciente todo o tempo de ela me acompanhar com relutância.

Ao entrar no acampamento pelo pátio do estábulo, notei que as mulheres troianas haviam sido autorizadas a sair de sua cabana. Estavam sentadas em duas fileiras nos degraus da varanda, parecendo-se, em seus longos mantos pretos, com andorinhas prestes a migrar, quando se alinham em bordas e parapeitos nos dias anteriores à sua partida. Com a diferença de que as andorinhas mantêm um chilreio constante, enquanto as mulheres estavam em silêncio. Digo "mulheres", mas na verdade eram garotas, nenhuma delas tinha mais de dezessete anos, algumas eram bem mais jovens. Elas se agarravam umas às outras, assustadas demais até para sussurrar, olhando na direção de Troia, onde colunas de fumaça negra pairavam sobre a cidadela, perfuradas de vez em quando por jatos de chamas vermelhas e laranja.

Amina correu a fim de se juntar a elas. Elas se remexeram ao longo do degrau para lhe abrir espaço, mas não a cumprimentaram.

Segui adiante até a cabana de Álcimo. Conforme levantei a tranca, uma nova rajada de vento fez a porta se chocar contra a parede. Lutei para fechá-la atrás de mim e permaneci em silêncio por um momento, observando ao redor para o que agora era minha casa. Uma mesa, quatro cadeiras, uma cama bem encostada contra a parede, vários tapetes e, no canto, uma arca entalhada contendo as roupas de Álcimo. Um aposento confortável: almofadas nas cadeiras, tapeçaria na parede, lamparinas, velas, mas nada ali parecia me pertencer. Vim para essa cabana um dia após a morte de Aquiles, Álcimo prostrado de pesar, todo o acampamento em polvorosa. Isso foi há cinco meses, e mesmo assim o cômodo ainda parecia

MULHERES DE TROIA

estranho. Eu me forcei a me mover, a fazer alguma coisa, qualquer coisa, e decidi que sairia e verificaria os preparativos para o jantar.

O fogo de cozinhar ficava na parte de trás da cabana, onde havia um pequeno espaço fechado que oferecia algum abrigo contra o vento. Passei a ter mulheres para me ajudar, escravas. Há um ditado que afirma que a pior senhora que uma escrava pode ter é uma ex-escrava. Eu tentava pelo menos garantir que isso não fosse verdade de minha parte. As escravas de Álcimo dispunham de um lugar seguro para dormir e eu me certificava de que estivessem bem alimentadas.

Assim que me assegurei de que a refeição estava bem encaminhada, voltei para dentro e peguei uma cesta de lã natural, cinza-escura, com pedaços de esterco presos às fibras. Não creio que cardar lã seja a tarefa favorita de ninguém, com certeza não é a minha. Em minutos, minhas mãos estavam escorregadias de gordura, mas perseverei, embora a repetição monótona da tarefa me sugasse para um túnel de medos disformes. Mais uma vez, ouvi Amina dizer: *Seria fácil cavar*, e me mexi um pouco em busca de alongar minhas costas doloridas. É claro que ela não falava sério; ela não seria louca o bastante para tomar uma atitude tão perigosa; e, de qualquer maneira, a cabana das mulheres era guardada à noite. Não, estava tudo bem. Não havia nada com que me preocupar.

Mas então, flutuando entre mim e a lã, vi a mão de Príamo, com o anel de ouro que ele sempre usava brilhando ao sol. Para trás, para trás, fui, arrastada, impotente, de volta ao passado distante. Quando tinha doze anos, não muito depois da morte de minha mãe, meu pai me enviou para morar em Troia com minha irmã casada. Helena, que era, inexplicavelmente, melhor amiga da minha irmã atarracada, afeiçoou-se a mim. Todos faziam comentários sobre isso: eu sempre fui a "amiguinha de Helena". Ela costumava me levar consigo quando ia à cidadela, o que acontecia quase todos os dias. Ela se inclinava sobre o parapeito e com avidez – havia algo desagradável na firmeza de seu olhar – observava a batalha travada lá embaixo. Na primeira vez que fomos, Príamo estava lá, e em meio a todos os seus problemas – a guerra indo mal, os filhos brigando, os cofres esvaziando, uma geração de jovens homens morrendo –, ele encontrou tempo para ser gentil comigo. Pegando uma moeda de prata, colocou-a na palma da mão e, após murmurar algumas palavras mágicas, passou a outra mão rapidamente por cima dela, e a moeda desapareceu. Encarei sua mão vazia, inclinada a manter minha dignidade de doze anos, eu era grande demais para truques de mágica, mas hipnotizada também, porque não conseguia entender como havia feito aquilo. Príamo deu tapinhas em si mesmo, fingindo procurar dentro de suas vestes. "Para onde foi? Ah, espero não ter perdido. *Você* está com ela? Balancei a cabeça com veemência. Então, é claro, ele estendeu a mão e "encontrou" a moeda atrás da minha orelha. Contra minha vontade, eu ri. Curvando-se de modo cortês, ele entregou a moeda para mim, e então, lembro-me, virou-se para assistir à batalha, seu rosto retomando as habituais rugas de tristeza.

Assim, anos depois, lembrei-me daquela mão, e avistei a mesma mão desonrada no chão imundo. Empurrei os dedos com força contra meus olhos e bani a imagem, deixando minha cabeça cair contra a cadeira. *Chega de cardar lã*, decidi; era deprimente demais. Apertando os olhos com força, fiquei apenas sentada e escutei o vento.

Quando, enfim, Álcimo voltou para casa, Automedonte o acompanhava. Não era uma surpresa – eles frequentemente jantavam juntos –, mas então um terceiro homem os seguiu. Pirro. Fiz uma reverência profunda e fui buscar canecas e vinho. Por saber que era o esperado, escolhi o melhor vinho e o servi sem diluir, e como acompanhamento apenas pão e azeitonas. Sentaram-se à mesa e conversaram. Álcimo estava acompanhando Pirro ao beber, mas tinha uma cabeça boa e sua fala não estava mais do que um pouco arrastada. Automedonte, embora parecesse beber tanto quanto os outros, parecia totalmente sóbrio. Pirro estava claramente bêbado. Peguei uma segunda jarra, coloquei-a na mesa ao lado de Álcimo e me retirei para as sombras ao redor da cama. Ninguém sequer olhou de relance para mim.

Eles conversavam sobre o plano de Álcimo a respeito de organizar jogos contra times de outros acampamentos. Era preciso encontrar algo para ocupar os homens, argumentou Álcimo. A ociosidade só geraria descontentamento e já havia rumores circulando pelo acampamento de que o tempo não era natural, que Agamêmnon ou um dos outros reis devia ter ofendido os deuses. Brigas entre tribos e facções rivais haviam começado a irromper, e isso era perigoso. Os reinos gregos tinham um histórico longo de disputas violentas por fronteiras, rixas de sangue passadas de geração em geração, conflitos incessantes; e agora que os troianos haviam sido derrotados, não havia mais nada para unir os bandos em disputa. A coalizão que vencera a guerra estava desmoronando, cada reino individual disputava

MULHERES DE TROIA

posição. Os reis irmãos, Agamêmnon e Menelau, que tinham liderado a expedição, haviam brigado porque Menelau, desafiando a honra, a decência e o bom senso, levara aquela Helena vadia de novo para a cama. Milhares de rapazes morreram para que Menelau pudesse voltar a trepar com sua prostituta. E assim, Álcimo continuou, eles tinham de tomar o controle da situação *de alguma maneira*, unir as facções divididas. Pirro dizia "sim" e "não", bebia e compartilhava a opinião de que o que os homens realmente precisavam era de um pouco de *diversão*.

– Os jogos serão divertidos – insistiu Álcimo.

– Até eles começarem a se matar por causa dos resultados – falou Automedonte.

Já haviam tomado a maior parte do segundo jarro; e eu ainda não sabia se Pirro ficaria para o jantar. Agora *muito* bêbado, ele começou a falar – ou melhor, a vangloriar-se – sobre o papel que desempenhou na queda de Troia. Notei Álcimo e Automedonte trocarem um olhar. Os mirmídones eram – são – um povo atarracado, de cabelos e pele escuros, tão ágeis quanto suas próprias cabras montesas, extremamente céticos, lentos para confiar, taciturnos ao extremo. Nem Álcimo nem Automedonte pareciam à vontade durante as divagações arrastadas de Pirro; Automedonte, em particular, mirava sua caneca, seu rosto amarelado e aquilino sem expressão. Eu também não estava gostando muito. Eu não queria pensar no que havia acontecido dentro de Troia; com certeza não queria ouvir o que Álcimo tinha feito. Eu teria de passar o resto da minha vida com esse homem; seria mais fácil se eu não soubesse. Mas não precisava ter me preocupado: o relato de Pirro não mencionava ninguém além de si mesmo.

Ele descrevia – revivia – o momento em que abriu caminho pelas portas do palácio de Príamo. Nunca pensei em Pirro como um homem eloquente, mas nesse assunto as palavras fluíram. Fui forçada a vislumbrar tudo por seu ponto de vista: o corredor longo, as portas de cada lado, os vislumbres de tapetes, tapeçarias, lamparinas de ouro, toda a lendária riqueza de Troia; embora ele só tivesse olhado apenas por tempo suficiente até se certificar de que não havia guerreiros escondidos lá. Então correu adiante, sentindo, alegou ele, o sangue de Aquiles correndo em suas veias, em direção à porta na extremidade oposta. Encontrando-a fortemente guardada, desviou em busca da passagem secreta que ligava a casa de Heitor aos aposentos de Príamo. A existência de tal passagem foi uma das informações cruciais que Heleno, filho de Príamo, revelou sob tortura. A mais breve das buscas levou Pirro até ela. A essa altura, ele havia deixado os outros guerreiros gregos bem para trás, então, quando por fim irrompeu na sala do trono e se deparou com Príamo, de armadura completa, em pé nos degraus do altar, os dois estavam sozinhos.

Todo o relato foi doloroso para mim, embora não fosse diferente de minhas próprias imaginações involuntárias. Tentei não ouvir o que vinha a seguir, mas não adiantou, tive de continuar a escutar. Ele contou como anunciou com orgulho sua identidade: Pirro, filho de Aquiles. Como, ante a simples menção do nome, Príamo ficou pálido de terror. Como ele saltou os degraus do altar, puxou a cabeça do velho para trás e cortou sua garganta de um jeito rápido, certeiro, habilidoso e fácil. Um golpe, disse ele. Como matar um porco.

Fitei-o e pensei: *Que mentira*. Não sei como eu sabia, mas eu sabia. A morte de Príamo não foi nem um pouco parecida com isso. E ninguém jamais seria capaz de contradizer o relato de Pirro, porque ninguém mais esteve presente. Por fim, ele se calou, olhando para sua caneca como se não conseguisse lembrar para que servia. Eu o observei, procurando, suponho, alguma semelhança com Aquiles, cuja ira implacável causou centenas, senão milhares, de mortes. As pessoas repetiam para Pirro que ele era a cara do pai, mas eu não conseguia enxergar. Para mim, ele parecia uma escultura de Aquiles feita em barro vermelho grosseiro por um artesão competente, porém medíocre. Então? *Sim*, havia uma semelhança; e *não*, ele não era nada parecido com Aquiles.

Como se incomodado pelo meu olhar, Pirro se endireitou e perscrutou ao redor.

– Sabe do que realmente me arrependo? – disse ele. – De ter dado o escudo de Heitor àquela maldita mulher para que enterrasse o pirralho dela. *Você* – disse, apontando o dedo para Automedonte – devia ter me impedido.

– Foi muito generoso – Automedonte opinou, com severidade.

– Foi uma imbecilidade.

– Você tem o capacete – completou Álcimo. – Você tem todo o restante.

– Não é isso que importa, é? Meu pai tirou a armadura do cadáver de Heitor, logo depois que o matou. Eu devia ter o conjunto completo, sem faltar parte alguma.

MULHERES DE TROIA

De repente, ele ficou de pé. Álcimo estendeu a mão para firmá-lo, mas Pirro o ignorou, agarrou a beirada da mesa e se lançou contra a porta. Álcimo o seguiu até a varanda. Eu podia ouvi-los conversando, embora suas palavras fossem interrompidas por rajadas de vento. Depois de alguns minutos, Álcimo voltou à mesa, trazendo o ar fresco da noite sobre a pele. Ele puxou a cadeira e se sentou.

– Bem – disse.

Automedonte deu de ombros. Eles estavam acostumados a esperar em emboscada, ambos, quando um sussurro poderia traí-los; assim, ao longo dos anos, desenvolveram um método de comunicação que mal parecia depender de palavras. Senti que essa conversa em particular estava acontecendo, não verbalizada, por grande parte da última hora.

– Ele é muito jovem – comentou Álcimo.

– Não é jovem o bastante.

Não era jovem o bastante para que fosse aceitável ficar elogiando a si mesmo enquanto bêbado?

– Ele só quer provar que é tão bom quanto Aquiles. E ele não pode. – Álcimo olhou em minha direção. – Ninguém pode.

Um silêncio tenso. Eu nunca disse a ninguém que meu casamento não havia sido consumado, nem mesmo a Ritsa, e até aquele momento sempre dera como certo que Álcimo também não teria falado sobre isso. Naquele momento, de repente, senti que Automedonte sabia ou, era mais provável, adivinhara.

– Mais vinho? – ofereci.

– Melhor não – disse Álcimo. – Na verdade, acho que devemos ir.

Assenti, lamentando mais um jantar intocado. Na porta, ele hesitou.

– Não sei quando vou estar de volta.

E senti que ele se ressentia até mesmo daquela pequena concessão às obrigações da vida doméstica. Isso estava na origem de toda a minha inquietação. Eu sabia, pensei que sabia, que Álcimo havia me amado uma vez ou, pelo menos, se apaixonado por mim. Eu havia notado a maneira como ele me olhava sempre que estávamos juntos em um cômodo, embora, é claro, nunca tivesse dito nada. Como prêmio de honra de Aquiles, eu estivera tão longe de seu alcance quanto uma deusa; mas, então, talvez ele preferisse assim? Talvez o verdadeiro amor tivesse sido por Aquiles.

5

Como esposa de Álcimo, eu levava uma vida muito mais isolada e restrita do que a que tinha como prêmio de honra de Aquiles. Já não servia vinho aos homens durante o jantar no salão, e a falta de ordem no acampamento dificultava que eu encontrasse minhas amigas. Não havia muitas horas que eu não passava sozinha. Álcimo ia e vinha, ocupado com a organização dos trabalhos do acampamento; mal nos falávamos. À noite, quando eu estava sempre sozinha, fiava, deixando o fio me levar por um labirinto de recordações. Peguei-me pensando muito em minha irmã, Ianthe – filha da primeira esposa de meu pai. Não tinha lembranças dela da minha infância; ela já era uma mulher às portas do casamento quando nasci. Só mais tarde, depois que minha mãe morreu e fui enviada para morar com ela em Troia, que a conheci. Pensei nela agora, porque me sentia tão só como jamais me sentira desde que cheguei ao acampamento, e ela era minha única parente viva. *Se* ainda estivesse viva.

Depois que Troia caiu, enquanto as mulheres cativas eram conduzidas para a arena, saí à procura dela. Já que Ianthe fora concedida em casamento a um dos filhos de Príamo, procurei-a primeiro entre as mulheres da casa real, alojadas em uma cabana superlotada à beira da arena, à espera de serem distribuídas como prêmios de honra para os vários reis. Algumas das mulheres haviam saído da cabana e estavam sentadas ou deitadas na areia suja. Com cabelos pegajosos de suor, rostos machucados, olhos injetados de sangue, túnicas rasgadas; as próprias famílias teriam tido dificuldade para reconhecer algumas delas. Enquanto eu andava no meio da multidão, perscrutava com atenção para cada rosto, mas Ianthe não estava lá.

MULHERES DE TROIA

Mais tarde, procurei por ela entre as mulheres desprivilegiadas que vi sendo forçadas a descer pela trilha lamacenta rumo ao acampamento, tropeçando, às vezes caindo, como gado levado ao matadouro. Aquelas que caíam eram "encorajadas" a se pôr de pé de novo com golpes de ponta do cabo das lanças. Não havia mulheres grávidas entre elas, notei; e, embora algumas das mulheres conduzissem menininhas pela mão, não havia meninos. Mais uma vez, olhei de um rosto aterrorizado para outro, mas o medo fazia com que parecessem todas iguais e levei muito tempo para confirmar que minha irmã não estava lá. Soube mais tarde que várias centenas de mulheres haviam se atirado da cidadela e, assim que soube disso, tive certeza de que Ianthe teria sido uma delas. Ela era capaz de fazê-lo, assim como eu não era.

Pouco a pouco, nos dias que se seguiriam, aprendi a aceitar que ela estava morta. Mas não havia como ter certeza e, naquele momento, mais do que nunca, eu precisava de certezas. A única pessoa a quem poderia perguntar era Helena, que fora amiga de Ianthe; embora não fosse uma amizade que muitas pessoas entendessem. Então, certa manhã, eu me levantei cedo, vesti minhas roupas mais escuras e parti, esgueirando-me entre as cabanas o mais discretamente que pude, nervosa e sozinha. Eu não podia levar Amina comigo nessa saída, porque ela contaria para as outras garotas e eu não queria que outras pessoas soubessem dessa visita. Eu não tinha certeza se seria capaz de chegar até Helena – sabia-se que ela era fortemente protegida –, mas as sentinelas no portão do acampamento me deixaram passar. Mulheres não eram consideradas uma ameaça.

Eu nunca estivera no acampamento de Menelau antes, então não fazia ideia de em qual porta bater. Depois de observar os arredores por algum tempo, notei uma jovem sentada nos degraus de uma das cabanas, moendo milho. Era magra, com sombras escuras sob os olhos e uma ferida aberta no canto da boca; estava muito claro que era uma das mulheres que vivia de modo miserável ao redor das fogueiras de cozinhar. Quando pedi informações, ela apontou para uma das cabanas.

– Quer ver Helena? – indagou ela. E então cuspiu para limpar a boca depois de proferir o nome.

Subi os degraus, esperei alguns instantes, desejando não ter vindo, e então bati. Minha mão ainda estava erguida, minha boca aberta para perguntar à serva se eu podia ver sua senhora, quando percebi que não havia necessidade. Porque lá estava ela. Não notei mudança alguma nela, absolutamente nenhuma. Ela parecia ter a minha idade, até um pouco menos, talvez, embora tivesse uma filha com idade suficiente para se casar. Seus cabelos estavam soltos e tão desgrenhados que pensei que ela devia ter acabado de sair da cama.

– Sinto muito por acordá-la.

– Não acordou. Eu estava trabalhando.

Notei que havia um tear no canto oposto, com lamparinas acesas ao redor. Helena e sua tecelagem. Lembrei-me de uma história cruel que ouvi quando era menina. As pessoas acreditavam, ou pelo menos fingiam acreditar, que sempre que ela cortava um fio de lã, um homem morria no campo de batalha. Perguntei-me, naquele momento, se ela sabia que era isso que as pessoas diziam e, se soubesse, se isso a tinha assustado tanto quanto deveria. Cada morte na guerra era culpa de Helena.

Ela me encarava, sem se afastar a fim de permitir que eu entrasse no cômodo. Entendi que ela não tinha me reconhecido, então afastei o véu do rosto.

– Briseida.

Houve um deleite instantâneo.

– Ora, veja só você! – Ela pegou minhas mãos. – Está da minha altura – falou traçando no ar entre nossas cabeças. – E tão linda. Eu sabia que você o seria.

– Então você era a única. Todo mundo me fala que eu era um patinho feio.

Ela balançou a cabeça.

– Olhos, maçãs do rosto… Não é preciso mais nada.

Disse a mulher que tinha todo o restante. Ela me empurrou rumo a uma cadeira e sentou-se à minha frente. Havia duas manchas rosadas em suas bochechas; ela estava calorosa, amigável, animada. Não havia dúvida da sinceridade de suas boas-vindas.

– *Você* não mudou.

A minha intenção era elogiar, suponho, ou apenas fazer uma observação. Ninguém nunca de fato elogiava Helena por sua aparência; de que adiantaria? Entretanto as palavras permaneceram no ar, soando levemente acusatórias. E, sim, eu sentia que algum sinal de pesar ou arrependimento, alguma evidência externa teria sido bem-vinda; linhas suaves ao redor dos olhos e da boca, talvez? Seria pedir muito? Mas não, não havia nada.

MULHERES DE TROIA

Se havia um tom áspero na minha voz, Helena não pareceu notá-lo. Ela estava ocupada diluindo o vinho e servindo-o em canecas. Enquanto me entregava uma, ela disse:

— A gravidez lhe cai bem. Filho de Aquiles?

Assenti.

— Um grande, *grande* homem. Menelau sempre fala bem dele.

Eu não sabia como responder a isso. Obviamente, o passado havia sido apagado. Helena era grega de novo, não era mais a Helena de Troia, aquilo estava acabado, encerrado. Ela voltara a ser a Helena de Argos. Rainha de Argos. *Tantos milhares...*

Interrompi o pensamento.

— Estava pensando se você sabe o que aconteceu com minha irmã?

Imediatamente, a expressão de Helen mudou.

— Eu a vi naquele dia; ela passou lá em casa, tomamos uma taça de vinho sentadas no pátio, à sombra. Ela estava feliz, acho, ou tão feliz quanto sempre foi. E então houve um clamor intenso, gritaria nas ruas, eu não conseguia imaginar o que estava acontecendo; os escravos estavam todos correndo e tagarelando algo sobre um cavalo, então saímos para vê-lo. Eu sabia que era uma armadilha. Sei que é fácil dizer que sabia após o evento, mas eu de fato sabia. Senti que havia algo vivo dentro dele, e que só podiam ser homens. E Cassandra estava lá, é claro, gritando enlouquecida: *Não os deixem entrar!* Até que Príamo lhe disse para calar a boca e ir para casa. Depois que escureceu, voltei. Andei ao redor dele, cantando canções gregas.

Canções de amor. Haviam me falado disso, embora houvesse algo estranho na história. Alguns dos homens não a tinham ouvido cantar – Automedonte não ouviu; Pirro não ouviu – e mesmo os que se lembravam dela cantando nunca concordavam sobre qual era a canção. Era como se cada homem tivesse ouvido a música que tinha mais significado para si.

— Por quê?

— Por que cantei? Ah, não sei, suponho que tenha sido uma maneira de... estender a mão?

— Você não estava tentando fazer com que eles se revelassem?

— *Não*. — Ela negava com a cabeça com tanta veemência que podia estar tentando desalojar uma vespa presa em seu cabelo. — Eu queria ir para casa...

43

Sua voz falhou na palavra. Elevando a mão, ela enxugou o canto de um olho perfeito.

– Helena... você podia ter partido a qualquer momento.

– Podia? Você não faz ideia de como era difícil.

De alguma maneira, minha irmã havia desaparecido da conversa, mas isso era típico de Helena. Enxerguei algo naquele momento que nunca havia percebido antes. Não se poderia imaginar uma mulher mais feminina do que Helena, nem um homem mais viril do que Aquiles, e, ainda assim, em todos os aspectos importantes, eram parecidos. Tudo sempre girava em torno deles.

– *Ianthe* – falei, com firmeza.

– Ah, sim. Disseram-me, não sei se é verdade, que ela se atirou em um poço. Parece que muitas mulheres fizeram isso. Havia um grupo delas que costumava se reunir no templo de Ártemis; viúvas, sabe... Ela se tornou *muito* religiosa depois que o marido foi assassinado. Sem filhos, suponho, nada a que se agarrar... Quase uma rata de templo, receio eu... – Helena olhou para mim. – Como disse, não tenho certeza.

– Bem. Melhor do que o mercado de escravos, suponho.

Porque essa era a única alternativa. Minha irmã era muito mais velha do que eu, e as mulheres que estão perto do fim de seus anos férteis em geral são enviadas para o mercado de escravos; e em muitos aspectos esse é um destino pior. Mulheres mais velhas podem ser compradas a um preço baixo e postas para trabalhar até a morte. Por que não? Sempre se pode comprar outra. Naquele momento, decidi acreditar que Ianthe estava morta.

O objetivo da minha visita havia sido alcançado, mas ainda assim eu me demorava. Permanecemos em silêncio por um tempo, embora não de modo desconfortável. Para minha surpresa, algo da velha intimidade retornara.

– Você era uma coisinha tão estranha – comentou ela.

– Eu não era muito feliz.

– Não, eu podia perceber.

Houve afeto genuíno entre nós. Pobre mulher, teve de encontrar suas amizades onde conseguisse. Seus amigos verdadeiros eram Príamo e Heitor, que sempre a trataram com bondade, porém, pela natureza das circunstâncias, ela os via bem pouco. Como todas as mulheres, ela passava a vida na maior parte do tempo separada dos homens – e todas as mulheres em Troia (exceto minha irmã) a odiavam. E era recíproco.

MULHERES DE TROIA

Ah, em público ela sempre foi respeitosa, mas em particular a história era diferente. Andrômaca era "a noivinha"; Cassandra, "a louca"; e Hécuba… O que ela falava de Hécuba? Eu não conseguia lembrar. Talvez Hécuba tivesse sido poupada. Eu conseguia imaginar que, entre as paredes dos aposentos femininos, Hécuba teria sido uma adversária formidável, intimidante demais até mesmo para Helena enfrentar. Caímos em silêncio mais uma vez e deixamos as ondas da memória passarem por nós.

Por fim, ao ouvir vozes fora da cabana – o acampamento estava começando a ganhar vida –, despertei.

– Posso ver sua tecelagem?

Ela se animou.

– Sim, claro.

Pondo-se de pé, agarrou meu braço e quase me arrastou para o outro lado do aposento. A tecelagem de Helena era diferente da de qualquer outra. A maioria das mulheres usa temas que são comuns na cultura – muitas vezes flores e folhas estilizadas, ou eventos da vida dos deuses –, entretanto os desenhos de Helena não eram nada além de originais. Ela estava tecendo uma história da guerra, contando a história em lã e seda, assim como os bardos a cantam com palavras e música. Achei que ela ainda estaria fazendo isso e, com certeza, tomando forma em seu tear havia um cavalo de madeira gigantesco. Dentro de sua barriga havia duas longas fileiras de fetos; homens-bebês dentro de um ventre.

Fiquei observando, meu silêncio provavelmente um elogio melhor do que quaisquer palavras teriam sido.

– Isto é para o palácio de Menelau, suponho?

– Quem sabe?

Algo em sua voz me fez virar para fitá-la. A luz das lamparinas sob as quais ela estivera trabalhando recaiu em cheio em seu rosto, mas não foi aquela perfeição familiar que chamou minha atenção; foi o colar de hematomas circulares em volta de sua garganta. Muitos tons diferentes, notei – sendo, temo, algo como uma conhecedora de tais assuntos –, provenientes de marcas de dedos de um vermelho vivo passando pelo azul e o preto até o amarelo e roxo manchados de ferimentos antigos. Todas em seu pescoço e garganta; ele não havia tocado em seu rosto. Ele a estrangulou enquanto a fodia. Como devia.

45

Por instinto, Helena começou a enrolar o xale azul mais apertado em volta do pescoço, mas depois deixou a mão cair, encontrando meus olhos com aquela expressão muito firme e *magoada* que eu tinha visto tantas vezes antes, e desde então. Ela estava com vergonha, embora soubesse que não tinha motivo para se envergonhar. Ela queria esconder os hematomas; mas, ao mesmo tempo, queria que eu os visse.

— Ah, Helena.

— Bem, você sabe, ele fica bêbado e… É apenas uma longa lista de nomes.

— Nomes?

— Pessoas que morreram. Pátroclo, Aquiles, Ájax…

— Mas ele cometeu suicídio.

— Não importa, ele me culpa. O filho de Nestor… Qual o nome dele? Antíloco. Agamêmnon…

— *Agamêmnon?* Da última vez que soube, ele estava bem vivo.

— Sim, mas as coisas estão muito ruins entre eles. Ele diz que perdeu o irmão… e por que eles brigaram? *Por minha causa.*

Pobre Helena. Toda aquela beleza, toda aquela graça – e ela era realmente apenas um osso velho e mofado que cães ferozes disputavam.

— Ah, eu sei, é apenas luto e é natural, mas é constante… Implacável. E, claro, é tudo minha culpa. Tudo isso, cada uma das mortes… *minha* culpa. Quando fui devolvida a ele após a queda de Troia, ele disse que me mataria. Às vezes desejo que ele tivesse matado. – Ela engasgou com uma risada. – Exceto que não desejo, é claro.

— Sinto muito.

— Preciso conseguir algumas plantas.

— Não seriam *veneno*?

— *Não…* Eu jamais sairia impune. Mas há drogas que fazem as pessoas esquecerem… mesmo que alguém que amam morra, elas não sentem, não choram, não lamentam… Não ficam com raiva. É tudo apenas… – Ela balançou a mão de um lado para o outro. – Suavizado.

— Não sei onde você conseguiria algo assim.

— Macaão?

— Bem, você pode pedir. Ele com certeza lhe daria um sonífero.

— Não, isso não serve, ele perceberia na mesma hora. Preciso que ele fique acordado… porém calmo. – Ela hesitou. – Há um monte de coisas em Troia. No jardim de ervas de lá.

MULHERES DE TROIA

Eu sabia o que ela estava pedindo.

– É longe demais. Acho que Macaão é sua melhor chance.

Não culpei Helena por querer drogar Menelau. Quando olhava para ela, não enxergava a harpia destrutiva das histórias e fofocas; enxergava uma mulher lutando por sua vida.

– Ele vai me matar – comentou ela.

Neguei com a cabeça.

– Se ele fosse fazer isso, já teria feito.

– Então, não vai me ajudar?

– Peça a Macaão.

E foi isso. No final, tudo feito, tudo dito, apenas nos encaramos. Então ela me tocou de leve no braço e me conduziu até a porta. Ao abri-la, a luz revelou toda a extensão dos hematomas, que desciam até os seios. Percebi que ela queria me deixar com aquela visão e me senti recuar diante dela.

– Não pode me culpar por tentar sobreviver – concluiu ela, fechando a porta até que sobrasse apenas uma fresta. – Pelo que ouvi, você também é muito boa nisso.

Naquela noite, mais uma vez, comi sozinha. Depois do jantar, em vez de esperar Álcimo acordada, fui direto para o meu quarto. Era de longe o menor da cabana, grande o bastante para conter uma cama e, obtido há pouco tempo do saque de Troia, um berço. O berço era tão finamente esculpido, tão ricamente adornado com marfim e ouro, que só podia ter pertencido a uma família aristocrática ou da realeza. Deitada na cama, encarei as vigas do telhado enquanto o bebê dentro de mim, que estivera inquieto o dia todo, acomodou-se aos poucos em sua própria versão de sono.

Deitada de costas daquele jeito, não era obrigada a ver o berço. Álcimo o havia presenteado a mim com tanto orgulho que eu sabia que não poderia me livrar dele, nem mesmo sugerir movê-lo para uma das cabanas de armazenamento, mas ainda assim o detestava. Não conseguia parar de pensar no filho de Andrômaca, o garotinho que Pirro atirou das ameias de Troia para a morte. Eu não tinha nenhuma razão lógica para acreditar que esse era o berço dele, mas sabia que era. Eu sentia seu pequeno fantasma no quarto.

Foi difícil dormir com esse pensamento na cabeça, mas por fim consegui adormecer. Momentos depois, ao que parecia, embora pudessem ter se passado horas, fui acordada por uma batida à porta. Levantei-me rápido demais e fiquei tonta, mas consegui cambalear ao longo do corredor. As batidas pararam, mas recomeçaram.

— Já vai! — Espiando na escuridão, vi uma das garotas parada ali, embora não conseguisse distinguir qual delas, até que ela deu um passo à frente. — Amina. O que aconteceu?

MULHERES DE TROIA

– Ele chamou Andrômaca.

Ela não precisava dizer mais nada. Peguei meu manto e atravessei a soleira, uma chuvinha fina no mesmo instante umedecendo minha pele e cabelos. Seguimos ao longo da parede, cambaleando um pouco no espaço entre duas cabanas onde o vento soprava com força total vindo do mar. Amina bateu à porta e uma das garotas nos deixou entrar. Eu ainda não conhecia nenhuma delas, três ou quatro de nome, as outras nem isso. Não ajudava o fato de que muitas delas ainda não eram capazes de falar. Elas haviam retirado suas camas de estrados da parte inferior da cabana, onde eram armazenadas durante o dia, e as organizaram em fileiras ao longo do cômodo. Cada moça tinha uma pequena vela de junco ao lado do travesseiro. Quando se viraram a fim de olhar para mim, e as chamas pálidas iluminaram seus rostos por baixo, elas pareciam seus próprios fantasmas. Uma garota chamada Helle disse:

– Chegou tarde, ela já foi.

Ela parecia rancorosa, petulante, como uma criança pequena soaria se a mãe não a tivesse protegido.

– Não tem problema – respondi. – Sei onde encontrá-la.

Sabia mesmo. Devo ter cruzado com meia dúzia de eus anteriores na curta distância entre a cabana das mulheres e o salão.

Ao me aproximar, ouvi cantoria, punhos batendo em mesas, as gargalhadas estridentes de jovens bebendo muito para comemorar ou esquecer. A voz de Pirro se erguia mais alta do que as demais. Caminhei ao longo da varanda até a entrada lateral que levava direto aos aposentos particulares dele. Não havia muito abrigo ali; quando abri a porta, o vento me soprou para dentro do quarto. Olhei em volta. Havia fogo na lareira, embora as toras estivessem verdes e fumegassem muito; meus olhos arderam. Duas cadeiras estavam frente a frente diante da lareira. Aquela que estava situada em oposição a mim fora a cadeira de Pátroclo. Eu podia vislumbrá-lo agora, como sempre, com dois cães dormindo a seus pés; cães de caça, contorcendo-se e choramingando enquanto perseguiam coelhos imaginários por campos de sonho. Um deles gania e suas patas arranhavam o chão. Pátroclo riu e o homem na outra cadeira, cujo rosto eu não conseguia enxergar, ergueu os olhos da lira e riu também. Por um momento, esqueci que Andrômaca aguardava no quartinho e que Pirro bebia no salão até perder os sentidos. Apenas encarei as cadeiras vazias, que, em minha mente, não estavam vazias de modo algum. Como os mortos são poderosos.

Outro grito ecoava do salão. Mais cantoria, agora mais alta, acompanhada de batidas de pés. *Segurem-no, guerreiros argivos! Segurem-no, comandantes argivos! Comandantes! Comandantes! Comandantes! Comandantes!*

Segurem-no? Pelo que vi de Pirro, sustentá-lo em pé teria sido mais apropriado.

Eu sabia que Andrômaca estaria no cômodo que dava para esse, o armário, como eu costumava chamá-lo. Bati à porta.

– Andrômaca? Sou eu… Briseida.

Ao empurrar a porta, deparei-me com seu rosto, pálido, sem corpo, flutuando na escuridão como o reflexo da lua na água.

– Como sabia que eu estava aqui?

– Amina me contou. – Ainda enquanto falava, percebi ter respondido à pergunta errada. – Ah, não se preocupe, conheço bem este quarto.

Na minha primeira noite no acampamento, Pátroclo me ofereceu uma caneca de vinho. Eu não conseguia entender como um homem tão poderoso, principal auxiliar de Aquiles, estava servindo uma escrava. Esse simples ato de bondade tem me assombrado desde então. Voltando-me para a mesa à esquerda da porta, enchi duas das maiores canecas que encontrei e lhe entreguei uma delas.

Ela parecia ansiosa.

– Você acha que deveríamos?

– Não vejo por que não. É o vinho de Príamo e não acho que ele nos negaria uma caneca.

Indecisa, ela levou a sua aos lábios.

– Você já comeu alguma coisa?

Ela negou com a cabeça, então voltei para a outra sala, peguei uma cesta de queijo e pão e coloquei ao seu lado. Eu não esperava que Andrômaca comesse, mas pelo menos agora ela poderia, se quisesse. Apertei-me na cama ao lado dela e nos sentamos em silêncio por um tempo, ouvindo a cantoria no salão.

– Você vai ficar bem. – A frase soou débil, mas qualquer coisa dita na situação teria soado débil. – Vai acabar logo e depois você estará de volta em sua cama.

– Você sabe que ele matou meu bebê?

MULHERES DE TROIA

Às vezes as palavras são inexistentes. Coloquei o braço sobre seus ombros; ela era tão magra, como um pássaro, que quase esperei sentir as batidas fortes de seu coração contra as costelas. No início, ela não respondeu, todos os músculos tensos, mas então, de repente, enrolou-se na lateral do meu corpo e descansou a cabeça na curva do meu pescoço. Encostei os lábios em seu cabelo e ficamos assim por um longo tempo. Minha mão livre descansou na colcha. O padrão de folhas e flores era tão familiar que eu poderia traçá-lo de memória, sem precisar vê-lo. Eu estava pensando em minha amiga Ífis, que tantas vezes esperou nessa sala comigo. Depois da minha primeira noite na cama de Aquiles, ela tinha um banho quente à minha espera quando eu voltava para a cabana das mulheres; ela entendia como era necessário se sentir limpa, mergulhar naquele calor envolvente. Decidi então que haveria um banho quente à espera de Andrômaca quando ele a deixasse ir.

A gritaria no salão fora reduzida a um estrondo baixo com ondas de risos percorrendo-o. Ah, estavam satisfeitos, esses gregos, celebrando a destruição de Troia. Com as barrigas cheias de carne saqueada, embriagados com vinho saqueado, as vozes abafando o rugido do vento, era fácil esquecer que estavam presos na praia, sem esperança de lançar ao mar seus navios negros. Só que naquele momento a noite chegava ao fim – e o vento assobiaria ao redor de suas cabanas a madrugada toda. De repente, cantavam a última canção. Eu conhecia cada verso dela; já a tinha ouvido ser entoada tantas vezes enquanto esperava sentada naquele quarto. É uma canção sobre amizade; amigos em despedida ao final de uma boa noite, uma celebração do calor e da vida, mas também impregnada de melancolia. À medida que as últimas notas se esvaem em silêncio, eles derramam os restos de seu vinho nos juncos como uma libação final aos deuses.

Apertei o ombro de Andrômaca.

– Tenho que ir.

Ela assentiu, preparando-se, ciente de que, na próxima vez que a porta se abrisse, seria Pirro. Naquele momento, toda a dormência protetora que construí nos últimos meses desapareceu e eu estava de volta a esse quarto, sentada onde ela estava, à espera de Aquiles, sentindo novamente o terror que surgia quando a porta se abria e a sombra enorme dele obscurecia a luz.

7

A cabana estava vazia quando voltei. Não tinha ideia de onde Álcimo estava ou se voltaria para casa. Provavelmente não. Eu não sabia onde ele dormia quando ficava fora a noite toda e não tinha o direito de perguntar. Claro, ele tinha outras mulheres, todos os homens têm, mas eu não sabia de nenhuma em especial.

Estava tarde demais para começar a cardar a lã, mas eu sabia que não conseguiria dormir. Em vez disso, andei de um lado a outro, enquanto as lembranças que me tornei tão boa em suprimir borbulhavam logo abaixo da superfície, e o bebê se remexia dentro de mim. Ficar com Andrômaca e as garotas me forçava a reviver meus primeiros dias no acampamento. Quando reflito sobre aquele tempo, acho que eu devia estar quase louca. Ah, por fora normal, calma, sorridente – sempre sorridente –, mas movendo braços e pernas com a mesma sensibilidade de uma marionete. Dias inteiros se passavam e à noite eu não seria capaz de me lembrar de um único acontecimento. Com exceção de... não, isso não é bem verdade. Eu me lembrava, e ainda me lembro, dos numerosos pequenos atos de bondade concreta que recebi. Eu não podia retribuir a Ífis, mas podia transmitir sua bondade; Andrômaca tomaria seu banho.

Mas isso era pela manhã. Eu ainda tinha de atravessar a noite. Talvez pudesse tomar um pequeno copo da poção para dormir que Álcimo guardava ao lado de sua cama, embora temesse alguns de seus efeitos; ele tinha pesadelos, do tipo que não para quando se abrem os olhos. Eu o ouvia, às vezes, gemer durante o sono. Ainda assim, disse a mim mesma, alguns bocados não fariam mal. Tomei de um único gole, torcendo a boca

MULHERES DE TROIA

devido ao gosto amargo, então fui para o quartinho ao fim do corredor, percebendo enquanto o fazia que era o equivalente exato do "armário" nos aposentos particulares de Aquiles; o cômodo onde as mulheres ficavam enquanto esperavam para serem chamadas. Conjecturei a respeito de quem esperou lá por Álcimo nos anos antes do casamento involuntário dele.

Minha cama era dura e, mesmo na breve caminhada de volta do salão de Pirro, o frio havia penetrado em meus ossos. As noites abafadas de verão já haviam passado; o ano se encaminhava para a escuridão. Fechei os olhos e os mantive fechados, embora estivesse ciente o tempo todo do berço vazio aos pés da minha cama.

Você sabe que ele matou meu bebê?

Sim, embora só tenha descoberto recentemente. A princípio, presumi que tivesse sido Odisseu quem matou o filho de Andrômaca, apenas porque o ouvi argumentar com muita intensidade que todo homem de Troia deveria morrer, incluindo bebês no útero. *Todos* eles, insistiu, mas em particular a linhagem de Príamo. Não devia restar ninguém vivo com qualquer direito ao trono de Troia, ninguém capaz de se tornar um foco de resistência e vingança. Descobri a verdade por acidente ao ouvir uma conversa entre Álcimo e um dos outros soldados. Pirro fora escolhido para matar o bebê como recompensa pelo papel desempenhado na queda de Troia. Suas façanhas corriam de boca em boca e, sem dúvida, cresciam ao serem recontadas. Até ouvi um boato de que ele matou Príamo espancando-o até a morte com o corpo de seu neto mais novo. *Isso* não era verdade, ou pelo menos eu esperava que não fosse, embora ele tivesse mentido sobre a morte de Príamo – eu tinha certeza disso. Tantas coisas terríveis haviam sido feitas dentro da cidade caída que era difícil descartar qualquer possibilidade.

A criança dentro de mim chutou mais uma vez e repousei meus dedos abertos sobre a barriga. Eu não sabia o que as mulheres grávidas deveriam sentir; não tinha a quem perguntar, exceto por Ritsa, e ela sempre respondia com a animação automática de uma parteira experiente. Então, o que eu sentia por esse bebê cujo pai matou meu marido e meus irmãos e incendiou minha cidade? Eu sentia que o bebê não era meu. Às vezes, parecia mais uma infestação parasitária do que uma gravidez, tomando conta de mim, usando-me para seus próprios propósitos – que eram os propósitos *deles*. Matar todos os homens e meninos, engravidar as mulheres – e os troianos deixam de existir. Eles não tinham apenas a intenção de matar homens individuais; pretendiam erradicar todo um povo.

Eu não tinha escolhido essa gravidez; eu não a queria. No entanto, sabia que era minha salvação. Sem ela, eu teria sido fornecida, ofertada como grande prêmio nos jogos funerais de Aquiles. Em vez disso, eu tinha um casamento, segurança e até certo respeito. Percebi uma mudança marcante assim que a gravidez se tornou visível. Ainda outro dia, um homem que eu mal conhecia colocou a mão sobre a minha barriga, e não de uma forma sexual e predatória, mas como marca de sua lealdade à linhagem de Aquiles. Eu era a urna que continha as joias da Coroa; pelo menos, era assim que os mirmídones pareciam me enxergar. Como pessoa, eu não tinha a menor importância. Se alguma vez pensassem sobre meus sentimentos — e eu tinha quase certeza de que não pensavam —, provavelmente presumiriam que eu estava radiante de orgulho com a ideia de gerar o filho de Aquiles. Estar grávida do maior guerreiro de seu tempo, talvez de todos os tempos: o que mais uma mulher poderia desejar?

Fiquei escutando o gemido do vento. À noite, o rugido que intimidava e ameaçava durante todo o dia às vezes morria em um soluço inconsolável, parecido com uma criança abandonada implorando que a deixassem entrar. A essa altura, eu conhecia todos os defeitos da cabana. A fresta embaixo da porta que deixava a areia entrar, de modo que o chão estava sempre arenoso, não importava com que frequência fosse varrido. Era preciso ter cuidado para colocar as lamparinas bem longe das correntes de ar, porque, se fossem derrubadas pelo vento, continuariam a queimar. Velas eram mais seguras, já que era provável que se apagassem na queda. Tinha-se a sensação constante de que o vento soprava a escuridão para dentro por cada fenda. Eu teria dito que agora eu sabia todas as peças que a tempestade poderia pregar, mas então, deitada ali de olhos fechados, começando a adormecer, ouvi um novo som: uma batida que não notara antes. Forçando-me para acordar, abri os olhos e percebi que o berço começara a balançar. Nenhuma mão humana o havia tocado e, no entanto, lá estava ele, rangendo, *movendo-se*, avançando devagar pelo chão. Minha mente lutou para encontrar uma explicação e, assim que consegui me livrar da mortalha do sono, ficou mais do que óbvio. Havia uma fresta na parede ao nível do chão, dava para sentir a corrente de ar nos tornozelos assim que se entrava no quarto e, como o chão se inclinava

54

MULHERES DE TROIA

da parede externa até a porta, era na verdade fácil para o berço se mover. Não havia nada remotamente sobrenatural na cena, e ainda assim senti um arrepio na nuca. Observei o berço balançar e fui acometida por um pavor sufocante. Demorei muito até conseguir pegar no sono de novo.

Antes de qualquer coisa na manhã seguinte, ainda um pouco zonza por causa da poção para dormir, fui até a cabana das mulheres com a intenção de esperar por Andrômaca, apenas para ser informada, por Helle, que abriu a porta, que ela já havia retornado.

— Ela ficou lá apenas algumas horas.

Isso foi um pouco estranho. Normalmente, se você fosse convocada, esperava-se que ficasse lá a noite toda, mas isso era com Aquiles. Eu não conhecia Pirro. Segui direto ao longo do corredor para o quarto de Andrômaca, que em tamanho e forma era exatamente igual ao meu. Estava enrolada sob um cobertor, lavada pelas lágrimas e silenciosa; no entanto, quando me sentei na ponta da cama, ela se virou e começou a enxugar os olhos com a mão.

— Bem, aconteceu — contou ela. — E estou feliz que tenha acabado.

Ofereci-lhe um pedaço de pano para assoar o nariz. Ela emergiu dos lençóis, fungando, úmida, de olhos avermelhados, porém muito mais calma do que eu esperava. Ela gesticulou com a cabeça para a porta.

— Elas ficam me perguntando como foi...

Era bastante natural; todas deviam ter pensado que logo seria a vez delas. Lembrei-me de como foi importante para mim que Ífis nunca fizesse perguntas.

— Olha, por que não vem comigo? – convidei. – Você pode tomar um banho, tem bastante água quente...

Andrômaca olhou desamparada ao redor do quarto, como se apenas o ato de sair da cama fosse uma tarefa assustadora demais para ser contemplada, mas então jogou as pernas cama afora e se levantou. Seu cabelo estava desgrenhado; sua túnica, manchada. Voltei à cabana na frente dela, mandei que preparassem um banho quente e coloquei a comida na mesa: carnes frias do jantar da noite anterior, pão quente, damascos maduros, queijo branco e quebradiço. Nem por um momento imaginei que ela seria capaz de comer, mas me surpreendi. Não posso afirmar que ela comeu muito, mas não tenho certeza se alguma vez na vida comera.

55

No entanto, ela conseguiu tomar uma caneca de vinho e isso trouxe um pouco de cor às suas bochechas.

Quando ela terminou, o banho estava pronto e a levei para fora, para a parte de trás da cabana, onde ela poderia tomar banho com privacidade. Vapor subia da água, ervas aromáticas flutuavam na superfície, toalhas brancas eram aquecidas em um cavalete junto ao fogo de cozinhar... Ela se animou um pouco com a visão. Quando tirou a túnica, vi que ela usava um anel em uma corrente de prata em volta do pescoço e me perguntei como diabos ela conseguiu manter o objeto. Normalmente, quando uma mulher é capturada, suas joias são tiradas dela; muitas das meninas haviam chegado ao acampamento com os lóbulos das orelhas rasgados, pois seus brincos haviam sido arrancados. Pude perceber que era um anel de polegar de homem; mas eu não queria examinar mais a fundo. Mais do que qualquer outra coisa, ela precisava de privacidade. Eu sabia o quão machucada ela estaria se sentindo – cada centímetro de seu corpo *ferido* – como se ela tivesse sido esfolada.

Virei as costas e pus-me a mexer nas toalhas. Quando olhei de novo, ela estava deitada esticada na banheira com os olhos fechados, as sombras de nuvens circulantes se moviam com suavidade sobre seu rosto. Deixei que ela demorasse o tempo que quisesse, retornando para o interior da cabana e selecionando uma das minhas túnicas para que ela usasse. Passaram--se vinte minutos antes que eu a ouvisse chamar meu nome. Ela saiu do banho para o abraço das toalhas quentes. Em seguida, ajudei-a a vestir a túnica limpa e nos sentamos no degrau enquanto eu penteava e trançava seus cabelos. Há algo reconfortante em pentear cabelos – para ambas as pessoas envolvidas. Tentei me lembrar de como ela era quando eu estivera em Troia. Eu tinha só doze anos, então a teria considerado uma mulher adulta, embora, relembrando, percebi que devia ser muito jovem – não tinha nem quinze anos quando se casou com Heitor. Anormalmente jovem, em especial porque, segundo todos os relatos, ela fora uma filha única muito amada, mas o pai queria vê-la casada em segurança porque suspeitava (com razão) que sua cidade era a próxima na lista de alvos de Aquiles.

Eu podia imaginar como os primeiros dias de seu casamento devem ter sido difíceis. Preocupado em lutar na guerra, Heitor adiou o casamento até bem depois dos trinta anos. Nessa idade, ele já teria tido várias concubinas; pelo menos algumas das crianças brincando em volta da mesa de jantar

MULHERES DE TROIA

seriam dele. Todavia, isso é de se esperar; uma jovem esposa que sofre por causa das concubinas do marido é uma tola. Não, o verdadeiro problema era Helena. Heitor estava deslumbrado por ela, embora fosse um homem honrado demais para expressar em palavras ou atos sua paixão pela esposa do irmão. Por sua vez, Helena flertava escandalosamente com ele, mal se importando em disfarçar a percepção de que havia se casado com o irmão errado; e ela era totalmente indiferente a Andrômaca, "a noivinha". Todas as mulheres desapareciam na presença de Helena, entretanto Andrômaca, magricela, sem seios e terrivelmente tímida, desaparecia mais do que a maioria. Heitor sempre tratava a esposa com grande respeito nas raras ocasiões em que eram obrigados a aparecer juntos em público; e se, em tais ocasiões, seus olhos com frequência se voltassem para Helena... Bem, isso também acontecia com todos os outros homens no recinto.

Helena tinha ciência total do efeito que exercia. Lembro-me de uma noite em particular quando, debochada como sempre, ela elogiava os troianos pela rigidez com que vigiavam as meninas solteiras. Helena era de Argos, onde as coisas aconteciam de maneira bem diferente.

– Sabem que – disse ela –, quando eu era uma menina já crescida, já com idade para casar, ainda me despia da cintura para cima e competia com meus irmãos em corridas ao longo da praia? Quero dizer... – Ela olhou de modo inocente ao redor da mesa. – Conseguem *imaginar*?

Ah, conseguiam, eles conseguiam, *com certeza* conseguiam. Um ou dois dos conselheiros mais idosos de Príamo davam a impressão de que imaginar talvez fosse a última atitude que tomariam na vida. As mulheres murmuraram e trocaram olhares de reprovação, enquanto à cabeceira da mesa, Príamo, com o rosto radiante de diversão, trocou um olhar com Helena e balançou levemente a cabeça.

Então, conforme eu terminava de trançar o cabelo de Andrômaca, não pude deixar de sorrir ante a lembrança. Apesar de tudo, nunca fui capaz de odiar Helena, o que, no que diz respeito às mulheres troianas, me coloca em minoria de exatamente uma. Amarrei uma fita no final da trança, e Andrômaca, que adentrara um estado quase de transe, abriu os olhos e observou ao redor.

– Obrigada – agradeceu. – Não acho que conseguiria aguentar mais um minuto lá. Elas ficam fazendo perguntas e mais perguntas e eu simplesmente não quero falar disso.

– Não, claro que não – falei. Busquei uma jarra de vinho e a depositei no chão, aos nossos pés. Conversamos sobre vários assuntos, mas nada prendeu sua atenção por muito tempo e, pouco depois, começou a me contar sobre Pirro, como ela queria fazer desde que chegou.

– Ele estava *tão* bêbado... Nunca na minha vida eu tinha visto alguém tão bêbado. Ele ficava derrubando objetos, então dizia uma coisa e depois esquecia que a tinha dito e repetia. Quero dizer, Heitor bebia, bem, todos eles bebem, não é? Mas *nunca* dessa maneira. – Ela parou por um momento, fitando a grama esparsa ao redor de seus pés. – Acho que ajudou de certo modo, porque eu sabia que ele não se lembraria de nada; e isso significava que eu também não precisava lembrar. Sim, eu sei, uma *loucura*... só estou dizendo que foi assim que me senti. – Ela ergueu os olhos. – Pensei que, quando estava sentada naquele quarto, sabe, depois que você foi embora, que ele ia entrar e... pular em cima de mim. Mas não foi assim. Ele me fez sentar e apenas... *olhou* para mim. Eu não conseguia respirar, não conseguia falar... Depois de um tempo, ele me serviu uma caneca de vinho, derramou a maior parte, depois saltou de pé e pegou uma caixa da mesa e despejou tudo e disse: "Vamos, escolha". Eram na maior parte joias, colares, broches. De Troia, suponho. Se eu estivesse com a cabeça no lugar, provavelmente teria reconhecido a maior parte. E ele ficava dizendo: "Vamos, escolha". Bem, eu sabia que a única coisa que eu *não* queria era escolher algo que me deixasse bonita para ele. Então, escolhi isso.

Ela pescou por baixo da gola da túnica e tirou o anel que eu havia notado antes. Ouro, com uma grande pedra verde – não uma esmeralda –, um verde pálido, leitoso, a cor de um mar calmo. Olhei para o anel; e a mão de um homem com uma moeda de prata brilhando na palma surgiu da escuridão do passado.

– O anel de *Príamo*?

– Sim, eu não queria que Pirro ficasse com ele.

– Mas ele não perguntou por que você queria um anel de homem? Você nunca vai poder usá-lo.

– Eu *estou* usando. E não, ele não perguntou. Acho que ele estava tentando não vomitar. – Hesitou. – Ainda não sei se ele... Sabe. Ele ficou tendo que...

MULHERES DE TROIA

Para meu espanto, Andrômaca fez um movimento de vaivém com o punho fechado.

– E só continuava e continuava. – Ela soltou uma risadinha sem humor. – Então me botou pra fora.

– Você deve saber se ele gozou dentro de você.

Por um momento, achei que ela não fosse responder. Então:

– Sim. Sim, ele gozou.

Ela estava cinza de novo; cada pedacinho de vida parecia se esvair dela enquanto eu observava. Ficamos sentadas em silêncio por um tempo, ouvindo o vento. E então, entre todos os outros ruídos mais familiares, distingui o ranger dos pés do berço balançando no chão de madeira. Eu esperava que ela não ouvisse, mas ela ouviu. No mesmo instante, ela se levantou de um salto, tropeçando porta adentro, quase como se fosse o meio da noite e ela tivesse ouvido seu bebê chorar. Uma vez dentro da cabana, o som ficou mais alto e ela começou a correr. Alcancei-a assim que ela chegou à porta do meu quarto e vi, por cima do ombro dela, o berço balançando. Ela caiu de joelhos ao lado dele, mirando o vazio sob o berço.

– Vou devolvê-lo – gaguejei, desesperada para impedir que ela se magoasse ainda mais do que já estava. – Não posso devolver agora porque Álcimo me deu, mas não se preocupe, assim que puder, eu devolvo...

Sua mão, agarrando a lateral do berço, havia parado o balanço. Ficamos imóveis em meio ao silêncio repentino, respirando. Então ela olhou para mim.

– Por que eu iria querer de volta? – disse ela. – Terei apenas que colocar o filho *dele* no berço.

Seu olhar deslizou do meu rosto para a minha barriga.

– Como podemos amar os filhos *deles*?

Ela me encarava, quase como se pensasse que eu seria capaz de lhe dar uma resposta. Sentindo-me mal, posicionei a mão sobre a boca e me virei.

8

Até mover a cabeça no travesseiro causava dor. Sua boca estava seca; ele devia ter roncado como um peixe a noite toda, embora fosse uma expressão idiota. Quem já ouviu um peixe roncar? Com os olhos bem fechados, ele abriu os braços e encontrou o outro lado vazio. Ela tinha ido embora, então. Quando ela foi embora? Vagamente se lembrou de chutá-la para fora da cama. Não, não chutado; ele não teria feito isso. Afinal, ela era viúva de Heitor, um prêmio importante, como o capacete e o escudo dele. Exceto que ele não tinha o escudo. Automedonte devia ter impedido... Então, com os olhos abertos, sentiu a luz queimar como ácido e ficou satisfeito em fechá-los de novo. Algo o incomodava... O anel, ah, merda, sim, o anel. Ele ofereceu a ela colares, pulseiras, broches, e ela escolheu um anel de homem. Por quê? Porque era o anel de Heitor. Por que ela o reconheceu? Ele devia tê-la impedido de pegá-lo, e o teria feito se não tivesse sentido pena dela. Se não estivesse tentando não vomitar.

Como conseguiram fazer sexo, ele não fazia ideia. Mas conseguiram, o lençol úmido embaixo dele era a prova. Ele não conseguia se lembrar de muita coisa, mas tinha feito. Tinha? Sim, claro que tinha. Ele consegue se lembrar agora, embora mal valesse a pena lembrar. Foi como enfiar o pau em um saco de ossos de galinha engordurados. Ele não devia ter deixado que ela pegasse o anel. O problema é que ele é generoso demais; as pessoas o consideram um tolo. *Ela* com certeza vai. Ainda assim, não a ajudou muito, não é? O importante é que acabou. Na próxima vez será mais fácil, e na próxima. E na próxima... Merda. É uma pena perpétua, terá uma folga se a engravidar, mas de outra forma... Ele tem de parar de pensar assim. O importante é que fez o que tinha que fazer. As muralhas de Troia foram totalmente invadidas.

A explosão momentânea de confiança permite que ele se sente e olhe ao redor. Como sempre, o quarto parece encolher para longe de si. É extraordinário como essas coisas estão vivas. A lira, parada ali como se Aquiles tivesse acabado de deixá-la; o espelho que antes continha seu reflexo, mas agora está escuro; o escudo apoiado contra a parede. Todos esses itens são dele agora, mas não parecem seus. Ele não é capaz de tocar a lira e com certeza não vai deixar ninguém tocá-la. Ele pode polir o escudo, e o faz. O espelho prega peças. Às vezes, ele veste a armadura de Aquiles e para na frente dele, mas seu reflexo nem sempre se move quando ele se move. Está se distanciando de si mesmo.

Basta. A única solução é sair. Veste uma túnica limpa, calça as sandálias e precipita-se cabana afora. O vento rouba-lhe o fôlego, fecha a porta atrás dele, quase como se o trancasse do lado externo. Para onde ir? Ninguém está acordado. A sessão de bebedeira ao fim da noite no salão fará todo mundo gemer e cuidar de suas cabeças doloridas tanto quanto ele; fora algumas mulheres atiçando fogueiras e moendo milho, o acampamento está deserto. Para o mar, então. Ele segue o caminho pelas dunas, ciente a cada vez que põe o pé no chão de que pisa onde o grandioso Aquiles pisou. Literalmente, não há nenhum lugar na praia ou no acampamento onde ele possa parar sem saber que Aquiles esteve lá antes. Nada que ele possa tocar: a mesa, a caneca, os pratos do jantar... nada. Claro, é um consolo ter seu pai tão próximo. Entretanto, ele não está. Não está ali de modo algum. Ao chegar à praia, Pirro sente a vasta extensão de mar e céu como uma ausência insuportável e dolorida.

Nadar. Como antes, Aquiles nadava – toda manhã, toda noite. Mas o mar é uma parede de areia marrom e agitada. Apenas a ideia de mergulhar naquilo o deixa nauseado, mas tem de fazer isso – não há escolha. Nunca houve escolha. Então, ele entra; sente a água gelada bater nos joelhos, a areia escorregar por entre os dedos dos pés. A próxima onda atinge sua virilha, seu peito, sua boca e então ele está nadando, cabeça e pescoço tenso levantados acima das ondas. Tenta colocar um pé no chão, mas não há chão sob seus pés, então tem de continuar passando pela espuma borbulhante até o espaço mais calmo além, embora mesmo ali as ondas estejam com as bordas brancas e fervilhem ao longo de suas cristas.

PAT BARKER

Mais alguns metros de um vergonhoso nado cachorrinho, cada vez mais frenético conforme as ondas ameaçam puxá-lo para longe, e está pronto para sair. Meio andando, meio engatinhando pela parte rasa, ele não é acometido por sensação alguma de realização. O mar o engoliu; o mar o cuspiu de volta, e é tudo.

Aquiles, como disseram a Pirro repetidas vezes, nadava como uma foca, como se o mar fosse seu verdadeiro lar. Certa vez, ficou debaixo d'água por tanto tempo que Pátroclo se atirou ao mar a fim de resgatá-lo, apenas para vê-lo emergir centenas de metros adiante. A cena em questão é uma das imagens mais nítidas que tem de seu pai: um homem nadando longe no mar, outro esperando ansiosamente na costa. Naquele momento, pela primeira vez, ocorre-lhe que a cena não faz sentido. Por que Pátroclo ficaria preocupado? Com o nadador mais forte do exército grego nadando em um mar calmo?

Há tantas coisas que ele não entende.

Devagar, ele veste a túnica úmida, calça as sandálias cheias de areia e se vira à procura de observar o acampamento. Há uma ou duas cabanas iluminadas, mas ele não tem a menor vontade de voltar. Está melhor ali, com o vento limpando sua mente das recordações sórdidas da noite. Não era culpa dela, pobre cadela. Não era culpa dela, de jeito algum. Se não estivesse tão frio. Se ao menos o vento parasse. Naquele exato momento, assim que o pensamento se forma, há uma calmaria.

Silêncio. Nada se move, nem mesmo uma lâmina de grama. Por todo o acampamento, os homens que dormiram profundamente durante a fúria da tempestade estarão acordados, encarando uns aos outros. É isso? Parou? Podemos ir para casa? Mas antes mesmo que tenham a chance de falar, o vento retoma o seu sopro; a princípio, nada além de um tremor de rabo de gato nas folhas mortas e da grama, mas depois com violência crescente, até que varre o mar com tanta força e veneno quanto antes.

Essas calmarias imprevisíveis, quando, por um breve momento, partir, ir para casa, começa a parecer possível, enfraquece os ânimos mais do que as piores rajadas da tempestade. E a cada vez que isso acontece, o senso comum de que o vento não significa nada, de que é apenas, para usar a palavra desdenhosa de Macaão, o *clima*, perde um pouco de terreno. Porque, depois de uma dessas calmarias, realmente parece que os deuses

62

MULHERES DE TROIA

estão brincando com eles, segurando a esperança na palma de uma mão aberta apenas para tomá-la de volta.

Pirro sente seu cabelo molhado se eriçar da nuca, sente sua túnica úmida moldada ainda mais aos contornos do corpo e segue em frente. Um banho quente? Uma tigela de ensopado? Eram as sobras da noite anterior, mas os ensopados às vezes têm um sabor ainda melhor no dia seguinte. Ou uma visita aos estábulos? Ver Ébano, ajudar os cavalariços a colocar os cavalos no pasto. Não, nada disso. Não por enquanto.

Todo o tempo em que ele fingia pensar em banhos quentes e comida, seus pés o conduziam aonde ele precisava estar. Chegara ao lugar agora. Com os dedos apertando o nariz e respirando ruidosamente pela boca, ele segue a trilha até ver o que está estendido na areia suja. Ele precisa disso. Precisa confirmar o que já sabe, que a língua que proferiu aquelas palavras – que ele não se permite repetir, não, nem mesmo no zumbido vazio da própria mente – está em putrefação agora, dentro de um crânio decomposto. Ele para, olha, observa cada mínimo detalhe, nota cada mudança.

Basta. Ele não precisará voltar aqui, talvez por vários dias, mas voltará. Porque é a prova de que ele é quem afirma ser: o homem que matou o rei Príamo. O filho do grandioso Aquiles. O herói de Troia.

Pensei muito em Príamo nos dias seguintes. Deparar-me com seu anel no pescoço de Andrômaca trouxe tudo de volta. Não havia nada que eu pudesse fazer para evitar a desonra de seu corpo, mas pelo menos podia visitar sua viúva, Hécuba, e talvez tornar sua vida mais confortável de alguma maneira. Então, certa manhã, fui vê-la, levando Amina comigo. Eu podia ter levado uma das outras garotas, mas achei que a caminhada podia me dar uma chance de conversar com ela. Ainda estava preocupada com ela; Amina parecia incapaz de aceitar a realidade de sua situação. Pelo contrário, era constante e perigosamente desafiadora. Mas não houve oportunidade de conversar com ela no trajeto até a arena. O vento estava tão forte que tornava impossível falar. Tive de andar de cabeça baixa, abafada pelo véu, enquanto Amina se arrastava, obstinada, atrás.

Um grupo de homens limpava a areia do chão da arena. A ideia de Álcimo de realizar jogos competitivos estava se provando popular e muitos dos eventos seriam realizados ali. Parei para vê-los trabalhar, percebendo pequenas pilhas de oferendas aos pés das estátuas dos deuses – frutas, grandes buquês de margaridas roxas, além de outros presentes mais excêntricos: modelos de escudos e lanças, um par de sandálias novas, um cavalo de brinquedo infantil. Olhando ao redor do círculo, notei que alguns deuses – Atena, em particular – se saíam melhor do que outros e percebi se tratar de um guia visual para o que os guerreiros gregos em geral pensavam. *Por que somos mantidos aqui nesta maldita praia horrível? A que deus ofendemos?* A resposta, ou pelo menos o melhor palpite: Atena. E por que Atena? Porque foi em seu templo que Cassandra foi estuprada, e o estuprador,

MULHERES DE TROIA

Ájax, o Menor – Pequeno Ájax –, não foi punido como deveria, o que sem dúvida tornou Agamêmnon e os outros reis cúmplices do crime. É claro, não era o estupro que os incomodava; era a profanação do templo. Essa era uma violação que Atena podia muito bem estar inclinada a vingar.

Amina observava as pilhas de oferendas, seus olhos corriam de uma estátua até outra. Ponderei sobre o que ela achava delas. Elas deviam ter sido esplêndidas quando erguidas, mas caíram em estado de degradação ao longo dos anos: as bases podres, a pintura descascando. Ártemis, Senhora dos Animais, deusa da caça, jazia em um estado especialmente ruim: as feições semiapagadas, quase nenhum vestígio de tinta em suas vestes.

Já que estava lá, pensei em visitar Hecamede, prêmio de honra de Nestor e, depois de Ritsa, minha melhor amiga no acampamento. Eu a encontrei varrendo o salão, uma pilha de juncos novos perto da porta à espera de serem espalhados, apesar de, como ela apontou depois que nos abraçamos, o salão mal precisar de limpeza. Não havia banquetes comemorativos na cabana de Nestor; seu filho mais novo, Antíloco, morrera no ataque final a Troia. Antíloco, o garoto que amava Aquiles. Sua morte mergulhara todo o acampamento em luto. Sentia-se a atmosfera de tristeza no momento que se cruzava a soleira do salão, a perda de uma vida jovem e promissora. Amina permaneceu perto da porta; eu me sentei em um banco com os pés levantados enquanto Hecamede terminava de varrer e a ajudei a espalhar os juncos.

– Como está Nestor? – perguntei.

Ela fez uma careta.

– Nada bem.

Eu não conseguia acreditar que Nestor estava de fato doente. Ele era como uma árvore antiga que se curva a cada tempestade, pensa-se que a qualquer momento será arrancada, mas na manhã seguinte lá está, ainda de pé, rodeada por hectares de árvores jovens e saudáveis arrancadas durante a noite. No entanto, eu conseguia entender por que essa doença, seja lá o que fosse, estaria pesando na mente de Hecamede. Se Nestor morresse, o que seria dela? Se ela tivesse sorte, algum de seus filhos sobreviventes poderia tomá-la, embora seja incomum que os filhos herdem as concubinas dos pais; era mais provável que ela fosse dada como prêmio nos jogos funerários de Nestor. Exatamente o que teria acontecido comigo se Aquiles não tivesse me concedido a Álcimo.

Terminamos de espalhar os juncos e nos sentamos em um dos bancos. Havia um cheiro de açúcar queimado e canela e, mais adiante na mesa, duas bandejas com bolinhos, pouco maiores do que uma mordida cada, mas totalmente deliciosos. O nome popular para eles era "só-mais-um", porque ninguém nunca conseguia comer apenas um.

– Não pode ser tão ruim se ele está comendo isso.

– Ah, não são para ele... são para Hécuba. Eu estava indo levá-los agora, quer me acompanhar?

– Sim, claro. Na verdade, eu estava indo visitá-la. Só não pude resistir a vir ver você primeiro.

– Bom, podemos ir juntas. Só preciso dar uma olhada em Nestor antes.

Ao que parecia, ele mencionara sobre se sentar na varanda, mas quando esticamos nossas cabeças pela porta, o encontramos dormindo, roncando alto, seu lábio superior fazia beicinho a cada respiração. Mesmo a essa distância, eu podia ver que seu nariz e lábios estavam azuis.

– O que eu não gosto é da agudeza – disse Hecamede, tocando a ponta do próprio nariz. – Eles ficam assim antes de partirem.

Foi um alívio sair do quarto, com seu cheiro de carne velha e doente. Lá fora, de volta ao salão, respirei fundo várias vezes. Então, Hecamede pegou uma bandeja, eu peguei a outra e, com Amina alguns metros atrás em meu encalço, como de costume, partimos cruzando a arena onde longas sombras lançadas pelas estátuas dos deuses se esticavam sobre a areia recém-varrida. Ofuscadas, passamos da luz à sombra e para a luz de novo, uma caminhada curta e rápida no vento forte, e então, abaixando nossas cabeças, emergimos na escuridão gélida da cabana de Hécuba. *Do quarto de um doente para outro*, pensei. As semelhanças acabavam aí: Nestor dormia na cama de um rei cercado por todos os símbolos de riqueza e poder; a cabana de Hécuba parecia mais um canil do que uma habitação humana. Embora pelo menos ela não a dividisse com ninguém, um luxo raro naquele acampamento superlotado. Odisseu parecia de fato tratá-la razoavelmente bem. Quando as mulheres reais foram divididas entre os reis, fizeram muitas piadas à custa de Odisseu. Agamêmnon e vários dos outros reis conseguiram as filhas virgens de Príamo; Pirro, uma bela jovem viúva, havia muito o que aproveitar com ela, se ela ao menos se animasse um pouco; enquanto Odisseu ficara com uma velha esquelética. Odisseu apenas deu de ombros, afastando o riso. Ele sabia que levaria para casa a

MULHERES DE TROIA

única mulher que sua esposa, Penélope, teria aceitado e, com sorte, conseguiria convencê-la de que dormira sozinho nos últimos dez anos sem nada para passar o tempo nas noites solitárias, além de um ocasional jogo de pinos com seus homens. Ele era esperto suficiente para fazer com que parecesse convincente; e, de um jeito ou de outro, Penélope era inteligente o bastante para fingir que acreditava. Todos elogiavam a inteligência e a bondade de Penélope. Eu podia com facilidade imaginar Hécuba sentada em uma sala aquecida trabalhando em bordados leves em vez de, como tantas mulheres mais velhas eram forçadas a fazer, esfregando o chão de pedra enquanto ouviam gritos porque não estavam trabalhando rápido o suficiente. Ah, poderia ser uma vida de miséria, devastada pela dor, mas pelo menos ela estaria fisicamente confortável, por quantas semanas ou meses lhe restassem.

Tais reflexões eram absurdas. Hécuba jamais, desde o minuto em que viu Príamo morto, teve a intenção de viver.

À primeira vista, ela era um saco de ossos, aninhada sob um cobertor sujo. O único braço fora do lençol tinha tantas rugas e manchas marrons que parecia mais uma pele animal do que humana. Hécuba se mexeu ao ouvir nossas vozes e começou a tentar se sentar, piscando na luz repentina. Fiquei horrorizada ao perceber quão fraca ela se tornara; mesmo no curto período desde sua chegada ao acampamento, parecia ter encolhido. Conjecturei sobre quanto ela estava comendo. Hecamede tocou seus pés e ofereceu a bandeja de bolos. Hécuba agradeceu com profusão, mas no mesmo instante a deixou de lado e olhou para mim.

– Esta é Briseida – anunciou Hecamede.

Também me ajoelhei e toquei os pés de Hécuba. Eu não esperava que ela se lembrasse de mim. Nós nos encontramos com frequência durante os dois anos que passei em Troia, mas eu era uma criança na época. Devo ter mudado demais para que me reconhecesse desde então, e ela pareceu confusa por um momento, mas então estendeu o braço e tocou meu rosto com uma mão magra.

– Quero agradecê-la, minha querida.

– *Por quê?* Hecamede fez os bolos.

– Você foi bondosa com Príamo quando ele foi ver Aquiles. Ele se lembrou de você, ele se lembrou de Helena ter levado você para a cidadela. "A amiguinha de Helena." Você devia ser bem criança, não é?

67

– Eu tinha doze anos.

– Ele falou de você quando voltou. Disse que você foi gentil.

Eu não conseguia falar, estava quase aos prantos.

– Ora, vamos. – Hécuba deu um tapinha no meu braço. – Vamos comer alguns bolos.

Ela encarava as sombras onde Amina estava, colocando-se à parte de maneira ostensiva, como de costume. Percebi que Hécuba não enxergava muito bem.

– Amina? – chamei.

Ela avançou então, ajoelhou-se e tocou os pés de Hécuba. Para minha surpresa, Hécuba disse:

– *Amina*. Minha pobre criança. Como você está?

– Estou bem.

– Você foi dada a Pirro?

– Sim… não é o que eu teria escolhido…

Hécuba emitiu um som curioso entre um bufo e uma risada.

– Não, bem, acho que escolha é uma coisa do passado.

Hecamede distribuiu os bolos enquanto eu servia o vinho. Hécuba estava agitada demais para comer, embora eu percebesse que ela bebia depressa. Bem, deixe-a beber. Na situação dela, eu teria bebido o mar até secar. Em minutos, havia duas manchas vermelhas em suas bochechas, contrastando de modo berrante com o cinza generalizado de sua pele e cabelos. No início, ela se concentrou apenas no vinho, mas depois se pôs a falar sobre Helena. Se sabíamos que Menelau estava dormindo com ela de novo? Ela tinha uma cabana inteira só para si – "não como essa, e sim uma com *três* cômodos!" –, criadas para servi-la, arrumar seus pertences. Ah, e um tear. Helena está tecendo de novo, como uma aranha que aguarda a vibração que lhe comunicará sobre o pouso de uma nova mosca. Outra vítima ressecada… Ah, quanto ódio havia na voz de Hécuba enquanto ela falava essas coisas. Perguntei-me como ela sabia sobre o tear, mas as fofocas voavam pelo acampamento e, claro, as empregadas de Helena seriam troianas. Provavelmente, soube de tudo por meio delas. Elas colariam os ouvidos na parede para ouvir os grunhidos de Menelau, os gritos de êxtase de Helena… e haveria muitos gritos de êxtase; Helena não era boba. Todo o acampamento se ressentia por ele tê-la aceitado de volta. Soldados gregos e escravas troianas unidos em um fato, e apenas

MULHERES DE TROIA

um: o ódio a Helena. Menelau jurara tantas vezes matá-la – no instante que pousasse os olhos nela de novo! Depois, que a levaria de volta para Argos e deixaria que as mulheres a apedrejassem até a morte; não faltariam voluntárias. Tantas viúvas, tantas mulheres que perderam filhos... e ainda assim lá estava ele, de novo na cama com ela.

– *A noite toda* – continuou Hécuba. – O que ele está tentando fazer...? Fodê-la até a morte?

Acho que devo ter ficado chocada; eu não conhecia Hécuba tão bem quanto passei a conhecer depois.

– Ah, e as mentiras que ela conta! Ela foi estuprada... *meu filho* a estuprou? Ela não se cansava dele! Ah, e dizendo que a mantivemos prisioneira em Troia. Nada disso; ela podia ter ido para casa quando quisesse. Quem ela achava que a queria lá? O idiota do meu filho; mais ninguém! Qualquer uma das minhas garotas a teria acompanhado até o outro lado do campo de batalha se ela estivesse com medo demais para ir sozinha. *Eu* a teria acompanhado.

E dava para notar que era verdade: Hécuba estava inabalável. Todo esse tempo, sua boca se movera sem parar, mesmo depois que ela terminou de falar; na verdade, teve de apertar os lábios para mantê-los imóveis. Ela parecia um pássaro velho e frágil; um tordo, talvez, com as penas agitadas pela ventania, mas ainda cantando, ainda gritando em desafio de seu poleiro. Eu tinha dificuldade para entendê-la. Todos os dias, eu via como Andrômaca estava apagada pela tristeza; e suponho que esperava que Hécuba estivesse na mesma situação, ou pior. Mas ela não era nem um pouco assim. O ódio a Helena a consumia. Talvez achasse que os reis eram poderosos demais, intimidantes demais para odiar, ou talvez ela tivesse sempre culpado as mulheres e exonerado os homens. Algumas mulheres são assim. Mas isso me deixava revoltada.

Eu disse:

– Não pode culpar Helena! Não foi Helena quem matou Príamo; foi Pirro. E quem jogou o filho de Heitor das ameias? Pirro. E quem sacrificou Políxena? Não Helena... e sim Pirro.

– E o que você vai fazer a respeito? – questionou Hécuba.

Silêncio. Eu não tinha resposta para a pergunta. Eu sabia que Pirro estava muito além do nosso alcance. Em vez disso, olhei ao redor das paredes da cabana e só queria estar do lado de fora, enchendo meus pulmões com ar puro, se é que era possível chamar de "puro" esse vento intenso cheio de areia. Queria ficar longe do cheiro rançoso que emanava dos cobertores sujos de sua cama; acima de tudo, eu queria não ter de ouvir aquela voz exausta que vociferava sem cessar; e, no entanto, ao mesmo tempo, sentia pena dela e uma espécie de admiração.

Por fim, ela se manteve em silêncio. Até comeu um dos bolos, limpando a boca com delicadeza com as pontas do véu.

– Delicioso – elogiou ela, recusando outro. – Sabe – voltando-se para mim –, acho que nunca provei bolos como este em Troia, e Príamo tinha os melhores cozinheiros do mundo. Embora eu deva afirmar que ainda gosto mais do bolo de gengibre. Um sabor tão *forte*.

Hecamede ficou com um olhar preocupado.

– Está forte demais?

– Não, não, está perfeito. Nem picante, nem doce demais. – E virou-se para mim de novo. – E quanto a você, querida?

Eu não tinha certeza do que ela quis dizer.

– Se eu faço bolos? Bem, sim, um pouco… não como os de Hecamede.

– Mas tenho certeza de que tem outros talentos. Disseram-me que você sabe muito sobre ervas?

– Eu não diria "muito".

– Sabe. – Fez uma pausa, olhando ao redor do pequeno círculo. – Estive pensando sobre o que poderíamos fazer.

Senti uma pontada de inquietação enquanto ouvia. Ela parecia pedir a Hecamede que fizesse um bolo para Helena. Um bolo? *Para Helena?*

E então ela falou, olhando para mim:

– Sei onde encontrar as plantas.

Claro que ela sabia. Como todos os outros grandes herbários, o jardim de Troia tinha uma área fechada reservada para plantas venenosas, porque – paradoxalmente – plantas venenosas produzem os mais poderosos medicamentos. Administradas em doses mínimas, sob supervisão cuidadosa, tais plantas podem mesmo salvar vidas. Meimendro, acônito, dedaleira, trevo-de-cheiro – parece tão inocente, não? Trevo-de-cheiro –, serpentina, rícino, noz-vómica…

Hécuba tocou meu braço.

– Você saberia quais colher?

MULHERES DE TROIA

Olhei para Hecamede e a vi perceber o que estávamos sendo instigadas a fazer. Ela estendeu a mão para a de Hécuba.

– Por que não deixa que os deuses cuidem dela?

– Porque deixar as coisas para os deuses não adianta de nada! Você precisa crescer, minha garota.

– Só os deuses podem julgar.

– Rá! Você acha que os deuses se preocupam com a justiça? Onde está a justiça no que aconteceu comigo?

Ela virou de costas para nós nesse momento, encolhendo os ombros como um falcão na chuva. Por um momento houve silêncio. Então ela disse:

– Amina entende, não é?

Amina acenou com a cabeça.

– *Sim.*

– Felizmente – intervim –, Amina não tem permissão para sair da cabana das mulheres sem mim.

A atmosfera havia azedado. Arregalei os olhos para Hecamede, indagando: *Quando podemos ir embora?* Mas então Hécuba se virou para nós de novo e todo o seu comportamento mudou, quase como se a corrosiva fantasia de envenenar Helena – que, suspeitei, havia sido sua única companhia durante suas longas noites sem dormir – tivesse desaparecido e a deixado de repente mais leve.

– Sabe, acho que consigo comer outro bolo.

Restava apenas um. Quando ela terminou, umedeceu o dedo e pegou as últimas migalhas da bandeja.

– E agora, eu gostaria de dar um passeio.

Nós três trocamos olhares. Todas pensamos que era um absurdo: o vento iria levá-la embora. Na verdade, vislumbrei-a sendo arrastada para o céu como uma daquelas folhas marrons esqueléticas que se vê no outono, mas assenti e ajudei Hécuba a se levantar. Ela apoiou os braços magros nos ombros de Hecamede e nos meus e então, desajeitadamente, como um bezerro esquisito de seis pernas, arrastamo-nos em direção à porta.

Uma vez do lado de fora, na varanda, Hécuba parou e senti um tremor percorrê-la. Ela piscava sob a luz forte, como se intimidada pela própria audácia. Eu quase esperava que ela mudasse de ideia, voltasse e dissesse que tentaria de novo outro dia, mas não, ela estava determinada. Uma ou duas mulheres agachadas no chão moíam milho e ergueram os olhos

71

quando ela embarcou em sua perigosa jornada escada abaixo. Eu estava morrendo de medo de que ela caísse. No final, apenas a carregamos até embaixo; ela não pesava nada.

– Para onde gostaria de ir? – perguntei.

Hécuba refletiu por um momento.

– Para o mar. Há anos que não vou até o mar.

Assim, mantendo-nos o máximo possível ao abrigo das cabanas, partimos. Várias vezes, tivemos de parar para que ela enrolasse o véu em volta da boca; o vento estava roubando seu fôlego, bem como o nosso, mas ela tinha menos fôlego para perder. No entanto, ela podia muito bem não ter se preocupado, porque assim que deixamos o abrigo das cabanas, o véu flutuou atrás dela, que teve de me soltar para impedir que o tecido voasse para longe. Corvos circulavam, suas maltrapilhas asas pretas contra o céu branco.

– Vejam os malditos! – disse ela. – Mais bem alimentados do que nós.

E emitiu um som que em outras circunstâncias poderia ter sido uma risada.

Devagar, bem devagar, nós a levamos até a praia. A essa altura, estávamos quase carregando-a, nossos braços cruzados sobre suas costas curvadas enquanto ela cambaleava em direção ao mar. Em certo momento, seu véu saiu por completo. Amina o perseguiu pela areia e o trouxe de volta, amarrando-o com firmeza ao redor do pescoço de Hécuba. Na arrebentação, paramos e observamos as ondas em seu ataque incessante contra a terra, cada uma falhando, voltando atrás, desalojando seixos que se espalhavam pela encosta que as seguia; então, o longo e áspero suspiro de sua derrota. Mas já, além das ondas, o mar flexionava seus ombros poderosos para o próximo ataque. Hécuba encarava os navios de bico negro alinhados na praia tal qual um bando de pássaros predadores, vislumbrando, provavelmente pela primeira vez, as forças que haviam destruído sua vida. Tive medo de que ela olhasse ao longo da praia, para onde corvos e gaivotas ainda disputavam o corpo de Príamo, mas em vez disso ela respirou fundo e se voltou para a terra firme.

Um grupo de mulheres havia se reunido a uma curta distância, escravas que saíram correndo das cabanas de Odisseu para assistir à sua ex-rainha, mas ela olhou por cima de suas cabeças para a cidade em ruínas. Segui seu olhar e identifiquei, através de seus olhos, as torres pretas e quebradas

MULHERES DE TROIA

de Troia, como os dedos de uma mão meio enterrada apontando, acusadora, para o céu. Esperei que Hécuba se pronunciasse, mas ela não falou nada. Talvez, ante essa visão, as palavras parecessem uma moeda tão sem valor que ela não via sentido em usá-las. Em algum lugar no fundo de sua garganta, um som sem palavras se formava. Não o ouvi, mas o senti, correndo de seu pescoço e ombros, descendo até meu braço. E, antes que percebesse o que estava acontecendo, ela escorregou das minhas mãos e caiu de joelhos. Ela se agachou na areia dura e de repente o sofrimento irrompeu dela. Ergueu o rosto para o céu e gritou por Príamo, depois por Heitor e por todos os seus outros filhos mortos. Então, novamente, por Príamo. *Príamo. Príamo.* Ela arrancava mechas de cabelo, arranhava as bochechas, batia no chão, como se pudesse fazer seus gritos serem ouvidos nos corredores sombrios do Hades. Como se pudesse acordar os mortos.

Ajoelhei-me ao lado dela e tentei posicionar um braço ao redor de seus ombros, fazendo ruídos de consolo sem sentido, desesperada para acalmá-la – tanto por meu próprio bem, devo admitir, quanto pelo dela. Eu não suportava. Então ela jogou a cabeça para trás e uivou, e os uivos continuaram repetidamente, pareciam infinitos. As mulheres que observavam se aproximaram, cercando-a, onde ela estava ajoelhada na areia imunda, unindo seus berros aos dela; até que se transformaram de mulheres em lobos, o mesmo uivo terrível vindo de uma centena de gargantas. E eu uivei com elas, horrorizada com os sons que emitia, mas incapaz de parar. Hecamede uivou, e também Amina, todas nós, pela perda de nossa nação, pela perda de nossos pais, maridos, irmãos, filhos, por todos que já amamos. Por todos os homens arrastados nessa maré escura de sangue.

Sem dúvida, se em alguma circunstância vozes vivas penetraram o mundo dos mortos, foi naquele momento; mas ninguém nos respondeu. Depois de um tempo, Odisseu deixou seu salão para ver qual era o motivo da comoção e, minutos depois, alguns guardas apareceram e com aspereza ordenaram que as mulheres voltassem ao trabalho.

10

Em algum lugar ao longo da praia, uma matilha de cães começou a uivar. Calcas para e escuta enquanto o uivo se transforma primeiro em gemidos e depois em silêncio.

Ao analisar ao seu redor, percebe que algo mudou. *Mas o quê?* O céu ainda queima com o mesmo vermelho terrível, o ar ainda tem gosto de ferro, as ondas ainda quebram com aquela monotonia mortal na costa… Ele sente os pulmões lutarem para acompanhar o ritmo da subida e descida incessantes; o peito parece cheio de água em turbilhão. Descansando a mão na lateral rugosa de um navio, ele tenta respirar fundo. Por um momento, sente-se tonto, a visão fica embaçada, mas, bem aos poucos, a praia volta ao foco. Uma fumaça de grãos finos sopra pela areia dura e, enquanto observa, vários montes de grama seca passam rolando.

Ele já viu tudo isso muitas vezes antes, então por que de repente lhe parece estranho? Ele chupa o dedo indicador e o ergue. Sim, é isso, o vento mudou. Não muito, ainda sopra vindo do mar, mas em um ângulo ligeiramente diferente. Talvez torne o caminhar mais fácil; talvez ele seja jogado pelo caminho, como um daqueles amontoados de grama. Ao deixar o abrigo do navio, parte com confiança, não mais o menino desajeitado que certa vez se ajoelhou aos pés de Príamo, mas o sumo sacerdote de Apolo, o principal vidente do exército grego, um homem que goza da confiança de reis. Contudo, quando se vira a fim de olhar para trás, as pegadas que cruzam a areia molhada são tão erráticas quanto as de um caranguejo. Mesmo assim, ele segue em frente, com a intenção de chegar à sua cabana antes que a noite caia. Ele decide que nessa noite se permitirá uma caneca

MULHERES DE TROIA

de vinho forte, talvez com um bolinho para mergulhar nela. Um homem não pode se negar às coisas boas da vida todo o tempo; está esgotado pelo sacrifício. Ele pensa com certo ressentimento em Macaão, que nunca negou nada a si mesmo, e ainda assim vê Agamêmnon quantas vezes quer – todos os dias, dizem –, enquanto ele, que dedicou ao rei anos de serviço leal, *anos*, passa seus dias à espera de um chamado que nunca chega.

A luz diminui depressa agora, mas não são as sombras azuis de uma noite comum se alongando pelo chão, o crepúsculo que faz as chamas das fogueiras e lamparinas reluzirem mais brilhantes de repente, mais convidativas; não, essas sombras são de um amarelo doentio, o tom marfim de pele velha. Ele se lembra do pescoço enrugado de Hécuba, como ele viu quando esta foi conduzida ao acampamento, e toca o próprio pescoço com nervosismo. Os homens experimentam o próprio envelhecimento no corpo das mulheres, até mesmo homens como ele, que escolheram uma vida celibatária; não que ele de fato tivesse escolhido o celibato, ou o mantido, a bem da verdade. Ele segue em frente; mas está de volta a Troia, uma criança de novo; casas brancas, sombras negras, um garotinho sentado na soleira de uma porta, semicerrando os olhos por causa do sol. Vagamente ciente do céu que escurece, dos próprios pés estreitos que entram e saem da parte rasa, mas está perdido nas lembranças do passado…

Quando ele levanta o olhar de novo, Agamêmnon está ali.

No início, ele duvida do que seus olhos veem. Agamêmnon nunca sai de seu salão; ele não é visto do lado externo desde que o vento mudou e prendeu os navios gregos na praia – ele, que estava sempre dando festas ou participando de festas dadas pelos outros reis –, entretanto lá está ele, envolto em um manto azul-escuro, com um diadema de ouro ao redor da cabeça para impedir o cabelo liso, cinza cor de ferro, de soprar sobre o rosto. Ele não notou Calcas; está fitando o mar. Calcas olha ao redor, mas não há mais ninguém à vista. Essa é a hora em que os homens se enrolam em mantos quentes e se reúnem em volta das fogueiras de cozinhar. Quando começam a beber com vontade.

Portanto, estão sozinhos; com o vento criando serpentes de areia solta e enviando-as se contorcendo pela praia. O que fazer? Ele não ousa se aproximar de Agamêmnon, que obviamente saiu sozinho porque queria ficar só, mas também não pode apenas passar por ele e ignorá-lo. A luz inclinada encontra excrementos de minhocas de praia, pequenos montes de areia enrolada, cada um com a própria sombra distinta; ele finge ter um grande interesse por aquilo, até mesmo se ajoelhando como se fosse examiná-los mais de perto. Em seguida, passa instantes mirando o mar, onde cada romper e rugido das ondas se chocando contra as falésias enfatiza, como se a ênfase fosse necessária, como era impossível um navio sair do abrigo da baía. É por isso que Agamêmnon está aqui, para confirmar o desespero da situação, como alguém cutucando um dente quebrado para ver se ainda dói?

Calcas sente que grânulos de areia pontiagudos picam seus tornozelos nus. O vento se tornou mais frio; e ele ainda não consegue se mover. Mas então ouve um novo som, algo entre um gemido e um rugido, e parece vir do chão sob seus pés. Areia cantante. Um fenômeno conhecido e familiar a todos que vivem ao longo dessa costa. As palavras "conhecido" e "familiar" são reconfortantes, porque procuram domar a experiência, trazê-la para fora do reino do insólito e determiná-la apenas parte da vida normal. Embora não seja realmente "cantar"; é um som muito mais ameaçador, e parece vir das profundezas da terra. Como se os mortos tivessem enfim encontrado voz, ou talvez recuperado as vozes que um dia tiveram.

Agamêmnon observa ao redor. Por fim, se ajoelha e coloca as duas mãos no chão como se precisasse do toque para confirmar o que seus ouvidos lhe dizem. Tudo sobre a situação, a luz fraca, a areia uivante, o rei todo-poderoso indefeso, se combina para produzir uma onda de terror nele. Calcas fugiria se houvesse algum lugar para onde correr, mas o rugido está por toda parte. Por todo o acampamento há vozes elevadas, então os homens ao redor das fogueiras também devem estar escutando, mas é mais fraco lá e menos assustador na companhia de outros homens. Lá, eles poderão crucificar o mistério com piadas e risadas, mas aqui, expostos na praia que escurece, dois homens se viram para se encarar, nenhum deles capaz de disfarçar seu medo.

Então, tão de repente quanto começou, o rugido cessa. Agamêmnon se endireita, olha na direção de Calcas por um momento e parece prestes a falar, mas então, abruptamente, se vira e caminha em direção a seu acampamento.

Calcas segue em um ritmo mais lento, a boca seca, o coração batendo forte contra as costelas, mas no fundo está exultante, porque Agamêmnon não pode ignorar isso. É um homem que anseia por sinais e presságios, que

MULHERES DE TROIA

vê a ação dos deuses até mesmo nos eventos mais mundanos e presume, é claro, que qualquer mensagem dos deuses lhe será dirigida exclusivamente. *Sim! Ele tem de mandar me chamar agora.* No entanto, após um momento de reflexão adicional, Calcas retorna ao seu estado anterior de ansiedade. Sim, Agamêmnon mandará buscá-lo, será solicitado que ele explique por que os deuses estão proibindo os gregos de deixar o local de sua maior vitória; e ele não tem a menor ideia, nenhuma ideia mesmo, sobre o que vai dizer.

11

Depois de uma noite de tempestade, coloquei pão, queijo e uma jarra de vinho fraco na mesa, caso Álcimo voltasse para o desjejum, e depois desci até a praia. Os destroços deixados pela maré alta da noite anterior estavam ao meu redor. Eu estava acostumada a encontrar um grande número de criaturas mortas na praia, mas nunca tinha visto nada como a carnificina que testemunhei naquele dia. A areia estava cheia de caranguejos pálidos cinza-esverdeados, águas-vivas, provavelmente uma centena de estrelas--do-mar esbranquiçadas na morte; estas últimas uma tristeza especial para mim, porque eu as amava demais. Cacei qualquer coisa que continuasse viva, mas não encontrei nada. Ao atravessar a devastação, senti que estava em um campo de batalha após um dos ataques de fúria de Aquiles, mas foi o mar que fez isso, o mar que lançou essas criaturas pequenas e delicadas para a terra, onde não tinham chance de sobrevivência.

Eu estivera andando para cima e para baixo à beira d'água por dez ou quinze minutos, talvez, quando levantei o olhar e me deparei com um homem alto e magro parado cerca de vinte metros adiante, fitando o mar. Era Calcas. Observando-o assim, nós dois sozinhos na costa desolada, senti que o enxergava com mais clareza do que jamais havia visto. Ele era imensamente alto – com cerca de talvez um metro e noventa –, embora a palavra escolhida para descrevê-lo não fosse tanto "alto", e sim "comprido". Pés longos, mãos longas, dedos longos – até seu pescoço era longo, o gogó tão proeminente que, em determinada iluminação, projetava a própria sombra. Como todos os sacerdotes de Troia, ele pintava o rosto de branco e delineava os olhos de preto, para todos os efeitos, colocando uma máscara,

MULHERES DE TROIA

atrás da qual seus pensamentos eram impenetráveis. Acrescente a isso um pequeno problema de fala que transformava qualquer palavra começada em "s" em um silvo, dava para ver por que os gregos o achavam ao mesmo tempo intimidante e ridículo. Ele lhes parecia afeminado, e isso os deixava inquietos, então riam dele, mas também o temiam.

Eu estava a meros metros de distância dele naquele instante, e ele ainda não se movera. A curiosidade me fez parar e fitar a baía, na tentativa de descobrir o que ele achava tão fascinante. Não demorou muito. Um enorme pássaro preto – embora talvez apenas parecesse preto contra o brilho de bronze do céu – voava alto acima das ondas. Ao longo da praia, gaivotas se aglomeravam e se separavam como borrifos, mas esse pássaro voava com precisão e propósito, como uma coruja esquadrinhando uma campina. De repente, mergulhou, esticando seus pés amarelos e retorcidos no último momento. Um espalhar de água, um brilho de prata, e então lutava para se levantar, asas poderosas em agitação para escapar do arrasto da água. Por um segundo, pensei que poderia ser sugado para baixo, mas não – devagar, devagar –, lutou para voltar ao ar. Estava tão perto… quando uma rajada de vento o acertou. Tirado do curso, caiu na areia molhada a poucos metros de mim. Com uma pontada de pena, vi-o tentando recuperar o fôlego. Nada mais inspirava pena. Os ombros eram pura musculatura curvada, o bico desenhado para arrancar a carne ainda viva dos ossos, e os olhos, cor de ouro pálido, reluzentes, atentos, eram os olhos de Agamêmnon.

Mesmo enquanto eu observava, ele se recompunha; as asas poderosas começaram a bater e, por fim, ainda segurando o peixe que se agitava entre as garras, alçou voo. Menos de um minuto depois, tornou-se apenas um ponto preto na fornalha vermelha do céu.

Empolgada, voltei-me para Calcas.

– Não foi impressionante?

Não me referia apenas à própria águia do mar – embora fosse impressionante –, e sim ao erro que a atirou fora de curso. Havia algo chocante naquilo, como assistir a Aquiles arremessar uma lança e errar.

Calcas me encarou. Eu esperava que ele compartilhasse minha empolgação, mas encontrei apenas avaliação nos olhos delineados de preto. Ele era um vidente de pássaros – então, era natural que grande parte de seu tempo fosse passada observando-os, embora eu suspeitasse que uma parte ainda maior fosse dedicada a observar os homens. Quem era o mais poderoso atualmente? Quem subia a frágil escada? Quem devia ser aplacado? Quem podia ser ignorado com segurança? Acima de tudo, o que essa mulher, fazendo essa pergunta específica, nesse momento específico, queria ouvir? Eu podia vê-lo tentando descobrir quem eu era, se valia a pena me dar atenção. Lembre-se: até pouco tempo antes eu era uma escrava, tão indigna de sua atenção quanto uma lesma. Enfim, após longa pausa, ele acenou com a cabeça.

– Sim, muito incomum.

Rígido, afetado, pomposo, totalmente típico do homem. Eu o estava julgando errado, mal. Mas foi o que pensei na época.

– O que acha que significa? – Uma pergunta um tanto maliciosa.

– *Ah*. A interpretação dos presságios requer muitas horas de reflexão e oração.

Mais uma vez, rígido; como conseguia ficar impassível ante a experiência que acabamos de compartilhar? Mas me curvei a fim de reconhecer sua sabedoria superior e o observei se afastar em direção ao acampamento de Agamêmnon, percebendo como seus passos diminuíram à medida que ele se aproximava do portão. Os rumores diziam que ele caíra em desgraça, que Agamêmnon não buscava mais consultá-lo e, vendo-o se demorar assim, quase literalmente arrastando os pés, não tive dificuldade em acreditar.

Desde a queda de Troia, tenho vivido hora após hora, sem energia e sem esperança. Ali, de repente, me senti viva de novo, mais do que animada, *eufórica*. De alguma maneira, o encontro com a águia mudou tudo. Fiquei cara a cara com um dos senhores da vida, e a experiência elevou meu humor de modo irreconhecível; embora a impressão que levei comigo fosse de pura selvageria. Como uma mulher vivendo nesse acampamento, eu navegava em um mundo complexo e perigoso; quanto à águia, porém, tudo que ela via era seu por direito. Porque ela era a perfeição: cada pena, cada curva daquele bico em forma de gancho, cada reflexo dos olhos iluminados pelo sol, tudo era exatamente como deveria ser. Era mais velha do que os deuses. Por um momento, apenas por um momento, estive lá no alto com ela, observando o mar encrespado e as criaturas presas à terra lá embaixo na labuta. Quando ela olhou para baixo, ela viu... *jantar*. Nada mais, nada complexo, nada difícil, nada que se revelasse uma ameaça, apenas jantar. Havia uma grandeza na simplicidade

MULHERES DE TROIA

disso; e eu odiava a ideia de Calcas esfregar seus dedos sujos sobre ela, na tentativa de extrair um "significado". A águia era seu próprio significado.

Naquela noite, fiquei acordada, pensando em Helena e Hécuba, em minha irmã, que eu precisava esperar que estivesse morta, e em meus irmãos perdidos. Os mesmos pensamentos que ocupavam minha mente todas as noites. Mas, quando enfim adormeci, sonhei com a águia, como fiz em várias das noites que se seguiram. Quando, pouco antes do amanhecer, acordei, fiquei deitada na escuridão, escutando o vento, e pensei em Calcas, que também estava, eu tinha certeza, deitado acordado fitando a mesma escuridão, lembrando-se da águia e tentando desesperadamente decifrar o que esse "sinal", esse presságio, essa "mensagem dos deuses", poderia significar.

12

A labareda de energia que senti depois de ver a águia permaneceu comigo. Pus-me a procurar maneiras de melhorar as contingências para as garotas cativas. Até o momento, elas não podiam usar o pátio atrás de sua cabana, porque parte da cerca fora destruída. Então, com grande ajuda de Álcimo, consegui que a cerca fosse consertada e o terreno limpo. Não foi fácil porque os gregos se ressentiam de gastar tempo e esforço com cabanas que estavam sempre prestes a abandonar; no entanto, depois que começaram a trabalhar, demoraram menos de uma hora. A medida deu às garotas privacidade e algum abrigo do vento. Naquela tarde, assei bolos e duas bandejas enormes de doces e coloquei de lado para esfriar. Estava cansada da solidão da minha cabana e ansiosa por uma noite com as outras mulheres.

Assim que a noite caiu, três das garotas me ajudaram a carregar bandejas de comida e jarras de vinho para o quintal e as espalhamos sobre tapetes ao redor da fogueira. A princípio desconfiadas, as outras garotas emergiram da cabana como animais soltos de um cercado, farejando o ar. Uma ou duas delas de fato olharam para trás, para a cabana, como se se sentissem mais seguras dentro de casa, mas a maioria parecia apreciar a liberdade adicional. O fogo estava fraco, contudo, elas se agacharam ao redor dele, sopraram os gravetos, jogaram punhados de grama seca nas chamas, e enfim gritaram de triunfo quando um tronco massivo começou a queimar.

Eu esperava que Andrômaca se juntasse a nós, mas ela ficou em seus aposentos. Bati à sua porta e perguntei se estava bem, mas recebi apenas um grunhido em resposta. Ao retornar para fora, notei que o fogo

MULHERES DE TROIA

rugia agora, faíscas girando para o céu, sombras bruxuleando no rosto das garotas. O ar estava limpo, mas frio; nós nos reunimos em volta das chamas, nossos dedos dos pés a meros centímetros das pedras da fogueira. Eu trouxe tambores e flautas; Álcimo mantinha uma grande coleção de instrumentos em sua cabana. Imaginei que uma ou duas das garotas saberiam tocar flauta, e o restante de nós decerto conseguiria manter o ritmo nos tambores. Também trouxe a lira de Álcimo, com sua permissão, é claro; embora precisasse ter cuidado com ela e limpar qualquer marca pegajosa de dedos, porque era um bom instrumento, valioso. Não chegava aos pés da lira de Aquiles, mas era melhor do que a maioria, e foi gentil da parte dele emprestá-la a nós. Acontece que Amina sabia tocar lira, e muito bem, de fato; mas a verdadeira revelação foi Helle, que sabia tocar não apenas lira, mas também flauta. Em sua vida pregressa, ela fora artista pública, dançarina, musicista e acrobata, sua experiência tão distante da existência protegida das outras garotas quanto se podia imaginar. Havia sido uma escrava, como geralmente tais artistas eram, embora as melhores delas fossem famosas por toda a cidade.

Afinal, estávamos todas acomodadas. Amina e Helle acenaram com a cabeça para mostrar que estavam prontas.

– Nada triste – falei.

As garotas começaram a pedir suas favoritas, e muitas delas eram canções felizes, até divertidas; mas, assim que a cantoria teve início, todas soaram tristes. Talvez todas as canções soem assim quando cantadas no exílio. Logo, muitas das garotas choravam. Maire, uma garota gorducha cujas sobrancelhas se uniam no meio, de fato bradava . Mesmo assim, continuaram cantando; até as duas garotas que ainda não conseguiam falar cantaram. Isso me surpreendeu. Eu não tinha percebido até então que pessoas que ficaram mudas pelo choque ainda conseguiam cantar.

Helle, longe de ser compassiva, olhava incrédula para as garotas que soluçavam e começou a tocar algo tão rápido e furioso que elas tiveram dificuldade para acompanhar, batendo palmas e cantando depressa até que, com um toque final do tambor, elas caíram em risinhos descontrolados.

– De novo! – Pus-me de pé, erguendo os braços em busca de encorajá-las a fazer o mesmo e, uma a uma, colocaram-se de pé. A música recomeçou, só que agora havia batidas de pés também, e nossas sombras, lançadas pelas chamas, saltaram sobre as paredes circundantes e escaparam noite adentro.

PAT BARKER

Quando todas nos sentamos de novo, lancei um olhar para Amina, mas ela estava ocupada com o ajuste das cordas da lira e evitou meu olhar. Isso estava se tornando um padrão, e ela era muito boa nele. Amina nunca parecia me evitar, porém, de algum modo, sempre acontecia de estar do outro lado do cômodo ou, nesse caso, do fogo. Isso me deixava inquieta, mas deixei a questão de lado. Eu não queria que nada estragasse a noite.

Quando terminou de mexer nas cordas, ela começou a cantar uma canção de amor. Sua voz era alta e clara, como a de um menino antes de mudar; não se costuma encontrar tal característica na voz de uma mulher e é de partir o coração quando se encontra. Muitas das meninas se puseram a chorar de novo; ponderei acerca de quantas delas haviam sido prometidas em casamento a jovens cujos corpos naquele momento apodreciam dentro das muralhas de Troia. Elas precisavam lamentar, todavia depois de um tempo comecei a sentir que o choro já durara o bastante. Fitei Helle, que fez uma careta e encolheu os ombros: *O que se pode fazer com elas?* Mas então, um momento depois, ela estava de pé e dançando, batendo palmas acima da cabeça no ritmo do bater de seus pés. Peguei um tambor, assim como várias outras, e as demais começaram a bater palmas. Logo, todas nós, de várias maneiras, sustentávamos a batida.

Nunca presenciei uma garota dançar do jeito que Helle dançou naquela noite. Em casamentos e festas religiosas, as garotas dançam, mas sempre com modéstia, cobertas da clavícula aos tornozelos em mantos esvoaçantes, cuidando para não deixar que seu olhar se desvie dos movimentos dos próprios pés. Helle vestia uma túnica sem mangas, a bainha bem acima dos joelhos, basicamente; uma túnica masculina. Sua pele oleada brilhava à luz do fogo, seu cabelo com um trançado elaborado balançava ao redor de seus ombros, enquanto as batidas e palmas aumentavam.

De todas as garotas – quer dizer, além de Amina –, Helle era a que se destacava. Não havia muitas no acampamento que não tivessem perdido todos os seus parentes do sexo masculino e, como as mulheres mais velhas eram enviadas para o mercado de escravos, as meninas mais novas haviam perdido suas mães também. Apenas Helle não mostrava sinal algum de sofrimento. Ela vira seu dono com uma lança na garganta, sacudindo-se no chão como um peixe na terra, a vida tirada de si diante de seus olhos. Quando murmurei palavras incertas de compaixão, ela riu alto.

– Ah, não se preocupe – disse ela. – Eu queria fazer isso há anos.

MULHERES DE TROIA

Ela fora comprada quando muito jovem, com no máximo seis ou sete anos, e não tinha qualquer lembrança de sua vida anterior àquele dia no mercado de escravos; então, para todos os efeitos, ela nasceu para uma vida de dor física. Seu dono a selecionou forçando seus polegares para trás até que tocassem seus pulsos e fazendo-a deitar de costas enquanto ele torcia suas pernas em suas articulações. Ele a treinou como acrobata, cantora, dançarina, musicista; ela havia sido a estrela de uma trupe que regularmente aparecia na corte de Príamo. Claro que o seu dono também a disponibilizava para outros serviços, mas apenas aos clientes de maior prestígio e, mesmo assim, a um preço exorbitante. Pobre Helle. Ela era, de certa forma, a mais digna de pena de todas as garotas; embora certamente ela não teria dito isso! Não sentia o sofrimento, sim, mas apenas porque sua vida anterior havia sido desprovida de amor.

As batidas de tambor e as palmas ficavam mais rápidas, acompanhando os pés dançantes de Helle. Questionei-me por que ela se esforçava tanto nessa performance para um público feminino quando sempre tratou as outras garotas com tanto desprezo. Por puro prazer, talvez? Sua dança se tornou um flerte com o fogo. Ela se aproximava o suficiente para arrancar exclamações das garotas, depois recuava um pouco, apenas para voltar como uma mariposa atraída pela chama. A luz do fogo brilhava em seus braços e pernas, que eram esguios, mas musculosos. Ela parecia um garoto — graciosa, até bonita —, mas ainda assim um garoto. E essa era a dança de um guerreiro.

Fora do círculo de luz, sua sombra a acompanhava, bruxuleando ao longo da cerca. O fogo iluminava as faces das garotas que assistiam, totalmente perdidas na música. Uma ou duas até se levantaram e começaram a bater os pés também, embora isso apenas servisse para enfatizar a graça e o poder de Helle. Olhei ao redor do círculo e então novamente para a sombra dançante de Helle. Eu estava ciente de algo na periferia da minha visão. A princípio, não consegui imaginar do que se tratava, mas então um movimento de dentro da cabana chamou minha atenção. Eu esperava que fosse Andrômaca, que ela tivesse decidido se juntar a nós, afinal; mas, um segundo depois, sondando a escuridão, reconheci Pirro. Ele tinha todo o direito de estar ali, já que era dono da cabana e de todas que nela moravam. Exceto por mim. Nutri esse pensamento, aconchegando-o contra a escuridão. *Exceto por mim.*

Os tambores retumbavam agora. Ao ver Helle medir a altura do fogo, tentei gritar "não!", mas ela já estava correndo e, antes que eu pudesse dizer qualquer coisa, saltou alto no ar e pousou levemente do outro lado. As chamas se agitavam no vento de sua passagem, como se tentassem pegá-la, mas ela apenas ficou lá, rindo, socando o ar, como os homens fazem depois que ganham uma corrida.

– Você está bem? – perguntei. Como resposta, ela estendeu uma bela perna em minha direção. No início, não consegui ver nada, mas depois notei uma mancha vermelha e brilhante acima do tornozelo.

– Um beijo de fogo. – Devo ter parecido preocupada, porque ela riu de novo. – Não dói.

Seu olhar deslizou para a porta da cabana, mas Pirro havia se recolhido para as sombras. Então, ela sabia que ele estava lá. Ela sabia o tempo todo.

Quando ela se sentou para as saudações e uma caneca de vinho, uma lufada de fumaça saía de seu cabelo trançado. Apenas Amina não parecia impressionada; na verdade, parecia reprovar com firmeza. Helle olhou direto para ela e ergueu sua caneca em um brinde zombeteiro. Senti que aquelas duas detestavam uma à outra, e era uma pena, porque ambas tinham personalidades fortes, eram líderes naturais. Juntas, poderiam ter feito tanta coisa, mas nenhuma delas parecia inclinada a assumir o papel que por direito devia ter sido de Andrômaca. Amina, porque seguia o caminho retilíneo e estreito da pureza religiosa; Helle, porque estava focada exclusivamente na própria sobrevivência. E as outras garotas estavam apenas perdidas. Todas elas, perdidas. Então, cabia a mim, suponho. Eu sabia que me respeitavam, que confiavam em mim, apenas porque sobrevivi a esse lugar de pesadelo para onde a perda de suas casas e famílias as trouxe.

Não muito depois disso, Pirro mandou chamar Helle; quase imediatamente, na verdade, enquanto ainda estávamos sentadas no pátio. Ele mal teria tido tempo de voltar ao salão.

– SIM! – Helle gritou, levantando os dois braços acima da cabeça.

Achei que seria a última vez que a veríamos até de manhã, mas quando, por fim, nos afastamos do fogo, a encontramos enrolada em sua cama com o cobertor puxado até o queixo.

– O que aconteceu? – perguntei.

– *Nada* aconteceu. Ele só queria que eu o visse bater uma.

MULHERES DE TROIA

As garotas se entreolharam e percebi que nenhuma delas sabia o que a expressão significava.

Era estranho, e essa não era a primeira vez que eu percebia a estranheza. Pirro era um rapaz, ainda não totalmente crescido, mas mostrava muito pouco interesse por essas garotas. Até o momento em que mandou buscar Helle, nenhum interesse. E ele parecia considerar dormir com Andrômaca mais um castigo do que um prazer. Álcimo não comentara nada a esse respeito. Talvez ele somente não estivesse ciente, embora eu conjecturasse se a questão integrava aquela conversa sem palavras que ele e Automedonte travavam na maior parte do tempo.

Meia hora depois, em segurança e aquecida em minha própria cama, refleti sobre a noite e a considerei um enorme sucesso. Obviamente, teria sido melhor se Andrômaca tivesse se juntado a nós, contudo, mesmo sem ela, as garotas se uniram como grupo de uma forma que nunca haviam feito antes. Eu estava satisfeita. Não parava de repetir a mim mesma quanto estava satisfeita, porque estava ciente de uma inquietação crescente e não conseguia definir o que era. Seria porque Helle foi convocada por Pirro? Não, não era isso. Melhor ela do que uma das outras garotas. De qualquer forma, ela mal podia esperar para entrar no salão; ela era francamente ambiciosa. Não, não adiantava, eu não conseguia definir por que sentia que algo estava errado, mas não ficaria acordada me preocupando com isso.

Apagando a vela, puxei as cobertas e contemplei a escuridão; meus olhos ardiam com a fumaça do fogo. Eu podia sentir o cheiro na minha pele e nos meus cabelos. *Banho, amanhã, assim que acordar.* O tempo todo, sem intenção, meu cérebro continuou a analisar os eventos da noite. O que era? Algo não se encaixava. E então, à beira do sono, percebi: naquele momento, bem no final, quando as garotas se reuniram em volta da cama de Helle, seus rostos cheios de curiosidade e medo, perscrutei ao redor do círculo, percebendo quão confusas e ignorantes todas eram. Agora, fechei os olhos, à procura de recriar aquela cena porque precisava ter certeza, e, lentamente, uma por uma, as faces entraram em foco, até mesmo as das duas garotas silenciosas, cujos nomes eu ainda não sabia. Todas elas – exceto Amina. Amina não estivera lá.

Eu disse a mim mesma que não importava, que ela provavelmente tinha apenas ficado para trás no pátio, recolhendo as canecas e abafando o fogo. Isso teria sido típico dela; ela estava sempre arrumando a bagunça

87

na cabana superlotada e ficando irritada e frustrada quando as outras não mantinham os objetos em ordem. Mesmo assim, fiquei um pouco preocupada. Até ponderei se deveria levantar e confirmar se ela estava bem, mas todas estariam dormindo no momento. Não, poderia esperar até a manhã. Revirei-me de um lado a outro, enquanto o bebê dava cambalhotas, como sempre acontecia quando eu estava chateada. Por fim, encontrei uma posição adequada para nós dois, mas mesmo assim demorei muito para dormir.

13

Calcas está sonhando, como se tornou seu costume fazer, com sua infância em Troia, muito antes de se tornar sacerdote, na época em que era, ao menos em nome, aprendiz do pai na oficina de ferreiro. Um garoto magro e pálido, desajeitado, lento para se mover em resposta às ordens gritadas do pai e nem de longe rápido o suficiente para desviar de seus punhos. Inclinado a se esgueirar casa adentro, onde a mãe está assando na cozinha; sente os aromas de pão quente e canela, a onda de calor quando ela tira os pães do forno, esticando o lábio inferior para soprar fios de cabelo do rosto afogueado. Ela faz uma pausa por um momento, quando ele irrompe, pressiona o rosto inchado contra a lateral quente de seu corpo, mas ela não ousa falar muito; ela tem ainda mais medo do pai do que o menino. Calcas se remexe e acorda por um instante, lembrando-se da mãe. Uma mulherzinha parecida com um rato, parece-lhe agora, ela que um dia fora todo o seu mundo. Sempre rezando, todos os dias festivos no templo; um pouco apaixonada pelo sacerdote, talvez? Um hematoma aqui e ali, embora nada que seu marido não tivesse todo o direito de infligir, ela não reclamava, apenas desejava que não fosse tão rigoroso com o menino. Então, certo dia, a solução óbvia se apresentou. Calcas se recorda disso como um dia de conversa a portas fechadas, o ribombar de seu pai se repetindo e depois a voz do sacerdote, aguda mas cheia de autoridade, elevando-se acima da dele, e de repente seus poucos bens são recolhidos e ele segue o sacerdote, respeitosos três passos atrás, ao longo dos becos estreitos e sinuosos, das ruas congestionadas, que até o momento são tudo o que conheceu, até as praças iluminadas pelo sol e os templos esplêndidos perto da cidadela.

Aqui há aromas diferentes: flores, incenso, o cheiro ferroso do sangue dos sacrifícios. E carne, sempre carne, muita carne. Ele está deixando para trás os odores horríveis do curtume, da fábrica de cola e do abatedouro de cavalos, embora permaneçam em sua pele até que ele receba o banho cerimonial; então, vão embora, junto ao aroma de pão assado e canela.

Uma vez por mês, pode voltar para casa, e no começo ele anseia pelo dia em questão, até marca os dias no chão com um pedaço de pedra de giz, porém, depois, a cada visita ele deixa um pouco mais de pertencer ao bairro e até mesmo à própria casa, como se estivesse em um navio em alta velocidade e sua mãe fosse apenas uma figura minúscula acenando da costa.

Após uma noite de sonhos confusos, ele acorda com a boca seca, as pálpebras coladas; não é seu costume beber vinho forte, mas na noite anterior tomou, sua cabeça está latejando. Ele passou os últimos dias e noites aguardando um chamado de Agamêmnon, o qual ele sabe que deve chegar em breve; mas quando, finalmente, alguém bate à sua porta, não é a figura imponente do arauto do rei que vê ali, mas a escrava do senhor Nestor: seu "prêmio de honra", como dizem os gregos. Ele se lembra daquela garota vagamente das vezes em que jantou no salão de Nestor, embora demore alguns segundos para lembrar o nome dela. Hecamede, é isso. Seu primeiro pensamento é que Nestor está morto, há rumores sobre sua saúde desde que seu filho mais novo foi assassinado, e Calcas sente seu cérebro inchar com o esforço do cálculo acerca do significado da morte de Nestor para o já frágil equilíbrio de poder no interior do acampamento, todavia um momento depois percebe ser tudo bobagem; a notícia da morte de um rei é proclamada por arautos, e não trazida por escravas. Ele ainda luta para acordar, para se livrar dos últimos vestígios de sono. Quando, por fim, a garota fala, ela diz, de uma maneira notavelmente doce e modesta:

– Hécuba gostaria de vê-lo.

– *Hécuba?*

Indignação imediata. Ele está realmente tão diminuído em prestígio que pode ser convocado por um escrava para ir ver uma escrava? Porque isso é o que Hécuba é agora; não importa se já foi rainha de Troia. Mas então ele começa a se lembrar dela como ela costumava ser. Ela, Príamo também, claro, sempre ia ao templo nos dias especialmente sagrados para Apolo. A primeira vez em que a viu ele devia ter... o que, quatorze, quinze anos? Pouco mais, talvez. Quando se ajoelhou para oferecer a Príamo os

MULHERES DE TROIA

primeiros cortes de carne do sacrifício, Calcas lançou um olhar de soslaio para ela, onde estava sentada vestindo um manto bordado a ouro com diamantes brilhando em seus cabelos. Quantos anos ela teria? Não jovem; mesmo há tanto tempo, ela não podia ter sido jovem. E não era bonita, não do jeito que o eram muitas das concubinas de Príamo; mas Hécuba tinha a voz mais extraordinária, mais grave do que as vozes das mulheres em geral, e com uma rouquidão que poderia ter sido desagradável, mas não era. Ele pensou nela mais tarde, deitado em seu catre tentando dormir com todas as imagens e sons do dia de festividade girando dentro de sua cabeça, e a voz dela o fez pensar nas unhas de uma mulher sendo arrastadas pelas costas de um homem, desde a nuca até a fenda na bunda, mas com delicadeza, com muita delicadeza, deixando apenas as mais leves marcas na pele. Devia ter dezesseis anos. Uma idade durante a qual na verdade se pensa apenas em sexo.

— O que ela quer?

— Eu não sei, senhor, ela não disse.

— Bem, diga a ela... — Ele engole as palavras.

A garota se levanta, com a respiração suave.

— Diga-lhe que irei quando puder.

Não há nenhum assunto que o detenha no acampamento de Agamêmnon, e no entanto ele não consegue ir. Espera em sua cabana o dia todo e ainda assim o chamado não chega; então, ao fim da tarde, sua sombra se estendendo muito à sua frente ao longo da praia, parte rumo ao complexo de Odisseu. Frustrado, mal-humorado, sim, mas curioso também. Ele fica surpreso ao perceber que ainda há um ligeiro resquício de atração, mas ela é uma mulher velha agora, velha demais para excitar sentimentos do tipo.

Ele a encontra deitada em um estrado de cama, a cabeça erguida sobre dois travesseiros; então, claramente, algum esforço foi feito para deixá-la confortável, embora o cobertor sob o qual está deitada não possa nem de longe ser considerado limpo. Quando ela o empurra para o lado, exala um sopro de doença, de carne velha. Ele deseja que tivesse se lembrado de trazer a metade de um limão com cravos que sempre carrega quando é obrigado a visitar as partes mais fétidas do acampamento.

— Hécuba. — Sem título; de que adianta fingir?

Ela o observa.

– Pelos deuses, homem, *sente-se*. Você sempre foi um pau de virar tripas.

Aquela mesma voz quente, sombria e rouca. Arranca-o de suas reações planejadas. Ele olha ao redor da cabana que parecia um canil esquálido, lambe os lábios como um cachorro confuso, e então, sem esperar, sem querer, senta-se. Ele se surpreendeu, mas Hécuba, não; ela considerou sua obediência algo garantido. Ele a contempla, repara no pescoço enrugado e nas manchas senis em sua pele, vê tudo, mas nada disso importa. Ela vira a cabeça e Calcas é um menino de novo, ajoelhado aos pés de Príamo, olhando de soslaio para ela.

A mulher pega uma jarra.

– Sirva-se de uma caneca. É uma porcaria, mas, se eu posso beber, tenho certeza de que você pode.

– Não, obrigado, não agora.

Ele se ouve: afetado, meticuloso, constipado. Seus olhos se desviam para o bolo que está em uma travessa ao lado da cama.

– Vá em frente, sirva-se, não vou terminar. – Ela empurra o prato na direção dele. – Foi Hecamede quem fez. Não vai conseguir encontrar melhor do que isso em lugar algum.

– Eu a vi esta manhã.

– Bem, sim, claro que a viu, eu a enviei.

Ela é tão autoritária quanto sempre foi. Ele se lembra de Hécuba como ela era quando a viu pela primeira vez: uma mulher pequena, magra, de pele marrom, com maçãs do rosto salientes e um hábito curioso de sugar as bochechas como se tivesse acabado de provar algo inesperadamente azedo. Talvez, na velhice, realmente ajude uma mulher não ter sido bonita demais? Hécuba manteve Príamo interessado, entretido, exasperado, frustrado e totalmente envolvido durante cinquenta anos de casamento. Só os deuses sabem como ela fez isso; ela quase não tinha peitos também. E ela era afrontosa; era cada coisa que ela inventava. *Pau de virar tripa? Sério?* Que tipo de linguagem é essa para uma rainha? E ela fora igualmente franca em Troia. Calcas tem uma memória distinta de Príamo com a cabeça entre as mãos, dizendo: "Hécuba!". Não consegue se lembrar da ocasião, era alguma recepção para um embaixador estrangeiro.

– Eles a estão tratando bem? – pergunta ele, usando o dedo indicador para pegar uma gota de creme e colocá-la na língua.

– Ah, sim. Não me falta nada.

MULHERES DE TROIA

Não fica clara a intenção dela por trás dessa frase. Se comparada ao palácio de Troia, essa… *choupana*, não podia ser chamada de outra coisa, claramente carece de muito.

– Tenho comida, tenho vinho, vinho horrível, mas… – Ela dá de ombros. – Odisseu quer que eu continue viva. Ele me quer como um presente de volta para casa, para aquela esposa dele.

– Penélope tem excelente reputação. – Deuses, ele soa tão pomposo. Como se transformou nessa pessoa? – Acho que vai ser gentil com você.

– Ah, sim, eu sei, eu sei. A *devotada* Penélope, a *leal* Penélope, a *sábia* Penélope… Eu era todas essas coisas, e veja o bem que me fez.

Devotada, sim; leal, sim. *Sábia?* De repente, ele está impaciente para ir embora, para voltar à sua cabana, para esperar o verdadeiro chamado, aquele que de fato importa; mas ela o mantém ali, por pura força de vontade, ao que parece, e ele está cansado disso, cansado da arrogância das pessoas que acreditam nascer para governar, e então, quando o destino se volta contra elas, não conseguem – ou não aceitam – se ajustar. Deitada lá em seus trapos imundos na cama de uma escrava, Hécuba ainda é, na própria cabeça, uma rainha. Antes, ele talvez achasse isso admirável, mas não mais. Pessoas *sábias* ajustam suas velas quando o vento muda; não navegam diretamente rumo a um vendaval. O sacerdote faz menção de se levantar, mas então a olha mais uma vez e reconhece nas maçãs do rosto salientes e nas têmporas marcadas um tipo diferente de autoridade. Ele nota que ela está morrendo, e que ela sabe que está morrendo. É isso, e não uma ideia delirante de que ainda é uma rainha, que lhe dá força. Calcas percebe que ela não teme ninguém, porque não tem mais nada a perder, nem mesmo a própria vida.

– Bem, você claramente apreciou.

Fitando o prato, ele se dá conta, para seu horror, de que o bolo desapareceu. Todinho.

– Moderação em todas as coisas – diz Hécuba, piamente. – Mas, pensando bem, você nunca foi muito bom em ser moderado, não é?

Ele se sente corar por baixo da tinta. Sabe exatamente a que ela se refere: um incidente específico, bastante infeliz. *Por que* ela está se referindo àquilo? Essa é a questão. A mulher ainda não disse o que quer, e ele agora pondera se ela seria capaz de fazer chantagem. Bem, se for, não a levará a lugar algum. Aconteceu muito tempo antes, ninguém se importa, e

PAT BARKER

de qualquer maneira, quem vai ouvir uma escrava? Sua mente trabalha, calculando automaticamente o risco e a probabilidade, planejando seu próximo movimento... Não há emoção envolvida mais; ele não pode se permitir sentir emoções, mas então fita Hécuba mais uma vez; a luz incide no rosto dela e Calcas está de volta a Troia de novo. Todos os anos anteriores, os anos de maquinação, dissimulação, calando-se quando palavras que violavam tudo em que ele acreditava eram proferidas; todos esses anos foram apagados, deixando-o encalhado, tão nu como um caranguejo-eremita sem a casca.

— Nós nos divertíamos, não é? — diz Hécuba.

— Às vezes.

— Ora, vamos, você sabe que é verdade.

Sim, foi divertido. Foi tremendamente divertido. Ele se lembra das noites quentes de verão nos pomares de Príamo, noites sem luar, nas quais mal se conseguia ver a pessoa em quem se esbarrava. Foi bom enquanto durou, mas sua posição na corte havia se tornado cada vez mais precária. Não muito depois do incidente infeliz, foi sugerido com delicadeza que talvez um sacerdócio celibatário não fosse sua verdadeira vocação. Ele entendeu a deixa e fez as malas, alegando para si mesmo que uma mudança de cenário seria bem-vinda, embora na verdade tivesse ficado profundamente magoado. Talvez estivessem certos, ele pensou. E lá está ele, vinte anos depois, ainda sacerdote, ainda celibatário; embora devesse admitir que o celibato fosse mais estritamente observado agora.

— Como está Agamêmnon? — Hécuba indaga.

— O que a faz pensar que *eu* sei? Não o vejo desde...

— O fato de você oficiar a morte da minha filha.

— Não fui só eu, fomos...

Todos nós. Todos os sacerdotes do acampamento estavam presentes. Ele fechou os olhos quando Pirro ergueu a espada e os manteve fechados até que tudo acabasse. Pura covardia, e mesmo assim a tentativa de se poupar falhara. À noite, em sonhos, ele ainda ouve o silêncio, o suspiro da multidão quando a lâmina desceu.

— Ela morreu com bravura. — Ele engole em seco para desalojar o nó na garganta. — Você sabe que os homens colocam flores no túmulo dela?

— Os *gregos*?

MULHERES DE TROIA

– Sim. Ela foi corajosa, e eles respeitam isso. E você tem que lembrar que foi rápido. Segundos. Ela estava morta antes de chegar ao chão.

– Suponho que devo agradecer a Pirro por isso. Bem, sim, suponho que sim… ele poderia ter estragado tudo. Os deuses sabem que ele fez estrago suficiente com Príamo. Não se mataria um cachorro daquele jeito.

– Você estava lá?

– Sim, eu vi tudo.

Ela joga a cabeça para trás, expondo o pescoço e a garganta enrugados e um novo som sai de sua boca, um gemido, como um cão prestes a uivar. Calcas não pode suportar; tem de desviar o olhar. Quando se vira, ela está com os dedos em volta da boca; ela está de fato segurando os lábios para impedir que o terrível som saia. O sacerdote espera, enquanto ela recupera o controle. Por fim, Hécuba se endireita.

– Políxena era uma boa menina. Ela teria cuidado de mim. – Houve uma respiração trêmula. – Teríamos cuidado uma da outra.

– Dizem que ele está louco.

– Agamêmnon?

– Sim. Aparentemente, ele manda chamar Macaão toda noite. Não consegue dormir. Bebe uma caneca inteira da poção sonífera de Macaão, e ainda assim não consegue dormir. Sabe, não se deve tomá-la com vinho forte… Tente dizer isso a Agamêmnon! Ah, e parece que ele começou a enxergar coisas.

– Que tipo de coisas?

– Aquiles.

– Ah, sei disso. É por isso que Políxena teve de morrer. Dê uma garota a ele, talvez ele fique debaixo da terra.

– E está furioso com Menelau. Pelo que dizem, eles não se falam. Sabe que ele voltou a dormir com Helena?

– Sim, e não estou surpresa. Eu o avisei… Eu disse: não a deixe chegar perto de você; mande-a para casa em um navio diferente. Eu sabia que ela ia dar um jeito, eu sabia. Ah, bem, aí está. Agarre o pau de um homem e poderá conduzi-lo a qualquer lugar.

Calcas se sente inclinado a se ofender um pouco com isso, que parece indicar uma imerecida opinião desfavorável sobre seu sexo. Ela foi casada com Príamo, pelos deuses, do que *ela* poderia reclamar? Não era como sua pobre mãe, presa a um homem que fora mesquinho com o dinheiro e generoso com os punhos.

— Ele mandou buscar Cassandra? — ela pergunta.

— Sabe que não posso dizer.

— Não pode... ou não vai?

— Beeem... ela predisse a morte dele...

— Hum, eles acham que ela vai atear fogo à cama, não é? Veja, ela fez isso uma vez. Pôr fogo na cama. — Sua voz se suavizou. — Como ela está?

— Mais calma, foi o que me contaram. Eu não a vi.

— Certamente você poderia pedir para vê-la?

— *Não*. Não sei a quem Agamêmnon dá ouvidos hoje em dia, mas com certeza não é a mim.

— Qual acha que é a razão?

— Não sei.

— Ora, vamos, você deve saber. Um homem inteligente como você?

— Ele brigou com Aquiles uma vez, e meu conselho à assembleia foi contra ele.

— Apostou no cavalo errado, não foi?

Ele rebate, rigidamente:

— Eu estava dizendo a verdade.

— Quero ver minha Cassandra. Já perdi uma filha. Não quero perdê-la.

De repente, ela parece completamente exausta. É extraordinária a rapidez com que a cor se esvai de seu rosto. Até os lábios dela se embranquecem.

— Não posso ajudá-la.

Ele odeia dizer isso, embora não seja mais do que a verdade. As mulheres de Agamêmnon são mantidas em confinamento completo e sua própria influência no acampamento é quase nula.

— Bem, então. — Ela coloca a jarra de vinho de lado. — Pode ir.

Dispensado, ele se levanta, curva-se e, por pura força do hábito, começa a recuar para fora do quarto; mas então se interrompe, com brusquidão. *Ela* pode estar iludida sobre sua posição, mas isso não é motivo para ele agir assim. Calcas lhe dá as costas e marcha direto porta afora, tentando não ouvir a risada que o persegue escada abaixo.

14

Na vez seguinte que fui ver Hécuba, a arena estava sendo preparada para uma competição de arco e flecha e parei por um momento a fim de observar os alvos sendo armados: rostos grosseiramente pintados de guerreiros troianos que sobraram das sessões de treinamento durante a guerra. O maior número possível de eventos era realizado na arena porque, em comparação com outras, a área fornecia mais abrigo. Determinados jogos, entre eles arco e flecha e arremesso de lança, teriam sido impossíveis nos campos de treinamento no promontório, onde o vento soprava com ainda mais força do que aqui embaixo. Eu havia me virado e caminhava pelas bordas da multidão em direção à cabana de Hécuba quando a porta se abriu e Calcas saiu de lá. Fizemos uma reverência um para o outro. Fiquei surpresa por ele ter se dado ao trabalho de visitar Hécuba; ele sempre pareceu totalmente focado em adular homens poderosos. Por um momento, achei que ele queria parar e conversar, mas então pareceu pensar melhor e se afastou.

Assim que entrei na cabana, pude notar que Hécuba parecia mais animada. Seus cobertores estavam dobrados com cuidado aos pés da cama e ela andava, embora um tanto vacilante, de um lado para o outro na cabana.

– Bem – eu disse. – Olhe só para você.

Ela abriu um sorriso sincero.

– Ficarei feliz em me sentar, no entanto.

Ajudei-a a retornar para a cama. Não querendo chegar de mãos vazias, trouxe figos, uvas e queijo branco e fiquei feliz em assistir enquanto Hécuba se forçava a comer um pouco. Já havia uma jarra de vinho no chão ao seu lado. Ela estava acostumada com os vinhos finos da corte de Príamo, mas notei mais uma vez que essa variação rústica e de camponeses lhe descia com facilidade, trazendo um leve rubor às suas bochechas.

– O que Calcas queria?

– Ah, o que ele quer? Nem sempre dá para saber, não é? – Ela parecia ponderar se deveria desenvolver mais o assunto. – Esta é a segunda vez que ele vem. Demos boas risadas; bem, eu dei. Você não vai acreditar, mas quando jovem, ele era muito bonito. Sabe, não apenas um pouco bonito, absolutamente *deslumbrante*. – Ela suspirou. – Ah, bem, suponho que algumas pessoas apenas deveriam morrer jovens.

Acho que fiquei bastante chocada com tamanha irreverência. O fato é que eu não conseguia acompanhar as mudanças em seu humor. Um dia ela estava na praia, uivando por Príamo; no seguinte, ela o mencionava casualmente, como se o marido tivesse acabado de ir para o cômodo ao lado antes dela. Eu tinha dezenove anos. Eu não sabia de nada. Levei quase cinquenta anos para ser capaz de dizer: eu entendo Hécuba.

Mas percebi que ela se divertia: ao beber vinho, ao comer queijo, ao fofocar…

– Todo mundo o perseguia… homens *e* mulheres. Não que ele corresse muito rápido. – Sua voz se reduziu a um sussurro. – Certa noite, Príamo e eu voltávamos do jantar, e Príamo avistou alguém à frente que ele não queria encontrar, um de seus conselheiros; ah, não consigo lembrar o nome dele… Deixa pra lá, bom homem, mas deuses, ele falava tanto! Então, fizemos um desvio pelos quartos, e sabe como eles culminam uns nos outros? Bem, a porta de um deles estava escancarada e lá estava Calcas de quatro entre dois senhores… – Ela deu uma risadinha. – Fechado em ambas as extremidades.

– O que vocês fizeram?

– Bem, alguém teve a presença de espírito de fechar a porta. Príamo achou graça, mas foi um pouco demais, na verdade. Quer dizer, Calcas devia ser celibatário. Céus, ele era um problema… e ainda assim dá uma olhada nele agora… Já viu alguém tão *rígido* assim?

Ela estava se divertindo, regalando-me com as fofocas da corte de Troia. A "Sagrada Ílio" Troia, como costumava ser chamada, por causa de sua profusão de templos, mas de fato tinha outro lado. Eu estava vagamente ciente disso, mesmo quando era uma menina. Então, Hécuba

MULHERES DE TROIA

e eu comemos, bebemos e rimos; mas eu sentia o tempo todo que havia outra coisa, algo que ela não mencionara. Permanecemos em silêncio por um momento, e então ela se manifestou:

– Quero ver Cassandra.

Talvez porque tenha perdido minha própria mãe tão cedo, nunca fui capaz de suportar a ideia de mães e filhas serem separadas.

– Tudo bem – respondi, cautelosa. – Embora não vá ser fácil. Duvido que ela receba permissão para sair de sua cabana.

Não houve resposta. Hécuba estava sentada com a cabeça virada de propósito para o outro lado, com seu jeito amuado de ave de rapina mudando as penas. Eu estava me lembrando da profecia de Cassandra, de que seu casamento com Agamêmnon levaria diretamente à morte dele, à queda da casa real de Atreu e à destruição do reino que destruíra Troia.

– Acredita nela? Quero dizer, sobre Agamêmnon ser morto?

Hécuba encolheu os ombros.

– Ela se empolga. As pessoas sempre dizem que é um frenesi divino, mas nunca consegui acreditar. Acho que ela só inventa coisas para agradar a si mesma.

É difícil acreditar que sua filha é uma profetisa: a garotinha que você ensinou a usar o penico e cantou para que dormisse à noite.

– É tudo muito exato, não é? Ela alega que a esposa vai jogar uma rede em cima de Agamêmnon enquanto ele está no banho e, em seguida, irá cortá-lo em pedaços com um machado. Por que ela faria isso?

– Porque ele sacrificou a filha deles a fim de conseguir vento para vir para Troia. Estavam todos presos lá, esperando, começando a brigar entre si, como estão agora, a situação toda desmoronando... Então, ele a sacrificou. – Ela mirava o nada, mas de repente se virou e olhou direto para mim. – Eu mataria o safado, você não?

– Cassandra diz que também vai morrer.

– Eu sei o que ela diz. – Sua expressão se suavizou. – Quando ela era pequena, sempre teve medo de redes. Costumávamos colocar redes sobre as camas das crianças à noite em busca de impedir que os insetos as picassem, mas ela nunca me deixava colocar a rede sobre a dela; sempre gritava e a puxava para baixo. No fim, desisti. Claro, ela ficou toda picada. Passava o dia seguinte inteiro se coçando toda. Eu apenas dizia: "Bem-feito para você". Na verdade, eu a fazia se sentar e contar as picadas; quarenta e sete, *quarenta e sete,* mas não fez nenhuma diferença, ainda assim ela não aceitava a rede.

Tal mistura de emoções perpassava seu rosto: arrependimento, amor, culpa, exasperação... Mães e filhas têm suas batalhas, eu sabia disso, embora minha própria mãe tivesse morrido antes de eu atingir a idade incômoda e assim eu só tinha lembranças felizes dela. Mas a impressão que tive de Hécuba foi a de um relacionamento conturbado de verdade, em que nada havia sido acertado.

– Preciso vê-la.

O que eu podia dizer?

– Tudo bem, farei o melhor que puder.

A competição de arco e flecha estava bem adiantada agora; nossa conversa estava sendo pontuada por urros e grunhidos dos homens do lado externo.

Quando saí, fui confrontada por uma sólida parede de costas. Houve um silêncio tenso enquanto um dos competidores mirava, então um baque surdo quando a flecha atingiu o alvo, seguido pelo burburinho dos espectadores. Ao espiar por entre as fileiras de costas, enxerguei os alvos enfileirados e os rostos pintados de guerreiros troianos rasgados em pedaços. Tanto ódio; era de se esperar que tivesse penetrado no chão sob nossos pés.

Virei as costas e continuei andando.

15

No meu caminho pelo acampamento, prometi a mim mesma que não sobrecarregaria Ritsa com meus problemas, porém, quando me abaixei sob a aba e parei piscando na escuridão verde, não pude deixar de lembrar que, na última vez que estive ali, trouxera Amina comigo, e isso despertou novamente a inquietação irritante que nunca se afastava muito de minha mente. A tenda não era um lugar acolhedor. Eu ainda tinha a sensação de estar dentro de um pulmão doente que lutava para respirar, mas assim que abracei Ritsa e me sentei no banco ao seu lado, comecei a me sentir melhor.

– Sem serva hoje?

– Ela está ocupada – eu disse. – E não é minha serva.

– Só perguntei.

Peguei um pilão e um almofariz e me pus a moer algumas das ervas que ela dispusera à sua frente. Ela não fez nenhum comentário e por minutos trabalhamos em silêncio.

– Na verdade, eu estava pensando se poderia ver Cassandra.

– Não vejo por que não. Mas talvez deixe para mais tarde. Ela estava dormindo quando saí.

Observei ao redor da tenda.

– Tem estado um pouco mais ocupada?

– Hum, jovens tolos arrancando pedaços uns dos outros. Brigando por causa dos jogos; tivemos um rapaz aqui na outra noite com a orelha quase arrancada. "Ah, você acha isso ruim, não é?", ele perguntou. Sabe, todo metido… "Você deveria ter visto *o outro*". Macaão lhe deu uma boa surra.

Pobre Álcimo, pensei. Até o momento havia sido provado que Automedonte tinha razão. Cada resultado era contestado, cada competição amigável terminava em briga.

— Como está Cassandra? — indaguei.

— Ah, você sabe, tem seus altos e baixos. As noites ainda são ruins.

— Não melhorou, então?

— Um pouco. Dá para ter uma conversa agora, enquanto antes...

— Hécuba quer vê-la.

— Bem, é claro que ela quer, pobre mulher, mas temo que não haja muita chance de isso acontecer. Cassandra não pode deixar a cabana. Sabe como ele é.

— Foi o que pensei. E Hécuba está fraca demais para andar todo o caminho até aqui...

— E pode não ser bem-vinda, mesmo se o fizesse. Ouvi Cassandra falar coisas horríveis sobre a mãe. Não há amor perdido ali.

Estávamos trabalhando há cerca de meia hora quando houve uma comoção na entrada e dois homens entraram meio carregando, meio arrastando um terceiro homem entre eles. Jogaram-no ao chão sem cerimônia e foram embora. Levantamo-nos e fomos ver quem era: Térsites. A princípio, pensei que tivesse levado uma surra, mas então percebi que seus olhos estavam desfocados, ou melhor, focados em um ponto a poucos centímetros do rosto; ele fazia pequenos movimentos estranhos de agarrar no ar, como se tentasse pegar algo que só ele podia ver. Bêbado? Seu hálito fedia, mas não detectei vinho em particular, ou não mais do que o normal.

— É melhor colocá-lo numa cama — sugeriu Ritsa. — Deixá-lo dormir para ver se passa.

Havia várias camas de couro já arrumadas e vazias, então foi basicamente questão de arrastá-lo até a mais próxima e persuadi-lo a rastejar para cima dela. Ele estava coberto da cabeça aos pés com o que parecia merda de ganso — só os deuses sabem por onde ele andou.

— Ele terá que ser lavado — comentou Ritsa. — Macaão vai ficar louco se vir isso.

Ela parecia exausta; até segurou meu braço enquanto falava.

— Vá e sente-se; eu faço isso.

— Briseida, você não pode...

MULHERES DE TROIA

Eu sabia o que ela queria dizer: *Você é a esposa do senhor Álcimo.* Não havia problema em uma senhora dar banho aos enfermos na própria casa, era perfeitamente correto e apropriado, mas realizar a mesma tarefa servil num hospital, escolher, de fato escolher, o trabalho de uma escrava? Era tudo o que ela queria dizer desde que puxei o pilão e o almofariz para mim.

– Vá logo – falei. – *Xô.*

Peguei um balde e trapos e iniciei o trabalho. Retirei a túnica fedorenta e a tanga, esfreguei o pano úmido em movimentos amplos pelo corpo dele. A água no balde mudou de cor depressa enquanto eu trabalhava. Acima de nós, a lona balançava e se esticava, mas eu estava me acostumando com isso; não temia mais que a tenda inteira estivesse prestes a decolar. Uma ou duas vezes, Térsites gritou; mais, pensei, pela frustração de não ser capaz de pegar os objetos invisíveis à sua frente do que em razão de qualquer dor de verdade. Seu corpo estava coberto de hematomas, havia alguns roxos, alguns amarelos, alguns azuis nas bordas com um centro claro, cor de creme, que, juntos, formavam um registro visual das semanas precedentes na vida de Térsites. Ele manteve uma tagarelice constante; os poucos fragmentos de fala que entendi eram típicos do homem, desbocado, agressivo, obcecado por merda, sujeira, sangue e pus. Era extraordinário quantos de seus insultos envolviam furúnculos: furúnculos, feridas, bolhas, cistos, pústulas, cancros e úlceras. Qual a origem, me questionei, dessa preocupação com pele doente? Mas então eu o virei. Um olhar para seu traseiro e não me perguntei mais.

Endireitei-me e acenei para Ritsa; queria lhe pedir um conselho sobre um cataplasma para usar depois de limpar os furúnculos. Ao enxugar as mãos nas laterais do avental, ela se juntou a mim aos pés da cama.

– O que acha que devemos fazer? – perguntei.

Ainda deitado de bruços, Térsites se virou e olhou por cima do ombro.

– Ah, é você. Ele botou você para fora, não foi?

Ignorei-o enquanto Ritsa e eu pensávamos na melhor forma de fazer com que os furúnculos sarassem.

– Ei, *você*! – Era a arrogância bêbada, à procura de uma briga. – Estou falando com *você*. Ele te expulsou?

Era perda de tempo ficar chateada com qualquer palavra saída da boca de Térsites. Ele odiava as mulheres, especialmente as jovens e belas garotas que os reis reservavam para uso próprio. Ele se ressentia em especial de mulheres como eu – os prêmios de honra –, porque estávamos tão fora de seu alcance quanto deusas. Embora, mesmo com as mulheres desprivilegiadas em volta das fogueiras de cozinhar, ele deve muitas vezes ter sido empurrado para o lado por homens mais fortes. Conjecturei sobre quantas de suas contusões eram resultantes de tais encontros. Mas qualquer simpatia que já sentira por ele há muito se fora. Coloquei sal na água e esfreguei bem a bunda dele.

– *Ai!* Puta maldita!

– É para o seu próprio bem.

– Dói pra cacete… e não posso deitar de costas.

– Então, deite de bruços.

Quando voltei, uma hora depois, ele estava encolhido sobre o próprio flanco, cochilando, embora tenha acordado de repente quando coloquei o prato ao lado dele. Ignorando a comida, ele pegou direto o vinho, apenas para cuspir o primeiro gole.

– Isto é o melhor que pode fazer? É mijo de virgem.

– Se não quiser, muitos querem.

Ele continuou a resmungar, mas acabou se acomodando para comer. A comida era boa. Macaão fazia questão disso.

O próprio Macaão entrou minutos depois, examinou os furúnculos e perguntou sobre os movimentos de agarrar.

– Coisas brancas – disse Térsites. – Coisinhas brancas esvoaçando.

Macaão voltou-se para Ritsa, desfiou uma lista de instruções para lidar com os furúnculos e encarou Térsites.

– *E nada de vinho forte.*

– Como se tivesse chance disso aqui. Vacas.

– Controle seu linguajar.

Depois de mais algumas instruções sobre as lavagens com água e sal e os vários cataplasmas que Ritsa poderia testar, Macaão fez uma reverência profunda para mim e saiu. A reverência me divertiu. Na primeira vez que vi Macaão, eu era uma escrava no acampamento de Agamêmnon, enviada para ajudar no hospital porque estava superlotado, as enfermeiras mal conseguiam lidar com o fluxo diário de feridos. Poucos minutos depois de me conhecer, e foi uma recepção calorosa, Macaão, de maneira bastante inconsciente, levantou a túnica e deu uma boa coçada nas bolas,

MULHERES DE TROIA

exatamente como teria feito se estivesse sozinho. Porque ele estava sozinho. Uma escrava não é mais do que uma cama ou uma cadeira.

Mas naquele momento, ele se curvava.

Ao seguir Ritsa de volta ao banco, pensei que talvez fosse hora de ir ver Cassandra.

– Sim, claro – concordou Ritsa. – Só me deixe terminar isso. – Ela estava trabalhando em um cataplasma de caulim. – Daqui a pouco você terá ido visitar todas as mulheres troianas.

Concordei.

– Sim, suponho que sim.

– Incluindo Helena.

– Ora, quem te disse isso?

– Ah, uma das garotas.

Ritsa se esforçava para ajudar as mulheres desprivilegiadas; seu pote de gordura de ganso era útil depois de muitas noites difíceis, e não tenho dúvidas de que ela as ajudava de outras maneiras também. Percebi que o hospital mantinha amplo estoque de poejo, e havia canteiros inteiros crescendo em trechos de terreno acidentado atrás das cabanas, embora, pelo que eu soubesse, não tivesse qualquer utilidade no tratamento de homens feridos, mas preparado do jeito certo poderia acabar com uma gravidez indesejada.

– Você não aprova – concluí. – O fato de eu ter ido ver Helena.

– Não é da minha conta.

Expliquei sobre minha irmã, e então mencionei os hematomas de Helena.

– Ela não é sua responsabilidade – disse Ritsa. – De qualquer forma, deixe-o matá-la, não é mais do que ela merece.

Ritsa: a mais gentil das mulheres, mas compartilhava o ódio universal por Helena.

– Ela foi gentil comigo depois que minha mãe morreu; quando eu estava em Troia e não tinha você.

Ritsa assentiu, embora sua boca permanecesse rígida. Nenhuma de nós queria que esse encontro terminasse em uma discussão inútil sobre Helena, então conversamos, rimos e brincamos, enquanto ela terminava de preparar o cataplasma para o traseiro de Térsites.

– Pronto, isso pode ir para o forno agora. – Ela limpou o caulim das mãos no pano de saco em volta da cintura. – Deixe-o dormir primeiro.

– O que acha que há de errado com ele?

– Maldade.

Não havia como responder a isso. Verificamos para ter certeza de que ele ainda dormia, então segui Ritsa pelo pequeno pátio ao lado do salão de Agamêmnon. Antes, a área estaria plena de animais amarrados esperando para serem abatidos. Galinhas, gansos e também patos. Lembrei-me em particular de um bando de galinhas governado por um galo branco com uma crista vermelho-sangue cuja cantoria acordava todo o acampamento todas as manhãs, uma hora antes do amanhecer. Agora, não havia mais as galinhas e em seu lugar desfilava meia dúzia de corvos, os olhos nus brilhando à medida que nos aproximávamos. Andávamos depressa, conversando durante a caminhada, mas eles mal se davam ao trabalho de erguer as asas e sair do caminho. Os corvos estavam por toda parte ali e pareciam tão arrogantes, tão *prósperos...* Quase como se estivessem assumindo o controle.

A cabana de Cassandra era surpreendentemente espaçosa e, conforme testemunhei quando Ritsa abriu a porta e me conduziu para dentro, muito bem mobiliada. Tapetes, almofadas, lamparinas e, na parede em frente à porta, uma tapeçaria muito fina: Ártemis, Senhora dos Animais, caçando com cães. Não havia sinal de Cassandra, no entanto. Olhei para Ritsa, que colocou um dedo sobre os lábios e me conduziu ao longo do corredor até uma sala no final. Lá, dormindo profundamente na cama, estava Cassandra, seus cabelos soltos espalhados sobre o travesseiro, e, deitado ao lado dela com a cabeça em seu peito, um jovem de fato muito belo. Meu coração bateu forte com o choque, mas então percebi que devia ser seu irmão gêmeo, Heleno. O homem que sob tortura traiu os detalhes das defesas internas de Troia. Heleno era troiano; era homem, então por que ainda estava vivo? Talvez porque sua vida fosse parte da barganha que fizera com Odisseu. Era possível, ou talvez os gregos apenas não o considerassem um homem. Sua traição ao pai e à cidade não parecia pesar muito sobre ele. Estava mergulhado em um sono tão profundo quanto o de Cassandra, seu lábio superior fazendo um pequeno estalido a cada exalação.

Ritsa me puxou de volta.

MULHERES DE TROIA

– Ele está sempre aqui, procurando comida, mas o que se pode fazer? Não posso mandá-lo embora. É irmão dela. – De volta aos aposentos, ela disse: – Quer esperar? Ela não deve demorar; estão dormindo há horas.

– Vou esperar meia hora.

Sob a tapeçaria da vingativa Ártemis, nos sentamos em silêncio. Depois de certo tempo, percebi que Ritsa adormecera; ela estava constantemente exausta, pobre mulher. Meu olhar recaiu sobre a tapeçaria de novo. Contava a história de Actéon, que Ártemis transformou em cervo quando ele tentou forçá-la a fazer sexo com ele ou, em outra versão da história, deu de cara com ela por acidente enquanto ela tomava banho. Ao passo que o tecido balançava mediante uma corrente de ar, Actéon parecia fugir aterrorizado dos próprios cães, embora não houvesse esperança de escape; ele estava a apenas trinta centímetros de suas mandíbulas salivantes. Ritsa roncava um pouco, a cabeça caída para a frente sobre o peito. Fechei os olhos e recostei-me na cadeira. Na mesma hora, por trás das pálpebras fechadas, vislumbrei Cassandra e Heleno entrelaçados na cama. Pareciam amantes; talvez tenha sido isso que achei perturbador – embora eu suspeite que poucos amantes alcancem tamanho grau de intimidade. Todos aqueles meses antes do nascimento, cientes, embora de modo vago, da presença um do outro... Que vínculo a situação deve criar. E, no entanto, como menino e menina, homem e mulher, toda a trajetória de suas vidas deve tê-los separado.

Poucos minutos depois, ouvi a porta da frente se fechar e, depois de mais um momento, Cassandra entrou na sala, piscando e bocejando, os cabelos ainda despenteados em decorrência do sono. Ela deu um passo para trás quando me viu, mas Ritsa se esforçou para se levantar e nos apresentou.

– Ah, sim, sei quem você é. – Cassandra tinha olhos curiosamente brilhantes e muito alertas e o hábito de encarar diretamente sem piscar. Ela sempre parecia tatear o significado das palavras. Tal atitude exercia o estranho efeito de fazê-la parecer estúpida, o que com certeza não era. Por fim, depois de um longo silêncio, ela continuou:

– Meu pai me contou sobre você.

– *Príamo* falou de mim?

– Sim, quando voltou para Troia com o corpo de Heitor. Ele disse que você foi muito gentil.

Mais uma vez, fiquei comovida ao pensar que Príamo se lembrara de mim. Por um momento, pisquei em busca de conter as lágrimas.

Sentamo-nos à mesa e Ritsa trouxe pão e um pouco de queijo. Cassandra comeu muito pouco. Ficou fazendo pequenas bolinhas cinza com o pão, enrolando-as entre o polegar e o indicador. Percebi que ela tinha mãos bastante masculinas: os ossos proeminentes, uma rede de veias azuis e salientes como vermes afogados sob a pele. Por fim, ela ergueu os olhos.

— Então, o que lhe traz aqui?

Respondi que estava tentando visitar todas as mulheres que chegaram ao acampamento vindas de Troia.

— Ah, você é o comitê de boas-vindas, não é?

— Não exatamente.

— Então, você deve ter visto minha mãe?

— Sim, ela está muito preocupada com você.

— É um pouco tarde para isso.

— Ela quer ver você.

— Receio que não seja possível. Ninguém pode entrar, eu não posso sair… Estou enterrada viva aqui. — O silêncio se prolongou tanto que pensei que nada mais viria dela, mas então ela disse: — Só quero que este vento horrível pare. — Cassandra segurou a cabeça com as mãos, olhando para mim por entre os dedos como uma criança assustada. — Sabe o que me assusta de verdade? Vão me perguntar por que não podem partir, e não vou saber o que dizer… Eu não sei!

— Eles não vão perguntar a você, vão perguntar a Calcas.

— Vão mesmo?

Fiz o possível para tranquilizá-la, observando que Agamêmnon tinha próprios sacerdotes e videntes, dos quais Calcas era de longe o mais importante, mas podia muito bem não ter falado. Aqueles olhos que não piscavam olharam direto através de mim.

— De qualquer modo, não é óbvio por que os deuses estão com raiva? — comentou Ritsa. — Veja o que aconteceu. Templos profanados, crianças assassinadas, mulheres estupradas…

Cassandra a ignorou.

Eu disse:

— Algumas pessoas dizem que é por causa do que aconteceu com você.

— O que tem isso? — Ela ficara hostil.

MULHERES DE TROIA

— Bem, não foi uma ofensa contra os deuses?

— Foi uma ofensa contra *mim*. De qualquer jeito, não quero falar sobre isso.

E voltou a fazer bolinhas de pão. Entretanto, um minuto depois, tudo transbordou dela. A maneira como voltava do palácio para casa quando ouviu um estrondo de armas nas ruas e se refugiou no templo de Atena, escondendo-se atrás de uma enorme estátua pintada da deusa. Como o Pequeno Ájax a encontrou lá e a arrastou para fora. Como ela se agarrou à estátua, arrastando-a ao chão ao seu lado. Como durante tudo o que aconteceu a seguir, ela encarou os olhos de coruja da deusa, recusando-se a admitir que o corpo abaixo de seu pescoço ainda lhe pertencia. Lembro que fiz isso nas primeiras vezes com Aquiles.

— Sabe o que é pior? — continuou ela. — Eu estava menstruando. Não fez diferença, ele apenas puxou o trapo ensanguentado de mim e jogou longe… Eu não gostaria que minha própria irmã visse aquilo.

Eu estava lutando para encontrar algo para dizer.

Cassandra respirou fundo.

— Olha, o que aconteceu comigo aconteceu com centenas de mulheres. Assim que ouviram a luta, elas correram para se esconder nos templos, e os gregos sabiam onde procurá-las. Não houve um templo em Troia que não tenha sido profanado.

Danem-se os templos, pensei. *E quanto às mulheres?*

Com o canto do olho, notei Ritsa balançando a cabeça. Assenti para mostrar que entendia, mas então Cassandra estendeu as mãos para mim, ligeiramente levantadas para que suas pulseiras caíssem a fim de revelar a pele em carne viva por baixo.

— Eles me amarraram na cama. Não precisavam se preocupar… eu não vou matá-lo. É a esposa dele que vai matá-lo. — Sua voz era sonhadora, abstraída. — Ela prepara um banho quente para ele, lhe dá uma caneca do melhor vinho, manda as empregadas passarem óleo nas costas dele, e então, quando está meio adormecido, sonhando, acalentado e aquecido, ela joga uma rede sobre ele, ela ergue o machado e ACERTA ELE, ACERTA ELE, ACERTA ELE… — Cassandra bateu na mesa com os punhos cerrados.

Tentei pensar em algo a dizer para acalmá-la, mas minha mente ficou em branco, e, de qualquer maneira, era tarde demais. Ela estava de pé, andando de um lado para outro, sacudindo os braços, saliva voando, chocando-se contra as paredes. Era basicamente a mesma vociferação que eu já ouvira uma vez, na arena, no dia em que as mulheres troianas foram trazidas para o acampamento.

— Deixe-a — aconselhou Ritsa. — Ela vai se cansar.

Pouco a pouco, Cassandra ficou mais calma. Por fim, pálida, veio em minha direção.

— Você deve ter visto minha mãe, não é?

— Ela está muito preocupada — repeti.

Sua boca se retorceu.

— *Hum*. Sabe, sempre que olho para minha mãe, vejo cabelos crescendo no coração dela.

E com isso ela girou nos calcanhares e saiu da sala. Quando a porta se fechou atrás de Cassandra, Ritsa deu de ombros e até conseguiu abrir um leve sorriso, embora eu achasse que ela estava sendo mais tolerante comigo do que eu merecia.

— Sinto muito — falei.

— Não foi sua culpa.

— Foi, sim.

— Está certo, foi. — Ela deu um tapinha no meu ombro. — Entende por que finjo que não vejo quando ela coloca aquele irmão dela pra dentro? O que mais ela tem?

— Só espero que ela não lhe cause problemas à noite.

Ela não se deu ao trabalho de responder. Na porta, nos abraçamos e então caminhei para casa. Ao atravessar o pátio, me virei a fim de olhar para trás, mas Ritsa já havia entrado e fechado a porta.

16

Estava tarde demais para ver Hécuba – e, de qualquer modo, eu não tinha boas notícias para lhe contar –, então fui direto para casa. Assim que entrei no acampamento, soube de imediato que havia algo errado. Grupos de homens estavam reunidos no pátio, muitos deles olhando por cima dos ombros, os olhos fixos na porta do salão de Pirro. *O que está acontecendo?* Ouvi a pergunta correr de boca em boca, mas ninguém parecia saber a resposta.

Eu também não tinha uma resposta. O que eu tinha era um nó de medo na boca do estômago que se retorcia e se apertava enquanto abri caminho através da multidão. Entrando na cabana, encontrei Álcimo e Automedonte sentados à mesa encarando um ao outro. Coloquei pão e azeitonas na frente deles e comecei a servir o vinho, mas Álcimo me dispensou, então fui me sentar na cama. Nenhum deles se manifestou; embora eu tivesse a impressão de que estavam conversando antes de eu entrar no cômodo. Momentos depois, começaram a soar fortes batidas à porta. Pensando que devia haver alguma crise na cabana das mulheres – Amina ainda ocupava meus pensamentos –, corri para atender, mas Álcimo chegou primeiro e me empurrou para fora do caminho. Pirro inchou para dentro do aposento, não há outra maneira de descrever; e, uma vez lá dentro, pareceu continuar se expandindo até ocupar cada centímetro de espaço disponível.

— Eu não posso deixar pra lá! — exclamou ele, enquanto se sentava.

Eu sabia nos meus ossos, nas minhas águas, como dizem as velhas parteiras, o que era, e ainda assim ouvia com atenção, precisando que meus piores medos fossem confirmados. Na noite passada, mas podia ter sido na noite antepassada, ou mesmo na anterior, alguém tentara enterrar Príamo. Fez um bom trabalho, na verdade; a cova, embora rasa, era suficiente para manter longe as gaivotas e os corvos saqueadores. Haviam encontrado uma pá abandonada nas proximidades, junto a uma jarra de vinho e pedaços de pão amanhecido. O jarro ainda estava meio cheio, então parecia provável que os ritos fúnebres tivessem sido interrompidos, talvez por alguém conduzindo cavalos ao longo do caminho entre os pastos e o pátio. Quem poderia ter feito isso? Essa era a questão.

Quem teria ousado?

– Ninguém neste acampamento – disse Pirro. Na verdade, ele se recusava a acreditar que qualquer guerreiro grego teria feito isso.

Automedonte tentou ressaltar que algumas pessoas tinham fortes objeções religiosas a deixar os mortos sem sepultura, a negar-lhes seu rito de passagem para o outro mundo.

– Todo mundo merece um enterro adequado – argumentou ele.

– O quê, até soldados inimigos?

– Sim…

– Meu pai não enterrou Heitor. – Era evidente que ele considerava que qualquer referência a Aquiles bastava para encerrar uma discussão. – Não, foi um troiano… Só pode.

Com paciência, Álcimo pontuou que havia apenas dois troianos no acampamento. Calcas, um sacerdote e vidente muito respeitado, mesmo que usasse maquiagem e andasse por aí de saias. Eles podiam excluí-lo? Bem, sim, praticamente podiam. Por que de repente ele arriscaria a vida para enterrar Príamo? Decerto, qualquer lealdade que ele pudesse ter sentido por Príamo há muito se fora; trabalhara para Agamêmnon pelo menos durante os últimos dez anos.

Álcimo parecia ter dúvidas.

– Sim, mas ele não está numa posição muito boa no momento, não é? Já faz um tempo que não está.

– Não pode ter sido ele – Automedonte disse. – Não tem integridade.

– Não tem culhões – corrigiu Pirro.

Álcimo olhou de um para o outro.

– Bem, então… resta Heleno.

– Ele também não – negou Pirro. – Ele traiu o pai.

MULHERES DE TROIA

– Sob tortura – Automedonte lembrou-o.

– O que isso tem a ver com alguma coisa?

– Nenhum de nós sabe o que faria sob tortura.

– *Hum* – disse Pirro, com certeza pensando que sabia.

– Não seria esse o exato motivo pelo qual ele faria isso? – perguntou Álcimo. – Como uma forma de reparação?

Eles consideraram a ideia.

– Sim… – concordou Pirro. – Eu consigo imaginar isso.

– Certo, então – Automedonte disse. – Vamos trazê-lo. Apesar de, se ele tiver algum bom senso, terá ido embora.

– Para onde? – disse Álcimo. – Ele não tem para onde ir.

– Ele poderia viver da terra, caçar. Por falar nisso, há muito o que comer nos jardins de Príamo.

– *Você* poderia fazer isso – discordou Álcimo. – Duvido que Heleno o faria. E, de qualquer maneira, ele mal consegue andar.

Era verdade. Eu o vira mancar ao redor do acampamento, com trapos manchados de sangue amarrados em seus tornozelos. Odisseu deve ter acabado com as solas dos pés dele.

– Estamos de acordo, então? – continuou Álcimo. – Trazemos Heleno e… Bem, e quanto a Calcas? Não podemos simplesmente arrastá-lo… Ele é um sacerdote.

– Convidá-lo para jantar? – Automedonte disse.

Pirro gemeu.

– Pelos deuses…

– Mas concorda que precisamos de uma abordagem diferente?

– Sim. *Sim!* Só não o coloque sentado perto de mim.

Pirro já se pusera de pé, obviamente ansioso para começar. Os outros o seguiram até a porta, ambos se oferecendo para encontrar Heleno, mas Pirro insistiu que ele mesmo precisava ir. No fim, os três partiram juntos. Ouvi suas vozes desaparecerem à distância, e então tudo ficou quieto de novo, exceto pelos golpes do vento.

Fiquei encarando sem enxergar o pão e as azeitonas sobre a mesa, meu cérebro em busca de uma maneira de negar o que sabia. Eu estava me lembrando daquele momento perto do fogo quando olhei para Amina e ela baixou os olhos e fingiu ajustar as cordas da lira. Disse a mim mesma que não era nada; talvez ela só não gostasse de mim, mas se tratava de apenas um exemplo em um padrão de evasão. E então, mais tarde, ela estava ausente do círculo de garotas que se reuniam em torno de Helle. Pelo menos, eu tinha *quase* certeza de que ela estava ausente; ainda não estava de fato certa disso. Grande parte de mim simplesmente não acreditava que ela pudesse estar envolvida. A cabana das mulheres era vigiada. Sim, mas ela poderia ter pulado a cerca na parte de trás. Então, andei para lá e para cá, ponderando sobre o que fazer, ciente o tempo todo de uma raiva crescente acerca da conversa que acabara de ouvir. Havia apenas dois troianos no acampamento? Havia centenas de troianos no acampamento; mas eram mulheres e as mulheres são invisíveis. Seria uma vantagem, talvez? Se Amina tivesse mesmo enterrado Príamo, sua melhor chance de escapar impune era que ninguém acreditaria que uma garota fosse capaz de fazê-lo. Eu precisava falar com ela. Não importava quantas vezes revolvesse tais pensamentos, e o fiz, por mais de uma hora, sempre voltava a isso. Eu precisava falar com ela, e longe da cabana, longe das outras garotas. O que quer que acontecesse a Amina, as outras não deviam ser implicadas.

Bem cedo na manhã seguinte, peguei do quintal quatro cestos de vime e fui até a cabana das mulheres. As meninas ainda estavam sentadas em seus estrados, até mesmo Helle, que costumava acordar cedo e praticava coreografias no quintal. Quando entrei, Amina ergueu os olhos e os afastou com rapidez. Tentei adivinhar se alguma delas sabia sobre o enterro; no geral, estava inclinada a pensar que não. Amina não teria tentado envolver mais ninguém; ela ficaria muito orgulhosa do fato de ter agido sozinha. Sim, mas deve ter ficado fora por horas… Algumas delas pelo menos teriam notado e saberiam o que ela estava fazendo, ou adivinhariam. *Se* ela tivesse feito aquilo. Todas elas, incluindo Amina, poderiam estar alheias a qualquer acontecimento fora dos confins da cabana.

Antes de falar com Amina, segui pelo corredor rumo ao quarto de Andrômaca. Estava preocupada com ela. Ela estava tão pálida, magra e miserável que me ocorreu que poderia ser uma daquelas (raras) pessoas que simplesmente desistem de comer, que decidem morrer. Uma das servas de minha mãe jejuou até a morte. Eu podia vê-la com clareza, ela tinha uma verruga no lábio superior. Eu não pensava naquela mulher há anos e me perguntei por que voltou à minha mente de modo tão vívido agora.

Andrômaca estava na cama e parecia dormir.

MULHERES DE TROIA

– Andrômaca? – Ao som de seu nome, suas pálpebras tremeram. – Andrômaca? *Acorde*.

– Qual o problema?

– Alguém tentou enterrar Príamo.

Seus olhos estavam bem abertos agora.

– Heleno?

– Talvez. Na verdade, acho que pode ter sido uma das garotas.

– Quem? Qual delas?

Ela parecia genuinamente incrédula. O que quer que tenha acontecido, deve ter sido sem seu conhecimento.

– Amina.

– Foi ela quem dançou?

– Não, aquela foi Helle.

Pela primeira vez, fiquei impaciente, até ressentida, por ela se interessar tão pouco pelas garotas, recusando-se a aceitar o que deveria ser seu papel; dela, não meu. Então senti vergonha, porque não sabia o que era ter um filho assassinado; tinha medo até de imaginar. E com certeza eu não tinha o direito de julgá-la.

– Vou levá-la para sair, ver se consigo convencê-la a falar comigo.

– Está certo. – Ela se sentou e envolveu os joelhos com os braços magros. – Estou feliz por ele estar enterrado.

– Sim, eu também; contanto que Pirro não mate ninguém por fazer isso. Eles vão questionar Heleno, mas não vão parar por aí…

Amina dobrava seu cobertor quando retornei à outra sala. O ar estava impregnado do cheiro de corpos jovens sujos e de seu hálito ligeiramente azedo da manhã. De alguma forma, eu iria organizar banhos para todas elas. Havia tão pouco que eu podia fazer. De repente, fiquei furiosa, quase a ponto de gritar, com esse confinamento em um espaço pequeno e apertado que era imposto a nós pela violência do vento e do mar, e pela violência muito mais letal de nossos captores. Mas então, lembrei, não havia "nós" agora. Não "nós". Eu não era mais uma escrava, e talvez por isso suspeitasse que elas escondessem coisas de mim. Esperava que elas confiassem em mim, mas elas também deviam ter observado minha gravidez, minhas roupas finas, meu marido grego, e se perguntado com quem de fato estava minha lealdade. Eu dificilmente poderia culpá-las, quando eu mesma estava tão ciente de todos os conflitos possíveis. Mãe troiana, bebê grego, como isso iria funcionar?

– Amina. – Ouvi minha voz, mais brusca do que eu pretendia. – Vou colher algumas ervas frescas. Quero que venha comigo.

Estendi duas das cestas. Amina podia ter recusado, mas talvez não o soubesse, ou talvez tivesse ficado tentada com a ideia de ar fresco, algumas horas longe da cabana.

– Sim – confirmou ela, simplesmente. Virou-se para uma das outras garotas, perguntando se ela poderia guardar o cobertor e a cama. Eu já tinha alcançado a porta, feliz por me afastar da atmosfera desagradável. Até mesmo o vento arrancando a porta das minhas mãos e batendo-a com força atrás de mim foi bem-vindo. Depois de alguns minutos, quando eu estava prestes a entrar para buscá-la, Amina se juntou a mim, coberta da cabeça aos pés em seu habitual manto preto.

– Eu não sabia que havia um jardim de ervas no acampamento.

Seu tom era tagarela. Pensei que ela estava tentando manter a normalidade, esperando contra a esperança de que eu não tivesse adivinhado.

– Há. É pequeno, e fica no outro promontório, mas não vamos para lá. Estamos indo para Troia.

Seus olhos se arregalaram. Talvez ela temesse voltar, e quem poderia culpá-la? Embora ela não precisasse se preocupar; eu não tinha intenção de entrar na cidade. Os pomares de Príamo, a horta, o jardim de ervas, todos ficavam fora dos muros. Os pomares foram o terreno de caça favorito de Odisseu e Diomedes para a captura de prisioneiros, porque as pessoas tinham de ir para lá; tinham de arriscar suas vidas a fim de obter suprimentos básicos. Heleno foi capturado nos pomares do pai; tal destino se abateu sobre mais de um dos filhos de Príamo.

Partimos pela abertura estreita na trincheira. Ela fora cavada para defender o acampamento em tempos distantes, quando ainda parecia possível que os troianos ganhassem a guerra; antes que Aquiles, com a intenção de vingar a morte de Pátroclo, tivesse retornado à luta. No momento, a trincheira estava abandonada, carrinhos de mão e pás empilhados nas laterais. Ponderei se tinha sido daí que a pá usada para enterrar Príamo tinha vindo; olhei de soslaio para Amina, mas ela fitava adiante. Para Troia, é claro. Para as torres em ruínas.

MULHERES DE TROIA

Eu sabia que havia um caminho perto do rio, mas teríamos de cruzar o campo de batalha para chegar até lá. Caminhamos em silêncio, Amina ficando para trás, o que era um tanto irritante, mas consegui não falar nada. O terreno era tão irregular que tive de planejar onde colocar os pés. Sulcos profundos marcavam a superfície, velhas feridas infligidas por rodas de carruagens e pelas batidas de pés em marcha; como lembranças esculpidas na terra. Essa planície outrora havia sido terra de cultivo: o solo pesado, preto, bom demais para o gado pastar, feito para o cultivo de grãos. Era assim que deveria ser e como havia sido por centenas, talvez milhares, de anos, até que os navios negros chegaram.

O dia estava nublado, embora já tivéssemos desistido de esperar chuva. Era difícil seguir aos tropeços no chão revolvido; eu sentia o suor pinicando minhas axilas; minhas costas e coxas doíam. Por fim, fui forçada a parar. Amina, ainda me seguindo, seu olhar, assim como o meu, fixo no chão, esbarrou em mim. Ficamos recuperando o fôlego, observando ao redor. Eu tinha visto esse campo de batalha das muralhas de Troia, quando estava cheio de costas que lutavam, homens batalhando uns contra os outros até a morte, enquanto, bem acima deles, os reis cavalgavam em suas carruagens cintilantes. Agora estava vazio, desolado.

Talvez a ideia de fazer uma pausa para tomar fôlego tivesse sido um erro, porque, depois de olhar para cima, descobri que não conseguia voltar a mirar os meus pés. Então, à medida que caminhávamos, eu estava alerta a tudo. Havia algo estranho nesse silêncio; era como o silêncio que se ouve em quartos vazios quando alguém que se ama morre; tóxico. As árvores haviam sido cortadas para construir o acampamento grego e sem elas a terra parecia nua, indecente, sem um fiapo de cobertura capaz de esconder suas deformações. Em determinados lugares, a água brotou da terra, das profundezas argilosas, enchendo depressões e crateras até a borda. De vez em quando, bolhas irrompiam da superfície saindo de sabe-se lá que decomposição ocorria abaixo. Tivemos de atravessar vários desses lagos em miniatura antes de chegarmos ao caminho que corria ao lado do rio. Aqui, pelo menos, havia som — água serpenteando sobre as pedras —, porém só serviu para aumentar o silêncio do campo de batalha.

Ao contornar uma curva do rio, encontramos um cadáver, morto há várias semanas, inchado dentro de sua camisa de batalha, as regiões mais baixas lamentavelmente expostas. Nem a água nem a terra o reclamaram, então ficou ali deitado, o rosto misericordiosamente voltado para o lado oposto. Vi Amina colocar o véu sobre a boca como se temesse vomitar, mas, quando estendi a mão para tocar seu braço, ela balançou a cabeça com violência e se afastou.

Conforme nos aproximamos da cidade, ouvimos sons altos o suficiente para quebrar o silêncio: os gritos estridentes de corvos circulando acima da cidadela fumegante. Os corvos são pássaros ferozmente inteligentes. Eu costumava observar sua reunião enquanto os homens partiam para mais um dia de guerra. Tambores, flautas, trombetas, o bater rítmico de espadas em escudos; para os soldados, essa música significava honra, glória, coragem, camaradagem... Para os corvos, significava apenas comida. Não se importavam com quem ganhava ou perdia; o dia deles sempre terminava bem.

Paramos mais uma vez, observando as torres fumegantes da cidade. Conjecturei se Amina estava pensando em irmãos ou primos mortos dentro das muralhas. Perdi quatro irmãos quando minha cidade, Lirnesso, caiu, e a ideia de seus corpos insepultos me atormentou por meses após sua morte. Ainda atormentava, nas raras ocasiões que eu me permitia pensar a respeito. Entretanto, estavam mortos, não havia nada que eu pudesse fazer para ajudá-los; ela ainda estava viva.

– Vamos – falei. – Não é longe.

– Sei onde é.

Uma trilha percorria todo o caminho ao redor das muralhas da cidade. Quando começamos a andar ao longo dela, tive uma lembrança repentina de minha época em Troia, de como, à sombra das elevadas muralhas, as flores se fechavam muito antes do anoitecer. No momento, havia trechos repletos de flores pálidas como estrelas ao nosso redor, e algumas delas já haviam começado a se fechar, suas pétalas franzidas como lábios. Observei enquanto Amina espiava várias vezes por cima do ombro, talvez à espera de que algum bando de guerrilheiros troianos, homens que, por milagre, tivessem sobrevivido aos massacres, aparecesse e a resgatasse, mas havia apenas o crocitar dos corvos que ainda rodeavam as torres negras, como se fragmentos de madeira carbonizada tivessem alçado voo e se erguido no ar. A princípio, seus gritos eram o único ruído, mas então ouvi outro, um zumbido inumano de moscas vindo de dentro das muralhas, um som muito pior do que o chamado dos corvos.

MULHERES DE TROIA

Eu estava preocupada com talvez encontrarmos o jardim trancado, mas não, os portões estavam escancarados; isso me deu a curiosa sensação de ser esperada. Sem dúvida, os jardineiros foram ajudar a arrastar o cavalo pelas ruas e, talvez, tenham se envolvido nas comemorações e nunca mais voltaram. Assim que ultrapassamos os portões, os muros altos nos protegeram e o vento foi abruptamente interrompido. As copas das árvores do pomar balançavam; todavia, no nível do solo, quando nos afastamos do portão aberto, não havia mais do que uma leve brisa. Senti que éramos observadas, não por olhos humanos, mas pelas flores que pareciam assustadas com nossa presença. Multidões de pássaros, do tipo pequeno, multicolorido e saltitante, que prefere sementes e frutas maduras à carniça em decomposição. Desfrutavam um banquete próprio, sem jardineiros para afugentá-los. Duas fileiras inteiras de pintassilgos alinhavam-se de maneira atrevida sobre os braços de um espantalho e pareciam saber que não havia mais ninguém a temer.

Seguimos ao longo do caminho entre dois enormes canteiros de vegetais até o jardim de ervas na outra extremidade. De imediato, pus-me a colher punhados de coentro. De canto de olho, vislumbrei Amina, que estivera encarando as torres queimadas, se ajoelhar e começar a colher ervas também, embora eu tenha notado que ela começou na outra ponta de uma fileira, longe demais para ser possível conversar. Sem problema. Eu podia esperar. Eu sabia que ela esperava ser interrogada, mas não tinha a intenção de satisfazê-la, não ainda.

O zumbido das abelhas, os aromas misturados de hortelã-maçã, tomilho, alecrim, orégano, louro; o calor, tal qual uma mão pressionando com força o topo da minha cabeça, o suor ardendo nos meus olhos... Ergui a mão para enxugá-lo e me senti zonza; o jardim girava ao meu redor. Com cuidado, me levantei e consegui chegar a um banco onde pudesse me sentar à sombra. A atitude não era do meu feitio, mas talvez a gravidez nos torne mais propensas a desmaiar? Fechei os olhos e desejei água.

Quando os abri outra vez, Amina estava de pé perto de mim.

– Você está bem?

– Sim, estou.

Eu me sentia um pouco melhor, mas não devia aparentar, pois ela se sentou ao meu lado.

– Respire fundo.

Fiz o que ela me disse, focando o olhar em um amontoado de dedaleiras até que, aos poucos, a tontura passou. Eu me sentia exausta, vazia. Olhando em volta, percebi que tudo ali, todas as ervas, flores e vegetais, fora plantado por homens que esperavam ver a próxima estação, a próxima primavera. Por todo lado, havia sinais de um dia normal interrompido. Uma pá, com a lâmina incrustada de terra seca, deixada no final de uma fileira recém-cavada. No banco, havia um recorte quadrado de pano vermelho e branco enrolado no almoço meio consumido de alguém: um pedaço de pão e uma fatia de queijo amarelo-claro e mofado mordido. Quem quer que fosse, devia estar começando sua refeição quando os portões se abriram e o cavalo de madeira foi arrastado para dentro – e foi, simples assim, sem pensar duas vezes, esperando voltar. Desapareceu no meio da multidão gritando e celebrando...

Nada do que experimentei naquele dia, nem passar pelo campo de batalha, nem ver o soldado morto, nem mesmo ouvir o zumbido das moscas ecoando de dentro das paredes, havia me derrubado. Mas isto me derrubou: as marcas dos dentes de um homem desconhecido em um pedaço de queijo velho e fedorento. Cobri o rosto com as mãos e chorei pela destruição de Troia, pela morte de Príamo e pela ruína de seu povo.

Eu estava apenas vagamente ciente de Amina como um borrão de rosto e olhos fixos, mas então senti seus braços ao meu redor. Ela me abraçou, me embalando, fazendo carinho nas minhas costas, enquanto lágrimas e muco escorriam de mim.

– Sinto muito, sinto muito – repetia, até que finalmente comecei a soluçar, fungar e limpar o nariz com as costas da mão. Depois de um tempo, peguei o pano vermelho e branco e usei-o em seu lugar. – Ah, deuses – falei. – Não sei o que deu em mim... eu não choro, nunca choro.

– Calma, calma.

Amina tirou o véu e o usou para secar meu rosto, e então continuamos sentadas à sombra. O chão ao redor do banco estava coberto de maçãs marrons pastosas com uma miríade de abelhas sonolentas ziguezagueando bêbadas sobre o banquete. Posto que a tempestade de choro havia passado, me senti vazia de novo, desolada; mas então, aos poucos, meu humor começou a melhorar. Olhei em volta, para todas as cores no jardim; os tons de roxo, azul, vermelho, verde, amarelo, muitos deles tão brilhantes que sobreviveram à sua imersão na luz contaminada, pois, embora

MULHERES DE TROIA

estivéssemos protegidas do vento, as nuvens cinzentas se separaram em busca de revelar o brilho laranja habitual. *Um dia*, pensei, *terei um jardim igual a este*. Senti uma onda de esperança, quase dolorosa, como sangue fluindo de volta para um membro dormente. Amina estava quieta ao meu lado, contemplando a árvore acima, as folhas e galhos em movimento. Ela não fez qualquer tentativa de me consolar, exceto por aquele *calma, calma* sem sentido, e eu me sentia grata a ela por isso. Talvez eu devesse ter falado naquele momento, quando estivemos próximas por um momento, mas estava me sentindo vulnerável demais. Então, depois de certo tempo, somente com uma troca de olhares, só retomamos a tarefa de colher ervas.

No centro do jardim havia um canteiro construído em forma de roda, os raios projetados para conter as plantas mais prolíficas, aquelas que, de outra maneira, cresceriam descontroladas e sufocariam as demais. Percorremos o círculo, partindo de direções opostas. A intimidade alcançada no banco diminuía depressa, a tensão entre nós crescia conforme nos aproximávamos, até que por fim nos encontramos.

— Bem — eu disse. — *Foi* você?

A mentira que ela estava prestes a contar morreu em seus lábios.

— Por que quer saber? Não seria melhor se não soubesse?

Deixei isso de lado.

— O que acontece é que ele não vai suspeitar das mulheres. No momento, está pensando em Calcas, sabe, o sacerdote? Ou Heleno, porque são os únicos dois troianos no acampamento...

— Eu sou troiana.

Isso doeu.

— *Eu também*.

— Sim, mas é diferente para você, não é? — O olhar dela deslizou para a minha barriga. — Você fez sua escolha.

— Uma *escolha*? Que *escolha* você acha que tive? — Respirei fundo. — Sabe, estou tentando ajudar. Se você mantiver a discrição e não fizer nenhuma burrice, é provável que não dê em nada. Nós podemos superar isso.

— Nós?

— Sim! *Nós*.

Ela abriu um sorriso irritante e eu queria dar um tapa nela.

— Você sabe que o corpo dele foi desenterrado de novo? — Eu a observava com atenção e pude ver que doeu saber disso.

PAT BARKER

– Ele é mentiroso.

– Quem?

– Pirro. Ele disse a Andrômaca que Príamo morreu sem dor… ele disse que foi rápido… e com certeza não é verdade. Não se mataria um porco do jeito que ele matou Príamo. E o pior é que Hécuba viu. Ela implorou a Príamo para não pôr a armadura, mas ele pôs, de jeito nenhum ele não lutaria.

– Ele fez o que tinha que fazer.

– Sim… eu também.

Algo ficava cada vez mais aparente enquanto eu ouvia Amina: quão teimosa ela era, quão imune à razão. Ela fazia eu me lembrar de duas mulheres que conheci quando vim ao acampamento. Irmãs. Todos os dias ao anoitecer, saíam para uma curta caminhada, de braços dados, extremamente veladas, sem olhar para a direita nem para a esquerda, mas sempre, com modéstia, para seus pés. Então, depois de cerca de duzentos metros, sem nem mesmo precisar olhar uma para a outra, elas se viravam e voltavam. Na superfície, ninguém poderia ser menos parecido com Amina do que aquelas duas mulheres *tímidas*. No entanto, enxerguei nela a mesma inflexibilidade: a mesma recusa em aceitar que a vida mudara. Isso a tornava inacessível, mas mesmo assim senti que precisava continuar tentando.

– Ele vai matar qualquer um que tente enterrar Príamo de novo agora.

– Eu sei.

Eu tinha de deixar por isso mesmo.

– Vamos – eu disse. – Podemos muito bem pegar algumas frutas enquanto estamos aqui. É uma pena desperdiçar.

O pomar ficava do outro lado do jardim, um lugar sombrio e um tanto misterioso, cheio de árvores atentas. As cerejeiras haviam sido cobertas por redes para manter afastados os pássaros saqueadores, mas, ficando na ponta dos pés, conseguimos alcançar uma das redes e arrancá-la. Amina subiu na árvore e jogou cerejas para mim. Lembro-me de como elas caíram em cascata sobre meu rosto e braços, deixando manchas vermelhas como respingos de sangue. Implorei para ela descer, tinha medo de que ela caísse, mas Amina continuou a atirar cerejas em mim, rindo, divertindo-se muito. Estavam maduras, maduras demais, não resistíamos a comê-las e estavam deliciosas. Eu me virei para ela e percebi que ela tinha

122

MULHERES DE TROIA

duas covinhas vermelhas nos cantos da boca, apontando seus lábios na direção de um sorriso.

Estávamos tão perto de ser amigas.

A jornada de volta foi uma caminhada árdua. Os cestos estavam pesados e agora o vento soprava diretamente em nossos rostos. Percebi olhando à minha frente que o vento era invisível no campo de batalha: não havia árvores a serem arrancadas; nenhuma planta para ser aplainada. Labutamos à procura de atravessar a terra morta. Calculei mal quanto tempo levaria e o crepúsculo estava caindo antes de chegarmos à metade do caminho. Os pássaros começavam a se empoleirar para a noite. Na luz fraca, os pássaros eram quase invisíveis contra o solo preto até que, no último momento, e relutantes, se moviam. Larguei as cestas, acenando e batendo palmas, mas nada os assustou. Eles grasnaram seu triunfo, os conquistadores, e de fato eram conquistadores com suas safras abarrotadas de carne humana. Nós os contornamos o melhor que pudemos, mas foi um alívio chegar à trincheira, ver luzes e ouvir vozes. Eu estava tão desesperada pelo calor e pela relativa segurança do acampamento que quase corri nos últimos cem metros.

17

A cabana estava escura e silenciosa quando retornei. Tateei meu caminho até os aposentos, que a princípio pensei estarem vazios, mas então notei um retângulo de escuridão mais profunda ao lado da cama. Com dedos trêmulos, acendi uma lamparina a óleo e a sombra de Álcimo saltou pelo chão.

— Você está ausente há muito tempo.

— Estávamos ficando sem ervas, eu...

— Eu estava preocupado.

— Sinto muito. Posso pegar alguma coisa para você?

— Aceito uma caneca de vinho, e sirva uma para você também. Precisamos conversar.

Servi duas canecas e as coloquei sobre a mesa. Sentamos um de frente para o outro, mas, apesar do que ele tinha acabado de dizer, não falou de imediato. Eu sabia que não devia fazer perguntas sobre o enterro de Príamo, podia ser imprudente até mesmo expressar interesse, mas não pude evitar.

— Encontrou Heleno?

— Sim, ele estava com a irmã.

Obriguei-me a esperar.

— Ele apenas olhou na cara de Pirro e falou que *desejava* ter enterrado Príamo. Disse que estava com vergonha por outra pessoa ter feito isso... que devia ter sido ele.

— Ele foi...?

MULHERES DE TROIA

Torturado, eu queria perguntar. Esse era o meu grande medo: que outra pessoa pagasse um preço terrível pelo que Amina fizera. Obriguei-me a verbalizar a palavra.

Álcimo fitava sua caneca.

– Não, não houve necessidade, ele é um homem quebrado. Uma vez que um homem quebra assim, trai tudo, não há volta.

Silêncio. Observei as sombras criando cavidades em suas bochechas.

– Sobre o que você queria conversar comigo?

– Ah. Andrômaca. Pirro quer que ela sirva vinho no jantar esta noite.

– *Não… ela não pode.*

As palavras saíram antes que eu pudesse me conter. Pirro tinha todo o direito: ela era seu prêmio de honra, por que ele não a exibiria aos seus homens? Não muito tempo antes, Aquiles me exibia no jantar exatamente da mesma maneira; mas eu me acostumara, até aprendi a valorizar o acesso às informações que a posição me oferecia. Mas Andrômaca, no estado em que *ela* se encontrava…? Eu não conseguia imaginar como ela ia lidar com isso.

– Achei que você gostaria de acompanhá-la – disse Álcimo. Ele sempre demostrou grande gentileza para com Andrômaca, ele e Automedonte enterraram o bebê dela; no entanto, fiquei surpresa que ele estivesse disposto a permitir isso. – Caso não se importe.

– Ela não tem como fazer isso sozinha. – Fiz menção de me levantar. – Eu vou até ela, a menos que haja outra coisa…?

Ele hesitou.

– Tome cuidado com Pirro. Sabe quando falei que Heleno não foi torturado? Bem, não foi… mas Pirro fez algo um pouco estranho. Enfiou a adaga na barriga de Heleno, não muito fundo, apenas um corte, mas enfiou os dedos no sangue… e acho que gostou de saber que Heleno estava com medo.

Na escala do derramamento de sangue no acampamento, isso parecia absurdamente banal, mas era evidente que perturbara Álcimo, um homem que não se perturbava com facilidade.

– Não tinha necessidade – acrescentou. – Heleno estava se atropelando para nos contar tudo o que sabia… o que era nada!

Esperei, mas não houve mais.

– Se isso for tudo…?

– Sim, sim. Pode ir.

Fui primeiro ao depósito e peguei uma túnica bordada do baú em que guardava minhas roupas, e depois ao meu próprio quarto para escovar o cabelo. Há muito tempo não fazia isso, embora por meses, quando Aquiles estava vivo, essa fora minha rotina noturna. Quando terminei de me vestir e de escovar o cabelo, abri a boca várias vezes o máximo possível, ouvindo o clique de minhas mandíbulas; em seguida, estiquei os lábios num esgar. Todo o nervosismo, a velha tensão, estava de volta. Saí e atravessei a curta distância até a cabana das mulheres. Os homens já haviam começado a se reunir do lado externo do salão. Um cheiro de carne assada saía pela porta aberta; senti um jorro de saliva, mas sabia que só comeria muito mais tarde, se é que comeria.

Dentro da cabana, fui direto para o quarto de Andrômaca, que estava de pé e vestida, mas parada ao lado da cama, desamparada, o cabelo ainda despenteado do sono. A túnica que vestia não serviria de jeito nenhum. Voltei para os aposentos, selecionei duas meninas ao acaso e lhes disse que buscassem água quente e roupas limpas. Sob minha orientação, elas ajudaram Andrômaca a se limpar – um banho teria sido melhor, mas não havia tempo para fazê-lo – e escovaram seus cabelos até que brilhassem. Para minha surpresa, Amina entrou carregando uma grinalda de margaridas roxas, do tipo que cresce em abundância naquela época do ano. Ela a colocou na cabeça de Andrômaca, prendeu-a no lugar e recuou a fim de admirar o efeito. A cor combinava com Andrômaca, aquele roxo brilhante contra a escuridão de seu cabelo; embora não houvesse como apagar o contraste entre o frescor das flores e seu rosto devastado.

– Você vai ficar bem – falei com ferocidade, esfregando seus braços. – Estarei lá, não vai estar sozinha, apenas sirva a merda do vinho e torça para que ele os sufoque.

Ela tropeçou duas vezes na curta caminhada entre a cabana das mulheres e o salão. Quando atravessamos a soleira, senti uma rajada de ar quente abrir os poros da minha pele. Odores de carne assada, especiarias, pão quente, homens suados, resina das paredes, alcatrão das tochas, mas também cheiros mais accentuados e verdes vindos dos juncos farfalhando sob nossos pés. Ah, e o barulho! A cantoria, esparsa no início, aumentando para um rugido, terminando em risadas e zombarias. Batidas de punhos nas mesas, às vezes acompanhando o ritmo da música, às vezes em protesto

MULHERES DE TROIA

quando a comida não chegava rápido o suficiente. Levei Andrômaca até o canto oposto, onde havia um aparador com jarras de vinho alinhadas. Coloquei uma em suas mãos, rezando para que ela não a deixasse cair, então peguei uma para mim e comecei a trabalhar na mesa mais próxima. Andrômaca me acompanhou do outro lado. Os mirmídones me saudaram com todos os sinais de afeto; um ou dois deles até deram tapinhas na minha barriga. Eu nunca teria sido capaz de imaginar ser tocada abaixo da cintura por tantos homens com tão pouca intenção sexual. Vislumbrei outras duas mulheres, mulheres desprivilegiadas que viviam ao redor das fogueiras, trabalhando na outra mesa, e elas eram apalpadas com frequência, seus seios e virilhas agarrados. Uma delas por acaso olhou para mim, e sua expressão, infeliz, impassível, e distante, me assombra até hoje, embora eu não consiga lembrar o nome dela.

Até que todos os homens estivessem comendo e bebendo, não tive tempo nem para fitar a mesa principal, à qual Pirro, Álcimo e Automedonte estavam sentados. Calcas também estava lá, em trajes sacerdotais completos, embora a pintura branca em seu rosto descascasse com o calor. Será que percebeu que estava ali apenas para ser interrogado, que os homens sentados a cada lado seu não eram seus amigos? Álcimo encarava o prato. Às vezes, quando se vê alguém que se conhece bem à distância, isso aguça sua percepção acerca da pessoa. Ele estava mais magro do que quando o conheci; mais velho. Quando ergueu os olhos do prato, seus olhos percorreram acima e abaixo nas mesas, avaliando as interações entre os homens, alertas para o momento em que as brincadeiras se transformavam em insultos verdadeiros e mágoas antigas, despertadas, ressurgiam e exigiam vingança. Eram homens que viviam com os nervos à flor da pele há anos e, então, quando as coisas deviam ter sido fáceis, estavam frustrados porque a tão desejada viagem de volta era adiada de modo contínuo. Todos os dias começavam com esperança, todos os dias terminavam com decepções. Eles tinham acabado de ganhar uma guerra. Como essa vitória, a maior da história do mundo – e foi, não há como negar –, começou a ter gosto de derrota?

Portanto, Álcimo estava o tempo todo alerta para sinais de problemas e, quando me virei e observei ao redor, pensei que conseguiria perceber o porquê. Pirro trouxe um grupo de rapazes da ilha de sua mãe, Esquiro. Eles estavam bebendo muito, gritando, importunando as servas; nada disso era exatamente incomum, mas pude notar que, aos olhos dos mirmídones, tal comportamento demonstrava falta de respeito para com os homens mais velhos e experientes, que suportaram o peso da batalha. Muitos comentários gritados eram trocados entre Pirro e o grupo em questão. Ele estava corado, embora sua pele pálida corasse com facilidade, e é claro, encontrava-se em péssimo estado. Longe de dar o exemplo, parecia grande parte do problema. Nada disso ficara claro para mim, sentada sozinha na minha cabana, cardando lá, supervisionando a preparação do jantar, à espera de que Álcimo voltasse para casa, mas ali via com muita clareza. O salão estava cheio de lenha, do chão ao teto; uma faísca seria suficiente para incendiá-lo.

Andrômaca parecia abatida e miserável, mas pelo menos ainda estava de pé, e isso era mais do que eu esperava. Sussurrei-lhe que começasse a recolher as jarras; precisávamos enchê-las mais uma vez, colocá-las nas mesas e aguardar o sinal para partirmos. Pelo menos, era o que acontecia quando Aquiles estava vivo. Sempre tive permissão para sair antes que a bebedeira de verdade começasse. Posicionamos as jarras a intervalos ao longo das mesas e depois fui buscar o melhor vinho para a mesa principal. Andrômaca assumiu sua posição atrás da cadeira de Pirro e, sem nem mesmo olhar para ela, ele estendeu a caneca. Enquanto ela o servia, pensei ter vislumbrado uma rigidez nela que não enxergara antes, e isso me deu esperança.

A maioria dos homens já havia comido o suficiente; apenas beliscavam a carne ou limpavam o caldo com pedaços de pão. Aqui, na mesa principal, Pirro falava sobre a tentativa de enterrar Príamo. Quem quer que o tivesse feito fora interrompido antes de terminar o trabalho, alegou Pirro. Então, o corpo foi desenterrado e guardas postados para garantir que não se repetisse. Todos na mesa principal já sabiam disso. A explicação era dirigida a Calcas, que parecia perplexo com o rumo da conversa. Pude perceber que ele já estava profundamente ofendido com a recepção. Não tinha sido convidado a liderar a assembleia em oração nem a derramar uma libação aos deuses. Agora, Pirro o provocava; havia verdadeira agressividade em suas maneiras e nenhum sinal de respeito.

Enchi suas canecas — silenciosa, invisível —, escutando. E, de repente, contemplando o salão, pensei: *Senti falta disso!*

MULHERES DE TROIA

Quando a refeição terminou, a cantoria começou. Pirro garantira os serviços de um bardo notável, havia vários deles no acampamento. O bardo cantou sozinho, embora houvesse refrãos aos quais os homens pudessem se juntar. Todas as canções eram sobre Aquiles, sua vida breve e morte gloriosa, sua coragem, sua beleza, seus frequentes e aterrorizantes ataques de fúria. Lembro que uma das músicas se chamava simplesmente "Ira". Por acaso eu estava nas sombras ao lado da mesa superior, então pude enxergar o rosto de Pirro. Devia ter sido uma fonte de orgulho para ele ouvir as realizações do pai exaltadas em palavras e música – e essas foram algumas das melhores palavras e músicas que já ouvi, mas, ao observá-lo, conjecturei se haveria outras emoções, mais dolorosas, em ação. Em determinadas partes do acampamento, e não apenas no acampamento dos mirmídones, Aquiles era adorado como a um deus. Deve ter havido ocasiões em que Pirro se sentia como uma pequena muda de ervas daninhas lutando para sobreviver à sombra de um carvalho massivo. Será que ele alguma vez duvidou de si mesmo? Acho que deve ter duvidado.

A última canção se dissipou em silêncio. Os homens estavam em pé, batendo palmas, batendo nas mesas, gritando em apreciação, enquanto o cantor se sentava à mesa principal e aceitava uma taça de vinho.

Não muito depois, Álcimo sugeriu a Pirro que era hora de Andrômaca e eu nos retirarmos. Pirro não reagiu por um momento, mas depois acenou com a cabeça. Recuamos para o pequeno quarto, o "armário", e nos sentamos à cama, onde comemos pedaços de pão e figos bem secos. Andrômaca ficou respirando fundo, como se estivesse meio sufocada até então.

– Anime-se – eu disse, enquanto me levantava para ir. – Com alguma sorte, ele vai desmaiar.

Atravessei o quintal até a cabana de Álcimo, mas ainda não estava pronta para dormir. Peguei uma cadeira e a coloquei na parte mais protegida da varanda. O salão estava em alvoroço. Era sempre barulhento ao fim da noite, antes que os homens saíssem em busca de outras formas de diversão, mas em geral não havia tantas vozes elevadas. Ponderei se deveria ir até a cabana das mulheres e avisar Amina sobre os guardas, mas as garotas teriam se recolhido para a noite e, de qualquer maneira, eu não conseguia acreditar que ela correria um risco tão insano. Não uma segunda vez. Todos conseguimos ser corajosos uma vez.

129

Minha cabeça zumbia com as imagens e sons do jantar, trechos de conversas ouvidas por acaso que não significavam nada por si mesmas, mas juntas formavam um padrão. Pirro, os jovens de Esquiro que ele não conseguia ou não queria controlar. O rosto vigilante de Álcimo enquanto olhava para cima e para baixo nas mesas, fazendo por Pirro exatamente o que Pátroclo costumava fazer por Aquiles: evitar problemas. Mas Pátroclo gozava da confiança total de Aquiles, enquanto eu suspeitava que Pirro no fundo se ressentia de Álcimo, que lutara ao lado de seu pai; que conheceu o homem que ele nunca conheceria. Naquele momento entendi muito melhor as pressões incidentes sobre Álcimo.

A algazarra estava ficando mais alta, embora eu não pudesse ouvir o que gritavam. Teríamos uma noite turbulenta. Levantei-me e estava prestes a entrar quando houve uma comoção na entrada do salão e Pirro apareceu na varanda com Calcas, os dois obviamente em uma discussão. A briga parecia ser sobre Apolo e o papel que Pirro acreditava que o deus desempenhara na morte de Aquiles. Era evidente, argumentou ele, que nenhum homem mortal poderia ter destruído Aquiles – tinha de ser obra de um deus e todos sabiam que Apolo odiava Aquiles, que era seu rival em força e beleza. Do ponto de vista de Calcas, Pirro proferia blasfêmias. Ele ergueu a mão, acho que para protestar, mas talvez Pirro tenha interpretado o gesto como ameaça. De qualquer forma, ele agarrou Calcas pelo pulso e o empurrou com violência na direção da escada. Não acho que ele tivesse a intenção de fazer-lhe mal, mas infelizmente Calcas prendeu o pé na bainha do manto e caiu de cabeça escada abaixo para o pátio, onde ficou deitado de braços abertos, sem fôlego.

Depois de alguns segundos, Calcas ergueu a cabeça. O sangue escorria de um corte profundo em sua bochecha, tornando a tinta branca uma papa rosa. Pirro o encarou boquiaberto, a princípio horrorizado, mas depois desatou a rir. Ele poderia ter parado por aí, e isso já teria sido ruim o bastante, mas os jovens de Esquiro se amontoaram na porta atrás dele, rindo e instigando-o. A essa altura, Calcas conseguira pôr-se de quatro. Confrontado com aquele traseiro tentador, Pirro simplesmente não conseguiu resistir. Saltou escada abaixo, plantou o pé bem no traseiro de Calcas e o derrubou mais uma vez, antes de se virar para seus seguidores, gritando e socando o ar. Eles, é claro, deram tapinhas em suas costas,

MULHERES DE TROIA

bagunçaram seus cabelos e o puxaram de volta para o salão, gritando para que as mulheres trouxessem mais vinho.

Meu primeiro impulso foi correr para ajudar, porém, em vez disso, recuei ainda mais para as sombras, observando, enquanto Automedonte levantou Calcas e o espanou. Com frequência, as testemunhas da humilhação de um homem são alvo de seu ressentimento quase tanto quanto a pessoa que a inflige; e eu não tinha o menor desejo de tornar Calcas um inimigo. Talvez, como todos diziam, ele não estivesse nas graças de Agamêmnon, mas ainda era um homem inteligente e poderoso. Então, observei como Automedonte o apoiou enquanto ele mancava alguns passos, que eram um teste. Eu sabia que Automedonte era um homem devotadamente religioso e que ele abominaria o insulto que acabara de testemunhar. Alguns dos homens ao redor das fogueiras riram ou zombaram sem disfarçar quando o sacerdote passou mancando. Não era que eles não gostassem de Calcas; eles eram valentões, prontos para atacar qualquer um que considerassem fraco, como doninhas farejando sangue. Ficou claro, porém, que outros ficaram chocados. Um ou dois até fizeram o sinal contra o mau-olhado quando Calcas, com o braço sobre os ombros de Automedonte, arrastou-se devagar rumo ao portão.

Creio que Automedonte deve ter ajudado o sacerdote todo o caminho para casa, porque, embora eu tenha permanecido na varanda por um tempo, não o vi retornar.

18

No dia seguinte ao incidente, Pirro ordenou que os homens se reunissem no pátio e falou com eles da escada da varanda. Foi uma ação impensada. Depois de lhes contar que houve uma tentativa de enterrar Príamo (eles sabiam), continuou dizendo que qualquer um que tentasse de novo receberia a pena de morte. Ele concluiu arengando com eles sobre lealdade, embora os mirmídones fossem os mais ferozmente leais a seus líderes de qualquer contingente. Eles o saudaram no final, mas num tom abafado e, conforme a multidão se dispersava, testemunhei trocas de olhares, embora nada tenha sido verbalizado.

Eu me mantive ocupada; a cabana nunca estivera tão limpa. Todavia, assim que me sentava e fechava os olhos, minha mente mais uma vez se enchia de imagens, como a maré enchendo uma piscina de rocha: Amina prendendo uma coroa de margaridas roxas no cabelo de Andrômaca; o rosto corado de Pirro e sua risada estridente; Calcas estirado no chão. Teve uma coisa que fiz, e isso pode parecer traiçoeiro para algumas pessoas, pedi a Álcimo que colocasse os guardas para patrulhar a área ao redor da cabana das mulheres. Se ele se lembrou de dizer a eles ou não, não sei. Mais tarde, naquela noite, fui com Andrômaca ao salão onde servimos vinho no jantar, e o ambiente estava tenso.

De alguma forma, a fala de Pirro parecia ter aumentado o sentimento ruim que se desenvolveu entre os mirmídones e os jovens que ele trouxera de Esquiro, e Pirro parecia encorajar tal divisão. Eu não tinha a sensação de que aqueles jovens eram amigos dele, não tenho certeza se Pirro tinha amigos, mas ele parecia sentir necessidade de agradá-los. Ao fim da noite, uma briga teve início entre um dos líderes do grupo de Esquiro e um mirmídone mais

MULHERES DE TROIA

velho. Em geral, ele não era conhecido como um homem briguento, apenas tinha chegado ao limite. Álcimo interveio, seguido por Automedonte, mas Pirro não lhes deu apoio algum. Na verdade, estava minando a autoridade deles, embora a própria posição dependesse da capacidade de controlar seus homens. A refeição terminou com os rapazes de Esquiro pulando nas mesas no que equivalia a uma dança da vitória, aplaudida ruidosamente por Pirro. Eu tinha de ficar me lembrando de que ele tinha apenas dezesseis anos.

Naquela noite, dormi mal, acordando muito antes do amanhecer e olhando para a escuridão, ciente de que um novo som havia me acordado. Vasculhei os diversos ruídos que o vento fazia: percorria seu repertório usual de gemidos, sussurros, soluços e assobios. O berço ao pé da minha cama rangia. Nada de novo nisso, mas então veio de novo: um silvo urgente do outro lado da parede. Alguém decidido a me acordar, mas sem querer chamar a atenção batendo à porta. Coloquei meus lábios em uma fresta entre as tábuas e perguntei:

– Quem é?

– Maire.

Eu estava tão entorpecida de sono que levei um momento para me lembrar do rosto dela. Ela era a garota pesada e desajeitada cujas sobrancelhas se uniam no meio, que sempre estava envolta em um largo manto preto, mesmo dentro da cabana. Excessivamente modesta; nem mesmo Amina ia tão longe.

– O que é?

– Amina sumiu.

– Sumiu? O que você quer dizer com… *sumiu*?

Mas eu sabia o que ela queria dizer. Sem esperar por resposta, agarrei meu manto e tateei o caminho ao longo da passagem. Ela estava vindo pela lateral da cabana quando abri a porta, seu rosto pálido como a lua surgindo na escuridão.

– Volte – falei. – Vou procurá-la.

Ela acenou com a cabeça e estava prestes a sair, mas peguei seu braço.

– Há quanto tempo ela se foi?

– Não sei… estávamos todas dormindo.

– Tudo bem, agora volte. Diga a elas que não se preocupem.

Quanto as outras sabiam? Um dos meus temores era que Amina fosse capaz de arrastar as outras garotas para sua campanha maluca, embora não achasse que ela fosse fazê-lo. Ela tinha muito orgulho de seu isolamento, de sua retidão solitária e sem alegria. Ela não teria vontade de dividir o crédito pelo risco que estava correndo; apesar de, quando saí da cabana, parte de mim ainda pensar: *Não, ela não vai fazer isso.* Não agora, não com guardas postados perto do corpo e Pirro obcecado em encontrar o culpado. Ela deve ter ouvido seu discurso; todos no acampamento ouviram. Mas havia outra possibilidade: que ela apenas tivesse fugido. Talvez eu pudesse até, sem intenção, tê-la encorajado. Ela vira quanta comida havia nas hortas abandonadas de Troia. Ela podia pensar que conseguiria se esconder lá, embora que futuro haveria nisso? Com corvos saqueando, moscas se banqueteando, casas incendiadas, templos em ruínas, o inverno prestes a chegar? Por meses, pelo menos, ela enfrentaria o isolamento total; e, no fim das contas, os vegetais apodrecem no solo, e as frutas, nas árvores. O suprimento de comida que agora parecia tão abundante logo se esgotaria.

Imaginei-a correndo pelo campo de batalha, não porque pensei que ela havia feito isso, mas porque sabia que ela não tinha feito, e a alternativa era tão pior que não suportava contemplá-la. O que eu de fato pensava ficou evidente no movimento dos meus pés, que me levavam ao pátio do estábulo. Meu manto era confeccionado em lã azul, um azul tão escuro que poderia facilmente ser confundido com preto, e enrolei-o apertado em volta da minha cabeça para que tudo ficasse coberto, exceto meus olhos. Esgueirei-me ao longo da lateral de uma cabana, esperei até ter certeza de que não era observada e, em seguida, disparei pelo espaço aberto em direção à sombra da próxima. Através das paredes de madeira, ouvi gemidos, murmúrios, de vez em quando um grito. Pouquíssimos homens no acampamento dormiam bem. À noite, no escuro, as lembranças do que acontecera dentro de Troia não eram apagadas com tanta facilidade. Perscrutei adiante. Ou meus olhos estavam se acostumando à escuridão ou estava começando a clarear. Não havia muito tempo.

Tochas ardiam no pátio do estábulo, as luzes bruxuleando como sempre faziam com vento forte. Eu precisava ser cuidadosa, porque sabia que um cavalariço dormia na sala de arreios do outro lado, de onde às vezes saía com a boca aberta e os olhos vagos, com pedaços de palha presos no cabelo. Hesitei, e os cavalos, sentindo a presença de uma pessoa estranha, cambalearam de um lado para o outro. Estavam inquietos, na melhor das hipóteses, porque odiavam o vento. Um deles bufou e chutou a porta;

MULHERES DE TROIA

outro relinchou em resposta. Obriguei-me a continuar parada, mas nenhum deles relinchou de novo, então deixei as sombras e me esgueirei pelo pátio.

Logo, eu estava na trilha de carvão que conduzia através da charneca até as pastagens dos cavalos. Aqui, eu me senti mais exposta, sem paredes para me proteger e, em algum lugar ao longe, conseguia ouvir vozes masculinas. Nuvens grossas e negras se moviam pelo céu, mas eu sabia que atrás delas a lua estava cheia e poderia surgir a qualquer momento. Eu me agachei, tentando localizar os guardas, forçando os olhos até que as formas das árvores e arbustos começaram a se mover. Por fim, eu os localizei, quase duzentos metros adiante. Haviam acendido uma pequena fogueira e se reuniam ao redor dela, suas sombras tremeluzentes sobre a grama áspera. Contei três, mas então um se inclinou para a frente a fim de jogar lenha na fogueira, e vi um quarto homem atrás dele. Vislumbres de rostos barbudos iluminados pelo fogo sob mantos com capuz; eles estariam bem agasalhados porque a temperatura estava caindo. Posicionaram-se a favor do vento em relação ao cadáver, o mais longe que podiam, mas ainda podendo afirmar de modo plausível que o estavam guardando. Não tive tanta sorte. Já havia percebido uma leve impureza no ar.

O chão à minha frente, minhas próprias mãos, de repente ficaram mais claros. O vento abrira um buraco na nuvem e a lua espiava por ele; uma lua velha, abatida, vazia de tudo, exceto tristeza. Pensei em Hécuba e estremeci, mas de fato não havia espaço em minha mente agora para ninguém, exceto Amina. Onde ela estava? Não ouvi nenhum som, não detectei nenhum movimento; na verdade, me permiti a esperança de que as vozes dos guardas a tivessem assustado. Ela estaria na praia, pensei, andando de um lado para o outro, como eu costumava fazer, ensinando-se a aceitar o inaceitável. Se eu voltasse por aquele caminho, poderia alcançá-la. Pus-me a caminhar pelas dunas, movendo-me rápida e silenciosamente, a cada poucos passos me agachando de novo para me tornar menos um alvo para o vento. Acima da minha cabeça, as folhas de amofila brilhavam prateadas ao luar. Disse a mim mesma que poderia apenas passar depressa pelo corpo, verificar se ela não estava lá e, em seguida, deslizar pelas encostas de areia até a praia e voltar em segurança para casa. Mas, imediatamente, lembrei que não poderia voltar por aquele caminho porque a entrada do acampamento era vigiada e, embora os guardas fossem me reconhecer, poderia ser um pouco difícil explicar o que eu estava fazendo vagando no meio do noite. *Preocupe-se com isso mais tarde.* Caí de joelhos e rastejei na direção do cheiro, tentando ao mesmo tempo segurar meu manto sobre meu nariz e boca, um curioso rastejar de três pernas pela areia solta. Continuei parando, esforçando-me para ouvir os guardas, mas ou o vento estava abafando suas vozes ou eles ficaram quietos. Dormindo? Provavelmente. Eu não conseguia imaginar trabalho mais entediante.

Mas então, ouvi um barulho: uma respiração rápida e superficial. Pensei em todos os animais predadores que poderiam ser atraídos para o corpo à noite. Eu não podia gritar para assustar o que quer que fosse, porque atrairia a atenção dos guardas, então tive de continuar pela trilha. Estava clareando; a encosta de areia à minha frente brilhava branca. A qualquer momento os cavalariços, que sempre acordavam antes do amanhecer, levariam os cavalos ao pasto. Uma espiada rápida, disse a mim mesma, e então voltaria para casa. À medida que me aproximei, a respiração ficou mais alta, o cheiro indescritivelmente vil... e então eu a vi, uma forma negra encolhida cavando com as mãos.

– Amina.

Ela se virou, o rosto marcado pelo medo, percebeu que era eu e sibilou:

– Vá embora.

Rastejei para a frente. O solo ao redor do corpo estava revolvido, marcas dos seus dedos por toda parte, como as garras de um animal. Obrigando-me a analisar mais de perto, percebi que o corpo estava quase coberto, mas com um braço esqueletal ainda exposto. A mão parecia estender-se na minha direção. Lembrei-me daquela mesma mão com uma moeda de prata brilhando na palma, só que agora não havia mais palma alguma, nenhuma carne. Os ossos brancos me imploraram para serem cobertos. Sem, em momento algum, tomar uma decisão consciente, percebi-me cavando o solo arenoso, exatamente como Amina vinha fazendo. Não olhamos uma para a outra, não nos falamos, mas duas de nós, trabalhando juntas, concluímos o trabalho depressa. Limpei as mãos na túnica e comecei a me levantar. Mas então, para meu horror, ela começou a fazer as orações pelos mortos. Luz perpétua, descanso eterno...

– *Amina!* – falei, lutando para manter minha voz baixa. Parecia haver um bloqueio em meu peito que impedia a respiração, não um pequeno impedimento irritante como às vezes se tem com uma dor de garganta ou resfriado; *grande*, como o punho cerrado de um homem. – Vamos, você fez o que veio fazer. Precisamos voltar agora.

MULHERES DE TROIA

Ela balançou a cabeça.

– Não antes de terminar as orações.

– Você pode fazer isso na cabana. – Vi algo no chão do outro lado dela, um pedaço de pão e uma jarra de vinho, ambos necessários para completar o ritual. – Você já fez isso antes.

– Não, não fiz, alguém passou, tive que parar. Tenho que fazer isso da maneira apropriada dessa vez.

– Acha que os deuses se importam? Você já fez o bastante.

Mas ela não me deu ouvidos. E eu não podia deixá-la. Então, nos ajoelhamos ali, tagarelando as orações pelos mortos: uma travessia segura, um mar tranquilo, paz enfim… Todas as esperanças a que nos apegamos, enquanto enviamos esses vasos frágeis para a escuridão. Nunca na vida ouvi as orações fúnebres proferidas tão depressa quanto nós as dissemos naquela noite, e já assisti a alguns funerais muito breves na minha vida. Quando terminamos, Amina partiu um pedaço de pão e me entregou a jarra. A casca estava dura, o vinho azedo; quando eu me forcei a engolir, as lágrimas escorriam pelo meu rosto, e também não eram lágrimas de tristeza. Amina conseguiu engolir a casca, embora quase engasgasse, e despejou o resto do vinho na areia como uma libação aos deuses. O solo estava tão ressecado que as gotas quicaram, antes de enrugarem a superfície e afundarem. Notei que Amina tinha uma mancha vermelha no canto da boca e, ao perceber isso, percebi o quanto havia clareado.

De repente, fiquei furiosa.

– Agora *vamos* – eu disse, agarrando seus braços magros e puxando-a para ficar de pé.

Ela estava me encarando. Eu não conseguia entender por que ela não se moveu ou falou, mas então percebi que ela não estava olhando para mim, mas para algo atrás de mim. No mesmo momento, uma mão agarrou minha nuca. Senti um choque percorrer meu corpo; o bebê dentro de mim chutou. Os outros guardas vinham atrás dele. Virei-me, querendo que eles vissem quem eu era, sabendo que os mirmídones não me machucariam. Mas, quando olhei de um rosto a outro, não havia sorrisos, nenhum sinal de reconhecimento. Esses eram jovens guerreiros de Esquiro, homens de Pirro; e eu sabia que não tinha influência sobre eles. Puxando nossos braços rudemente para trás, eles nos forçaram à frente deles pelo caminho íngreme para o acampamento.

19

Fomos levadas para longe do túmulo e conduzidas pelo pátio do estábulo. A essa altura, o sol se erguia abruptamente acima do horizonte, lançando uma luz forte nos rostos dos cavalariços que se viraram para assistir à nossa passagem. Pelo pátio do estábulo e seguindo para o salão de Pirro, onde havia mais guardas, mirmídones dessa vez, que me reconheceram como a esposa do senhor Álcimo.

– Devíamos buscar Álcimo – disse um deles.

– Não – disse o guarda me segurando. – O senhor Pirro foi bastante claro. Elas devem ir direto para ele.

Assim, nos empurraram escada acima até a varanda, onde bateram à porta e continuaram esmurrando por um tempo considerável antes que o próprio Pirro viesse atender. Ele havia jogado a colcha roxa e prateada de sua cama frouxamente em volta dos ombros, mas estava nu. Ele olhou de rosto em rosto, com os olhos turvos de sono, mal-humorado e perplexo com a intrusão repentina.

– O que é isto?

– Nós as encontramos enterrando Príamo.

Pirro deu um passo para o lado, e os guardas nos empurraram à frente de si para o salão.

– *Mulheres?* – disse Pirro, encarando-nos incrédulo. – Tem certeza?

– Todos as vimos, senhor... e as ouvimos. Estavam fazendo as orações pelos mortos.

Muitos dos guerreiros mirmídones haviam nos seguido até o salão. Um deles tossiu e apontou para mim.

MULHERES DE TROIA

– Essa é a esposa de Lorde Álcimo.

– É?

Pirro não tinha motivo para saber que eu era casada com Álcimo. Mesmo se tivesse me notado em uma de suas raras visitas à cabana de Álcimo, provavelmente deduzira que eu era apenas outra escrava.

– *Ela* estava lá?

Os jovens se entreolharam, inquietos agora, mas então o que estava me segurando assentiu.

– Bem, suponho que seja melhor você encontrar Álcimo, então.

Pirro, claramente sentindo que precisava assumir o controle, apontou o dedo para um dos guardas.

– *Você* fica aqui. O resto de vocês, voltem lá... e DESENTERREM O MALDITO!

Vi Amina se encolher, mas, quando Pirro a fitou diretamente, ela encontrou o seu olhar de forma desafiadora. Fiquei olhando para os pés, temendo o momento em que Álcimo aparecesse.

– Vou me vestir – disse Pirro. – Fique de olho nelas.

Ele saiu da sala. Sentindo-me tonta de súbito, olhei desejosa para o banco ao lado da mesa. Eu sabia que não adiantava apelar para os solda-dos mirmídones; eles não tinham poder para se opor a Pirro. Apenas me encaravam, espantados. Só os deuses sabiam quanto tempo demoraria para encontrar Álcimo; ele podia estar em qualquer lugar do acampamento, festejando, bebendo... ou na cama de outra mulher. Então, apenas olhei ao redor do salão, que, como sempre após o banquete da noite anterior, parecia desolado e um tanto insano. Cheirando a gordura rançosa, resina das paredes, lamparinas fumegantes; os juncos, embora recém-postos no dia anterior, estavam desgastados demais para adoçar o ar. Sentindo-me tonta, comecei a me inclinar na direção do banco, mas naquele momento Pirro voltou à sala com o rosto contraído de raiva.

– *Por quê?* – ele disse.

Amina olhou diretamente para ele.

– Enterrei meu rei. Não tenho que explicar isso.

Imediatamente, sem nem pensar, ele bateu nela. O som da bofetada ecoou pela sala.

– Você sabia que eu disse que o corpo não devia ser enterrado?

– Sim, sabia. Só que você não pode fazer isso; você não pode simplesmente ignorar as leis divinas. Ninguém pode… Não me importo com quanto são poderosos.

Achei que ele fosse bater nela de novo, mas Pirro ouviu passos na varanda e isso o distraiu. Álcimo entrou na sala, desgrenhado, a túnica manchada de vinho. Ele se curvou para Pirro, embora seu olhar estivesse fixo apenas em mim.

– Que raios a levou a fazer isso?

Sua voz era baixa, urgente, não muito acima de um sussurro, mas Amina a ouviu.

– Ela não fez nada.

Pirro disse:

– Os guardas pegaram-nas no ato. *Ambas*.

– Sim, mas ela não estava o enterrando… Ela só estava tentando me impedir.

Isso era ao mesmo tempo verdadeiro e falso. Fechei os olhos, querendo me afastar deles, e vi a mão esqueletal de Príamo se estender do chão em minha direção. Ajudei a enterrá-lo, não em obediência aos deuses, mas como um simples ato de respeito por um senhor de idade que foi bondoso comigo quando eu era uma criança desesperadamente carecida de bondade. Por um momento, fiquei tentada a aceitar a oferta de Amina de uma rota de fuga, mas então ouvi-me dizer:

– Não é verdade. De fato ajudei a enterrá-lo.

Amina se virou.

– Não ajudou, *não*!

Naquele momento, vislumbrei toda a profundidade de seu orgulho. Lá estava ela, branca como giz, as marcas dos dedos de Pirro vermelhas em sua bochecha, brilhando de orgulho. Ela não estava tentando me salvar, queria que acreditassem que ela agiu sozinha. Talvez, a essa altura, ela tivesse conseguido convencer a si mesma.

Em silêncio, estendi minhas mãos para Pirro. Elas estavam cobertas de terra; todas as unhas estavam pretas.

Pirro se voltou para Álcimo.

– Não posso ignorar isso. Não me importo de quem ela é esposa.

– Eu não sabia – disse Álcimo.

MULHERES DE TROIA

– Ela *não* ajudou – insistiu Amina. – Ela só estava tentando me arrastar de volta para a cabana.

Álcimo a ignorou.

– *Eu* vou lidar com minha esposa.

– Não, não vai – disse Pirro. – Elas estavam nisso juntas. Você só precisa olhar para as mãos dela!

– O que você vai fazer?

– Não sei... trancá-las, suponho. – Pirro balançava a cabeça como um novilho perplexo. – Tem que haver outra pessoa por trás disso... não podem ser apenas mulheres.

Amina interrompeu-o.

– Eu estou dizendo a você... não havia mais ninguém.

De repente, percebi que ela queria morrer *de verdade*. E que muito provavelmente ela morreria, e eu com ela.

Álcimo disse:

– Bem, há a cabana da lavanderia, tem uma fechadura. E há a cabana de armazenamento de armaduras. Não acho que deveria deixá-las juntas.

Eu não conseguia olhar para ele; ele estava me traindo, *e* a Aquiles. Essa foi a verdadeira surpresa.

– Tudo bem – concordou Pirro. – Podemos decidir o que fazer com elas mais tarde.

Ele acenou com a cabeça para os guardas, que se adiantaram a fim de escoltar Amina corredor afora. Um deles a agarrou pela nuca e a empurrou.

– *Ei...* não há necessidade disso – interveio Álcimo.

Uma mão se fechou em volta do meu braço. Amina e os guardas haviam quase alcançado a porta, quando houve um barulho do lado de fora e os guardas que foram enviados para desenterrar o corpo – nenhuma "escavação" teria sido necessária; era a mais rasa das covas rasas – irromperam na sala. Um deles, um jovem magro com olhos vagos e movimentos estranhos e deslocados, foi empurrado para a frente. Eu o reconheci. Quando não era obrigado a guardar cadáveres, trabalhava nos estábulos e normalmente era o alvo das piadas dos outros homens, uma espécie de tolo da aldeia, embora fosse capaz de acalmar um cavalo nervoso melhor do que qualquer um.

– Vá em frente – os outros guardas disseram, empurrando-o para a frente. – Vá em frente, mostre a ele.

PAT BARKER

O pobre rapaz, vagamente ciente de que havia sido escolhido de bode expiatório, ficou no centro do grupo e olhou desesperado de um rosto para outro, mas Pirro foi surpreendentemente paciente com ele. Claro, ele conhecia esse menino pelas longas horas que passava no pátio do estábulo, fazendo, ou assim se dizia, trabalhos bem servis: secar cavalos suados, limpar equipamentos, até mesmo limpar as baias... Trabalho que homens de sua posição simplesmente não faziam. Agora, ele se inclinou e perguntou, com gentileza:

– O que é isso que você trouxe?

Com relutância, o menino abriu a mão e, captando a luz, estava um anel de polegar de homem, o que eu tinha visto pela última vez pendurado em uma corrente em volta do pescoço de Andrômaca. Álcimo e os guardas não tinham ideia de quem era aquele anel, ou por que isso importava. Por instinto, me virei, escondendo meu rosto, não sei bem por quê, quase como se sentisse que meu próprio reconhecimento do anel de alguma forma se transferisse para eles.

Mas Pirro o havia reconhecido.

– Dei isso para Andrômaca.

– E eu roubei – disse Amina depressa. – Ela estava tomando banho e o tirou e... e eu roubei. Ela ficou arrasada, procurou em todos os lugares... ela quase nos fez arrancar as tábuas do chão...

Ela estava tagarelando. Fechando os olhos, desejei que ela parasse.

– Por quê? – perguntou Álcimo.

– Por que roubei? Para pagar ao barqueiro.

Normalmente, quando se está preparando um cadáver, termina-se colocando moedas nos olhos. Elas mantêm as pálpebras fechadas, mas os devotos acreditam que também são usadas para pagar o barqueiro que rema o espírito falecido pelo rio Estige até o Hades, a terra dos mortos. Amina não tinha moedas, nem joias, nada de valor algum; nenhuma das mulheres tinha. Exceto Andrômaca, que tinha o anel de Príamo. Amina estava falando a verdade? Quando Andrômaca tomou banho em minha cabana, ela não tirou o anel, mas isso não significava que ela nunca o fez. Era possível que Amina tivesse aproveitado uma oportunidade para roubá-lo. Quase.

O silêncio se arrastou. Pirro olhava ao redor da sala e eu podia sentir que começava a nos enxergar de maneira diferente. Álcimo, eu, Amina,

MULHERES DE TROIA

Andrômaca... Deve ter começado a parecer uma conspiração aos olhos dele. Abruptamente, sem tirar os olhos de nós, gritou:

– Andrômaca!

Ela apareceu tão prontamente que devia estar ouvindo atrás da porta. Enquanto ela caminhava em sua direção, percebi que sua boca estava comprimida de medo.

Pirro estendeu o anel.

– Você deu isso a ela?

Andrômaca olhou do rosto para a mão e de volta para o rosto e não se pronunciou, como um coelho hipnotizado por um arminho.

– Eu roubei! – Amina gritou.

Pirro se virou e bateu nela novamente. Dessa vez, ela levou a mão ao nariz e afastou-a, coberta de sangue.

Voltando-se para Andrômaca, Pirro disse:

– Então... você o *deu*?

– Não sei o que houve. Eu o tinha comigo de manhã e, à noite, havia desaparecido. *Desculpe.* – Ela estava soluçando. – Sinto muito, sinto muito.

Andrômaca encarava Pirro ao falar, mas senti que as palavras se dirigiam a Amina.

Amina repetiu:

– Ela não me deu o anel. Eu o roubei. – Com sangue ainda pingando de seu nariz, ela olhou direto para Pirro. – Nenhuma delas me ajudou. Eu fiz isso... e não me arrependo nem um pouco.

Ela então virou as costas para ele e, por conta própria, caminhou até a porta, enquanto os guardas a seguiam, transformados no que mais parecia uma escolta real. Houve silêncio depois que a porta se fechou atrás dela.

Álcimo pegou uma das lamparinas e me entregou.

– Certifique-se de que ela fique com isso.

O guarda, um mirmídone, acenou com a cabeça.

– Certo – Pirro falava com Álcimo. – Conversamos depois. E você... – Apontando o dedo para Andrômaca. – SAIA!

20

Diante da cabana de armazenamento, o guarda parou e se pôs a destrancar a porta. Três cadeados: uma indicação do valor das armaduras guardadas ali dentro. Quando terminou, afastou-se e, de modo educado, me indicou que eu deveria entrar. Reconheci-o como um dos homens que tocou minha barriga enquanto eu servia vinho no salão, um sinal de lealdade à linhagem de Aquiles. Bem, gestos como aquele não me ajudariam agora. E foi o filho de Aquiles que me mandou para cá.

Atravessei a soleira. O guarda fechou a porta atrás de mim e trancou os cadeados. Eles não precisavam de trancas para me manter ali, na verdade. Aonde eu iria? A lamparina lançou um círculo de iluminação pálida ao redor da cabana e vislumbrei o brilho do bronze polido. No início, me agachei ao lado da lamparina e contemplei a fina linha de luz sob a porta. Minhas mãos tremiam; enfiei-as nas mangas a fim de aquecê-las, mas não consegui fazê-las parar de tremer. Ao meu redor havia o cheiro frio e pesado de metal e tecido oleado que pareceu se instalar no meu estômago e permanecer ali como uma pedra. Acho que, naquele momento, entendi quão delicada minha posição de fato era. Como esposa de Álcimo, comecei a me sentir segura na minha nova condição, mas ali, numa cabana de armazenamento com uma porta trancada atrás de mim, eu sabia que nunca estive mais do que a um passo da escravidão.

Toda a minha vida, anos, semanas, dias e horas me levaram a esse momento, nesse lugar. E um dia em particular: o dia em que minha própria cidade, Lirnesso, caiu. Subi para o telhado da cidadela para assistir à batalha que ocorria lá embaixo. Assisti enquanto Aquiles matava meu

MULHERES DE TROIA

irmão mais novo ao enfiar uma lança em sua garganta. Antes de puxar a lança, ele se virou e fitou a cidadela. Eu sabia que o sol estava atrás de mim, eu sabia que ele não podia me ver, ou pelo menos somente como uma mancha escura mirando para baixo; ainda assim, senti que ele estava olhando direto para mim. Aos poucos, em grupos de duas ou três, as outras mulheres subiram do andar abaixo e juntas esperamos pelo fim. Enquanto os soldados gregos avançaram pelas escadas, Arianna, minha prima por parte de mãe, agarrou meu braço, dizendo sem palavras: *Venha*. E então, subiu no parapeito e, no exato momento que os guerreiros entraram, atirou-se para a morte, suas vestes brancas esvoaçando ao seu redor enquanto ela caía, como uma mariposa chamuscada. Pareceu passar muito tempo antes que ela atingisse o solo, embora só pudessem ter se passado segundos. Seu grito se transformou em um silêncio marcado no qual, lentamente, dando um passo à frente das outras mulheres, me virei para encarar os homens que haviam entrado.

Arianna disse: Venha…

Mas escolhi ficar, e tudo o mais, tudo o que aconteceu entre aquele instante e agora, decorreu dessa escolha. Desde minhas primeiras horas no acampamento, fui cautelosa, alerta, exclusivamente focada na sobrevência… até o momento em que vi a mão de Príamo desonrada na areia imunda. Eu me arrependi de ajudar a enterrá-lo? Sim. *Sim!*

E não.

Pareceu-me, agachada próximo à porta da cabana de armazenamento, que eu apenas tinha tropeçado na situação. Eu *tinha* saído para tentar impedir Amina, *tinha* tentado persuadi-la a ir embora, a deixar a tarefa inacabada; no entanto, então, vi a mão de Príamo e de repente lá estava eu cavando na areia como um cachorro. Fiz as orações, bebi o vinho e forcei o pão amanhecido garganta abaixo… Enterrei Príamo, e menos de vinte e quatro horas depois de ouvir Pirro anunciar que a pena para tal ato era a morte. Joguei fora todos os meus ganhos obtidos no ano terrível que havia se passado. Eu realmente pensava que era possível que Pirro me matasse ou mandasse me matar. Amina continuaria mentindo para me salvar, ou para salvar seu conceito de si mesma enquanto única pessoa corajosa o suficiente para desafiar Pirro e obedecer aos deuses. Mas não achei que acreditariam nela. Por que o fariam? Considerando que mostrei a Pirro a sujeira sob minhas unhas.

Fechei os olhos e, gradualmente – foi um processo lento –, senti uma presença crescendo na escuridão atrás de mim. "Presença" é a palavra errada, mas não sei qual é a palavra certa. Ao abrir os olhos, forcei-me a levantar a lanterna bem acima da cabeça e gritei em choque. Porque ali, alinhados ao longo da parede oposta, estavam Príamo, Heitor, Pátroclo e Aquiles. O grito morreu em meus lábios, porque é claro que eles não estavam lá. Claro que não. O que eu estava vendo eram armaduras, não empilhadas nos cantos, como pensei que estariam, mas presas às paredes, cada peça em seu devido lugar, de modo que juntas delineassem as formas de homens. Homens imediatamente reconhecíveis. Ali estava a armadura de Príamo, que Hécuba lhe implorou que não vestisse. Coberta de sangue; nunca se limpa o sangue de um inimigo. Ao lado dela, a armadura de Heitor, seu famoso capacete emplumado cintilando na luz, mas sem o escudo. Andrômaca implorou a Pirro que deixasse seu filho bebê ser enterrado dentro do escudo do pai, e ele concordou, embora se arrependesse de sua generosidade mais tarde. Eu conseguia imaginar quão furioso ele ficava a cada vez que se deparava com o espaço vazio. Por fim, a armadura de Aquiles. O escudo também estava ausente, mas apenas porque Pirro o mantinha perto de si no salão, polindo-o de maneira obsessiva, como o próprio Aquiles fazia.

Erguendo a lanterna mais alto, levantei o olhar para o capacete. Sempre que movia a mão, a luz e a escuridão se perseguiam pelo metal, criando, ou revelando, movimento por trás das aberturas para os olhos na máscara. Ouvi duas pessoas respirando onde apenas uma respirava antes. Nenhuma palavra dita, nenhuma era necessária. Não sei se esse encontro, e de fato pareceu um encontro, durou minutos ou horas, mas me transformou. No dia que Políxena morreu, parei perto do túmulo de Aquiles e disse a mim mesma que a história de Aquiles havia terminado em seu próprio túmulo e que minha história estava prestes a começar. A verdade? A história de Aquiles nunca termina: onde quer que homens lutem e morram, ali se encontrará Aquiles. E quanto a mim, minha história e a dele estavam indissociavelmente unidas.

Houve o som de alguém do outro lado da porta. Ela se abriu e um arco cada vez maior de luz diurna cortou uma fatia da escuridão. A luz me atingiu como água fria, me tirando do transe. Álcimo falou:

– Briseida!

MULHERES DE TROIA

Conforme fui em sua direção, ele se afastou a fim de me deixar sair. Por todo o pátio, senti-o rígido de fúria atrás de mim. Era evidente, o momento do acerto de contas chegara para mim, e isso foi confirmado quando entrei nos aposentos e encontrei Automedonte esperando lá.

Álcimo sentou-se à mesa.

– Tudo bem. Vamos começar do início.

Ele apontou para uma cadeira e eu me sentei. A luz estava fraca, então ele acendeu uma vela e a colocou ao meu lado, perto o suficiente para eu sentir o calor na pele. Automedonte se sentou na cadeira à cabeceira da mesa, e lembro-me de ter pensado que era estranho porque Álcimo sempre se sentava ali. Até então, Automedonte sequer havia olhado para mim. Eu me ressentia de sua presença, embora, ao mesmo tempo, soubesse que não tinha o direito de me ressentir de nada. Contudo, senti que não poderia ter uma conversa adequada com Álcimo, com ele lá. Perguntei-me pela primeira vez, o que é uma tolice, eu sei, se Aquiles havia hesitado sobre para qual deles devia me entregar, e quanto tempo levara para decidir. Eu sabia o que ele pensava deles; ele nunca fez segredo disso. Álcimo era um homem decente, de bom coração, um bom guerreiro, mas inexperiente para sua idade e um pouco ingênuo. Quanto a Automedonte, podia-se confiar sua vida a ele, era totalmente honesto, sem senso de humor, um moralista, intolerante e presunçoso. Mas eram ambos corajosos, ambos leais, ambos completamente devotados a ele.

Álcimo pigarreou.

– Há algo que devo dizer antes de começar. Contei a Pirro que você está esperando o filho de Aquiles.

– O que ele disse?

– Não muito.

– Não necessariamente vai te ajudar – Automedonte falou, e tive a impressão de que ele gostou de dizer isso. – Acho que ele está bastante apegado à ideia de ser o *único* filho do grandioso Aquiles. É difícil saber como ele vai reagir.

– Sem dúvida, ficará claro.

Eu os vi trocar olhares. Talvez *eu* também não estivesse reagindo da maneira que esperavam.

– Certo – continuou Álcimo. – Vamos começar no início. Onde você estava quando os homens as encontraram?

— Perto da cova.

— De pé?

— Não, ajoelhada. Eu...

— E você tinha terra nas mãos?

Assenti. Ele agarrou meus pulsos e os puxou para mais perto da vela. Havia terra sob minhas unhas e uma camada de poeira nas palmas das minhas mãos. Álcimo lançou um olhar para Automedonte e a atmosfera na sala mudou sutilmente. Senti uma onda de ar frio em minha pele, embora a sala estivesse abafada e pesada com o cheiro de cera de vela.

Automedonte se inclinou para a frente.

— E quanto à primeira vez? Você estava lá daquela vez?

— Não.

— Ela não falou nada?

Hesitei e vi um brilho em seus olhos. Isso era um interrogatório. Procurei em Álcimo algum carinho, algum reconhecimento da relação entre nós, mas não obtive nada em troca. Se estivéssemos sozinhos, eu tentaria ser honesta com ele sobre a confusão em minha mente, a mudança não intencional de tentar impedir Amina para ajudá-la. Teria lhe contado sobre o encontro com Príamo nas ameias e sobre como ele fora gentil. Mas lá estavam eles, os dois, e eu não acreditava que Automedonte alguma vez tivesse ficado confuso na vida.

Ele ainda esperava que eu falasse.

— Apenas que estava horrorizada por Príamo não ter sido enterrado.

— Ela disse a você o que ia fazer?

— Não.

Álcimo disse:

— Então, quando você descobriu que ele tinha sido enterrado, o que achou que tinha acontecido?

— Eu não sabia.

Ele estava se inclinando para mais perto. A mesa estava entre nós, mas não parecia estar; parecia que ele estava respirando em meu rosto. E ele parecia diferente: mais velho, mais magro, mais focado. O rapaz apaixonado — e eu de fato pensava que ele já havia sido apaixonado por mim — desaparecera, e em seu lugar estava alguém em tudo mais formidável. Esse era o homem que participou do ataque final a Troia e fez coisas inomináveis dentro de suas muralhas. Não mais "inexperiente para sua idade"; não mais "um pouco ingênuo". Senti como se o enxergasse pela primeira vez.

Depois de uma pausa, falei:

— Bem, vocês estavam dizendo que devia ter sido Heleno ou Calcas, então acho que pensei que tinha sido um deles.

Automedonte bateu na mesa.

— Não, não pensou! Você *sabia* quem era.

— Veja, ela só disse que Príamo merecia um enterro adequado. É apenas o que qualquer troiano teria dito.

— Qualquer *guerreiro* troiano.

— Você acha que as mulheres não têm opiniões? Não têm lealdade?

— A lealdade de uma mulher pertence ao marido.

Álcimo levantou-se e foi buscar uma jarra de vinho no aparador. Ele serviu duas canecas e, depois de breve hesitação, uma terceira para mim.

— Certo – disse ele. – Na noite passada. Você sabia o que ela ia fazer?

— Eu não tinha a menor ideia.

Não era uma mentira completa, mas também não era exatamente a verdade. Eles ficaram sentados em silêncio, olhando para mim. Unidos. Naquele momento, senti que havia perdido meu marido, enquanto ao mesmo tempo suspeitava que nunca de fato tivera um. Queria perguntar o que achavam que Pirro ia fazer, mas não me atrevi; estava com medo demais da resposta.

Foi a vez de Automedonte:

— Então, quando descobriu?

— Uma das meninas bateu à porta. Não me pergunte qual, não sei os nomes de todas. Algumas delas ainda não conseguem falar.

Cuidado. Não deixe a raiva transparecer.

— Bem, está claro que essa conseguia. O que ela disse?

— Que Amina não estava na cabana. Que ela tinha sumido.

— Então, o que achou que havia acontecido?

— Pensei que ela tivesse fugido. Com certeza não pensei que ela estava enterrando Príamo.

Automedonte balançava a cabeça.

— Havíamos acabado de visitar os jardins. Há abrigo, muita comida. Achei que ela poderia ter ido para lá…

PAT BARKER

– Mas não foi procurar por ela lá, foi? Você foi para onde sabia que o corpo estava.

Não havia como negá-lo. E, repensando, a ideia de que Amina pudesse ter fugido nunca foi mais do que um pensamento passageiro. Amina nunca teria fugido de coisa alguma.

E então Álcimo:

– O que encontrou quando chegou lá?

– Ela tinha quase terminado. Eu só queria que tudo acabasse, queria ela de volta na cabana. Em segurança.

– Então, você a ajudou a enterrar Príamo? – Álcimo soltou uma risada. – Deuses, mulher.

Agora era tarde demais para qualquer coisa além da verdade.

– Olha, eu *estava* tentando salvar Amina. Mas quer saber? Você está completamente certo, eu enterrei Príamo. Porque eu o respeitava. Porque era uma vergonha deixá-lo jogado lá. Vocês dois o conheceram, quando ele veio ver Aquiles, vocês o conheceram. Sabem o que aconteceu naquela noite. Aquiles deu-lhe as boas-vindas, deu-lhe comida, deu-lhe uma cama, tratou-o com *respeito*... Deu-lhe até a própria faca para que ele comesse. Vocês acham que *ele* ia querer isso?

Eles se entreolharam. Eu podia vê-los lendo a verdade nos rostos um do outro, mas nenhum dos dois ia admitir.

– Vocês *sabem* – continuei. – Os dois, vocês *sabem* que Aquiles gostaria que Príamo fosse enterrado.

Álcimo disse pesadamente:

– Seu primeiro dever é para comigo. – Ele respirou fundo. – Assim como o meu é para com você.

Eu ri; não pude evitar.

– Não, Álcimo, nós dois sabemos que seu primeiro dever é para com isto. – Puxei o tecido frouxo da minha túnica bem apertado sobre minha barriga.

– Não deveria ser seu primeiro dever também?

Senti-me envergonhada diante dele naquele momento; seu compromisso obstinado para com uma criança que não era sua contrastava tanto com minhas próprias dúvidas, minha própria ambivalência.

Automedonte ficara em silêncio durante a última parte da conversa, desenhando com um pouco de vinho derramado na mesa, transformando-o em uma aranha, dando-lhe pernas.

150

MULHERES DE TROIA

– Acho que podemos encontrar uma maneira de contornar a situação – pronunciou-se ele, por fim. – A garota diz que agiu sozinha. Bem, ótimo, deixe-a dizer. Tudo o que Briseida precisa fazer é continuar dizendo que estava tentando impedi-la. Acho que ela pode escapar impune. Possivelmente.

Ela. Esse era Automedonte em seu estado mais suave, mais frio.

– Não está se esquecendo dos guardas? – retruquei. – Eles sabem que eu estava cobrindo o corpo, eles me viram.

– Pode deixar os guardas conosco – avisou Automedonte. – Se lhes dissermos que viram você tentando arrastar a garota para longe, é o que eles dirão. Contanto que a garota não mude a história...

– Ela não vai – respondi.

Não, Amina estaria onde ela sempre quis estar: no centro de um círculo de tochas acesas, todos os olhos focados nela, e somente nela. Talvez eu devesse ter ficado aliviada, mas não fiquei.

– O que vai acontecer com ela?

Álcimo encolheu os ombros.

– Não é da conta de ninguém o que ele faz com ela. Ela é escrava dele.

– Mas o que você *acha* que ele vai fazer?

– Não sei. Suponho que, se ela tiver sorte, ele a venda. Enfim, não tem nada a ver com você. Quanto menos você tiver contato com ela agora, melhor.

E com isso ele se levantou, encerrando o interrogatório.

– Mais uma pergunta – disse Automedonte. – Você conversou com Calcas? Ou Heleno?

Muda, balancei minha cabeça em uma negativa.

– Bem, é um alívio. Ela conversou?

– Não, e como poderia? Elas não podem sair da cabana.

Na porta, Álcimo se virou.

– Escute, enquanto eu estiver fora, não abra a porta para ninguém, certo? Diga que está passando mal ou algo assim. Não deixe ninguém entrar.

Álcimo saiu primeiro. Não pude deixar de pensar que ele estava feliz por fugir, mas Automedonte se demorou. Quando teve certeza de que Álcimo estava fora do alcance da voz, ele disse:

– Cuidado, Briseida. Você *talvez* se safe desta vez, usando sua barriga, mas nem sempre terá a mesma sorte.

Teria sido a mesma coisa se ele tivesse me dado um soco. Pensei nas mulheres em Troia que haviam sido apunhaladas na barriga ou mortas com uma lança entre as pernas por causa da chance de cinquenta por cento de seu bebê ser um menino. Não importava quanto "usassem sua barriga", não as teria ajudado em nada. Claro, não ousei mencionar o fato. O que aconteceu em Troia já se tornara um sumidouro de silêncio.

Mas eu não ia deixar isso passar em branco por completo.

– *Eu* não usei minha barriga – falei. – Álcimo o fez. E quer saber, Automedonte? Se estivesse lá, você teria feito exatamente o mesmo.

Então lhe dei as costas, sem esperar sua resposta.

21

Passei o restante do dia sozinha. Certa hora, saí e me sentei na varanda, mas achei que um ou dois dos soldados que passaram estavam me olhando, então voltei para dentro. Cozinhei, troquei a roupa das camas, varri. Não me permiti sentar até o fim da tarde e então acho que devo ter caído no sono porque, na próxima vez que tomei consciência de onde estava, alguém batia à porta. Álcimo me dissera que não deixasse ninguém entrar, mas a porta foi empurrada antes mesmo de eu sair da cadeira. Eu não conseguia enxergar nada com clareza, apenas uma forma volumosa e um brilho de olhos claros. Pirro. Levantei-me, lembrando-me, embora apenas a tempo, de fazer uma reverência.

Ele entrou um pouco mais na sala.

– Temo que Álcimo não esteja aqui – falei.

– Não, eu sei, ele foi ver Menelau. Acho que eu devia ter ido também, mas simplesmente não estava com vontade.

Puxei uma cadeira e acenei para ele.

– Por favor...

Sem precisar que me pedisse, fui até a adega do aparador e servi-lhe uma caneca do melhor vinho, percebendo enquanto lhe levava a bebida que, pela primeira vez, estava vendo Pirro sóbrio. Ele mais do que ocupou sua cadeira, as coxas carnudas bem separadas, enorme; e ainda assim havia uma esquisitice adolescente nele a sugerir que ainda não alcançara sua estatura total – que os deuses nos ajudem. Lembrei-me de meus irmãos naquela idade, de como eram desajeitados, mal conseguiam atravessar uma sala sem esbarrar nos móveis. Ele ergueu os olhos ao pegar a caneca e sorriu. Não achei o sorriso reconfortante. Ocorreu-me que, quando Álcimo me avisou para não deixar ninguém entrar, estivesse pensando em Pirro, mas não foi capaz de dizê-lo abertamente.

A visita não era convencional, para dizer o mínimo; em geral, os homens não visitam as mulheres quando sabem que os maridos delas estão ausentes, mas Pirro não parecia achar que havia algo estranho. Afirmar que ele tinha um atraso no desenvolvimento daria uma impressão totalmente errada, mas lhe faltava algo. Ele parecia não saber como as pessoas normalmente se comportavam, como os relacionamentos funcionavam, então estava sempre quebrando as regras, não porque tinha a intenção de se rebelar contra elas, mas apenas porque não sabia de sua existência. Ou talvez pensasse que não se aplicavam a ele.

— Não vai beber comigo? – indagou ele.

Então, me servi de uma caneca, ainda calada, e me sentei em frente a ele. Estava desconfiada demais para falar.

— Álcimo contou que você está esperando um filho de Aquiles.

— Sim, pensei que soubesse.

Ele balançou sua cabeça em um gesto negativo.

— O exército grego me concedeu a Aquiles como prêmio de honra depois que ele saqueou Lirnesso... e então, quando ele sabia que ia morrer, entregou-me a Álcimo. Ele pensou que Álcimo seria um bom protetor para a criança.

— Bem, ele estava bem ali. Boa escolha.

Senti que ele não tinha vindo falar sobre o enterro de Príamo e acho que o alívio com relação a isso me deixou um pouco desvairada. De qualquer modo, bebi meia caneca de vinho forte rápido demais e, quando ergui os olhos de novo, notei que ele estendia a mão.

— Veja.

Inclinei-me para a frente. Percebendo que eu ainda não conseguia ver, ele se levantou e veio em minha direção, seu corpo enorme bloqueando a luz. Eu o senti colocar algo em minha mão, e então ele se afastou para deixar a luz da lamparina recair sobre o objeto. Eu estava segurando o anel de Príamo.

— Sabe o que é isto?

— Sim, é o anel de Príamo. – Tentei devolvê-lo.

— Tem certeza que é de Príamo? Não é de Heitor?

MULHERES DE TROIA

— Não, é de Príamo, ele o usava sempre. Acho que foi o presente de Hécuba no dia do casamento.

— Mas você viu isso desde então?

— Sim, Andrômaca me mostrou, ela contou que você o deu a ela. Disse como foi generoso.

— *Hum.* — Ele voltou para sua cadeira. Por um momento, pensei que era só isso, mas então ele disse: — Às vezes, acho que as pessoas confundem bondade com fraqueza.

— Tenho certeza de que algumas pessoas confundem, mas não Andrômaca. Ela não é assim.

— Ofereci-lhe uma bandeja inteira de joias, pulseiras, colares… Tudo digno de uma rainha. E ela escolhe um anel masculino?

— Bem, ela o usava ao redor do pescoço. — Eu não conseguia pensar em um único bom motivo para ele estar insistindo nisso. Eu estava sendo instada a implicar Andrômaca no enterro de Príamo.

— Você realmente acredita que aquela garota o roubou?

Aquela garota. Pobre Amina, nem nome tinha. Para adiar a resposta, tomei um gole do vinho e tentei pensar. Qualquer mentira que eu contasse para ajudar Andrômaca pioraria as circunstâncias para Amina; porém, elas não poderiam ficar muito piores. Talvez eu devesse tentar salvar a única pessoa que ainda podia ser salva?

— Bem, tudo o que sei é que Andrômaca ficou frenética quando o perdeu. É verdade; ela ficou muito, *muito* chateada.

— Você é uma amiga leal.

Era mesmo? Senti que era a última coisa que eu era.

— Você falou com Andrômaca?

— Não, quero arrancar a verdade da garota primeiro.

Tentei fechar a mente para o que "arrancar a verdade da garota" poderia implicar. As mãos enormes deles repousavam sobre suas coxas à luz da lamparina. Se não puxou mais nada, ele puxou as mãos de Aquiles. Achei difícil desviar o olhar.

— De qualquer forma… — Ele bateu nos joelhos e se levantou. — Diga a Álcimo que está tudo bem.

Tudo bem?

— Sim, claro que direi a ele.

155

Acompanhei-o até a porta, aliviada por esse encontro estranho e perturbador ter acabado; mas, então, quando estava prestes a sair, ele estendeu o anel de Príamo, como se o oferecesse a mim. Dei um passo para trás.

– Não, vá em frente, gostaria que ficasse com ele. Por... Sabe... – Ele apontou para minha barriga.

– Não posso – respondi, com firmeza. Eu estava me lembrando de como ele deu o escudo de Heitor para Andrômaca, e de como se arrependeu profundamente. Ele era um homem incapaz de manter um posicionamento por duas horas seguidas. – Não, você tirou isso das mãos de Príamo, no dia que o matou. Pertence a você agora.

Ele tentou colocá-lo na minha mão, mas, mais uma vez, recuei. Por fim, consegui convencê-lo de que não aceitaria o objeto. No mesmo instante, ele o colocou no polegar, e pensei ter visto alívio perpassar suas feições. A oferta nunca fora verdadeira. Ele estava sempre representando alguma ideia de si mesmo, como se vivesse toda a vida na frente de um espelho.

Lembrei-me de dizer:

– Obrigada. Por favor, não pense que não sou grata, é extremamente generoso da sua parte... eu só não considero que seria certo aceitá-lo.

Enquanto falava, senti o sangue fluir para minha face. Eu só queria que ele fosse embora e, depois de mais algumas palavras sem jeito, ele enfim partiu. Observei-o atravessar o pátio em direção ao salão. No caminho, parou para cumprimentar alguém, um dos rapazes de Esquiro, e eles conversaram um pouco. Houve uma explosão de risos, tapinhas nas costas, então Pirro subiu às pressas os degraus do salão, e a escuridão o engoliu.

22

Automaticamente, peguei a caneca de Pirro e a levei ao aparador, embora estivesse quase totalmente inconsciente do que estava ao meu redor. Mais uma vez, vi Pirro colocar o anel de Príamo em seu polegar; a destruição de Troia resumida naquela única ação casual. Mas algo estranho parecia acontecer, percebi que ainda podia sentir o anel na palma da mão – eu o havia segurado, brevemente – como se, de algum modo, tal contato fugaz tivesse deixado uma marca indelével. Sei que parece insignificante, mas não o era. Não para mim. Foi um daqueles momentos que acredito que todos vivenciam, e que não precisam ser dramáticos, quando as contingências começam a mudar; e sabe-se que não adianta ficar ruminando sobre eles, porque pensar não vai ajudar a entendê-los. Não se está pronto para entender ainda; é preciso viver o caminho até chegar ao significado.

Acendi várias outras lamparinas e fiquei no meio da sala, ciente de que projetava várias sombras. Devia ser por volta do meio da hora do jantar, decerto não mais do que isso, e Pirro me dissera algo que eu precisava saber: Álcimo tinha ido ver Menelau. Menelau era famoso por seu amor pela boa comida e pelo bom vinho, e seus jantares costumavam durar até tarde da noite. Então, eu estava livre para sair da cabana e ir ver Amina. Levei comida e vinho comigo e também, depois de pensar um momento, uma lamparina, porque não tinha certeza se haveria luz na cabana da lavanderia. Provavelmente, eu não devia ter ido; Álcimo dissera que, quanto menos eu me envolvesse com Amina no momento, melhor; mas ela estava assustada e sozinha. Eu tinha de ir.

Escalar a cerca não foi difícil. Naquela fase da gravidez, eu ainda era razoavelmente ágil e havia um barril do outro lado para me ajudar a descer. Passar com a comida foi fácil – foi só prendê-la no cinto –, mas tive de deixar a lamparina e o vinho. Andando rápido, cruzei o pátio. Era raro que os homens fossem até a lavanderia, já que lavar roupas e preparar os mortos eram ambos trabalhos femininos. A maioria dos soldados provavelmente nem sabia que o pátio de trás existia. Tentei abrir a porta, porém, mesmo usando o ombro e o quadril, não consegui fazê-la ceder. Sentindo-me muito decepcionada, recuei. Eu tinha tanta certeza de que funcionaria, de que seria capaz de entrar; mas havia uma tranca e, é obvio, eles a usaram. Ou isso, ou a porta estava terrivelmente emperrada.

Ouvi um movimento do outro lado da parede e coloquei meus lábios em uma lacuna entre as tábuas.

– Amina?

– Briseida? Você não devia estar aqui.

– Trouxe um pouco de comida para você.

– Bem, obrigada pela intenção, mas…

– Não, escute, se você seguir ao longo da parede à sua direita, cerca de cinco passos… – Eu estava tentando visualizar o espaço enquanto falava. – Deve encontrar uma fresta. Consegue ver? Na altura dos ombros.

Ouvi seus dedos arranharem a parede.

– Sim, estou vendo.

– Vou passar uma coisa para você. – Fatias de carne fria e pão. Eu havia trazido maçãs também, mas não havia como passá-las pela abertura. – Você tem água o suficiente?

– Galões. Mas tem alguma coisa imersa nela, na verdade.

– Alguém veio ver você?

– Sim, todos têm feito perguntas.

– Mas não te machucaram?

– Ainda não. Acho que Pirro pode vir.

– Bem, olhe, se ele aparecer, apenas seja sincera com ele…

– Por que não seria? *Eu* não tenho do que me envergonhar.

– Você poderia dizer… Ah, não sei. Diga que você conhecia Príamo… que ele era gentil e…

– Não tenho problema em dizer isso… É verdade. Embora mesmo que nunca tivesse conhecido Príamo, ainda assim o teria enterrado.

MULHERES DE TROIA

– E então… sinto muito, Amina, sei que você não vai gostar disso… implore a ele, fique de joelhos, *rasteje* se for preciso. Faça o que for necessário.

– É isso que você faria?

– *Sim*, se fosse necessário.

– Acha mesmo que ele vai ter pena de mim?

– Não, mas ele é um homem vaidoso e vai gostar da *ideia* de ser misericordioso; você pode usar isso.

– *Você* poderia. – Ela suspirou. – Volte para o seu marido, Briseida. Viva. Seja feliz.

– Não vou ser capaz de suportar se você morrer.

– *Ora, vamos*, você nem gosta de mim!

(O que também era verdade.)

– Pelo menos, *tente* ficar viva.

Eu desejava poder ver seu rosto, estender a mão e pegar a dela. Mas havia apenas nossas vozes sussurrando na escuridão por uma fresta na parede. Não era o suficiente. Senti ela se afastando de mim, deslizando por meus dedos como névoa.

– *Por que* você quer morrer?

– Eu não quero! Que coisa mais estúpida de se dizer…

Do lado de fora do quintal, ecoou uma gargalhada. Um grupo de soldados passava por ali.

– Porque não suporto a ideia de ele me tocar.

– Ele não deu muitos sinais disso…

– Não, mas poderia. A qualquer momento… e eu não seria capaz de impedi-lo. As pessoas são diferentes, Briseida. Andrômaca consegue suportar isso. Não sei como, mas consegue. Sei que eu não seria capaz.

Mais gritos, mais risadas. Os guerreiros se reuniam em torno das fogueiras de cozinhar, preparando-se para uma noite de bebedeira. Eu não podia arriscar ser vista.

– Tenho que ir.

Contorci minha mão entre as tábuas o máximo que pude e senti as pontas de seus dedos tocarem as minhas.

– Vou tentar trazer um pouco de comida para você pela manhã – falei.

Então voltei para minha cabana, ponderando se a veria de novo.

23

Entrando, vindo da escuridão, sempre há um momento em que ele se lembra do cômodo como o viu quando chegou pela primeira vez ao acampamento. Cinco meses antes, agora, quase seis. Então, parecia rico, brilhante, acolhedor, cheio da presença de seu pai, embora Aquiles estivesse morto há dez dias: seus jogos fúnebres concluídos, seu corpo queimado, seu túmulo erguido. No momento, os aposentos simplesmente parecem desolados; tão desolados que Pirro fica tentado a sair no mesmo instante. Haverá várias reuniões de bebedeira acontecendo. Ele poderia ir até o acampamento de Menelau, certamente seria bem-vindo lá, ou em qualquer outro lugar, aliás. Ele é o herói de Troia, sua reputação lhe garante as boas-vindas aonde quer que vá. Exceto nesse quarto. Exceto nesse quarto.

O que mais tenho que fazer? Ele luta para suprimir a pergunta, mas ela ressurge. *O que mais você quer?*

Nada pelo que esperar, esse é o problema dele. Sem mais batalhas para lutar, sem mais glória a conquistar. Se os jogos acontecerem, ele supõe que poderá ganhar a corrida de biga, e isso produz um fluxo momentâneo de animação, mas não mais do que momentâneo. Distraído, ele pega um pano e começa a polir o escudo de Aquiles. Nem todos conseguem erguê-lo, mas ele consegue, e com facilidade. Ele o apoia contra a parede, coloca uma lamparina de cada lado, as chamas quentes em suas coxas nuas. Ali, o desenho é tão familiar quanto as linhas nas palmas de suas mãos, e ainda assim tão complexo que ele sempre encontra um detalhe novo. Rodeada pelo oceano, toda a vida humana se desenrola à sua frente: dois homens resolvendo uma rixa de sangue, um processo judicial, uma guerra, uma

MULHERES DE TROIA

cidade próspera, uma cidade em chamas, e um rebanho pastando perto de um rio; uma multidão com tochas a caminho de um casamento, rapazes e moças dançando, segurando guirlandas de flores acima de suas cabeças...

Um escudo forjado por um deus. Não há como pôr um preço nisso, porque não há nada igual no mundo, nada com o que comparar, e ele é o dono; ele possui cada centímetro disso, tudo isso, é tudo dele. Exceto pelo significado. Embora não seja o escudo que precisa entender, mas o homem que uma vez se ajoelhou diante do objeto, como ele mesmo está ajoelhado no momento, polindo o metal até que as chamas nas lamparinas encontrem outras chamas escondidas dentro do bronze. Antes, o hálito de Aquiles embaçava esse escudo, como agora o próprio hálito o embaça, e outra mão, há muito reduzida a fragmentos de osso carbonizado, removia a nódoa.

Depois de certo tempo, a monotonia absoluta do polimento liberta a mente. Seria a razão pela qual Aquiles costumava fazer isso? O que ele precisa decidir, e de fato não pode adiar mais, é banal em comparação com aquilo. O que fazer com a maldita garota. Ele ainda não consegue acreditar que foi só ela; tem de haver outra pessoa. Não tinha sido Heleno, isso ficou óbvio no minuto que ele entrou mancando no salão. Calcas, então; ora, ele podia muito bem tê-lo feito. Contudo, como Automedonte dissera, por que ele começaria a ser leal agora, quando a causa troiana estava perdida? É um bom argumento, mas ainda sente que devia ter sido Calcas. Criatura horrível, *horrível;* mas parece que escapou impune. A garota restou para enfrentar as consequências.

E isso o traz de volta à questão original: quais serão as consequências? A decisão é toda dele; ela é sua escrava, pode fazer o que quiser com ela. Ele não tem estômago para matá-la. Não que pense que houve mortes demais, muito pelo contrário; não houve o suficiente. Ele não sente que sua reputação está assegurada. Ele lutou bravamente em Troia, sem se gabar, e sabe disso. Nos portões, e também nos degraus do palácio, enfrentou dezenas de guerreiros troianos; não garotos imaturos que mal distinguiam a ponta e o cabo da lança, não, veteranos endurecidos pela batalha que sabiam muito bem que estavam lutando por suas vidas. Pirro lutou contra eles e os venceu; mas ninguém parece se lembrar disso. Lembram-se de ele matar Príamo; e ele se lembra também, irrompendo na sala do trono e vendo Príamo, nos degraus do altar, segurando uma lança que mal conseguia erguer.

161

Aí está o problema. Bem aí. É isso. Ele é famoso por matar Príamo, o neto e Políxena, a filha mais nova de Príamo, a qual sacrificou no túmulo de Aquiles. Um velho, um bebê e uma garota. Ah, as mortes foram necessárias: não se arrepende delas. Apenas, às vezes, à noite, sente as pernas rechonchudas de uma criança chutando contra seu peito e se esforça para acordar, aliviado ao descobrir que não passavam das batidas do próprio coração. Atos heroicos, atrocidades, quem pode dizer onde a linha é traçada?

Não é *justo*. Se ele pudesse agitar uma varinha mágica e transformar Príamo em um homem jovem e forte, o maior guerreiro de sua geração, não teria hesitado por um segundo. Teria preferido que fosse assim.

Então, não, voltando ao presente, ele não quer matar a garota, mas tem de fazer dela um exemplo. Se começa a tolerar a desobediência em escravas, pode muito bem desistir de vez. Açoitamento, essa é a resposta óbvia, e assegurar que as outras mulheres ouçam os gritos. *Ou...* vendê-la a mercadores de escravos, poupar-se o incômodo. Na verdade, não é má ideia; há um grupo de comerciantes nas redondezas no momento, passando de acampamento em acampamento, regateando escravas desnecessárias na viagem de volta para casa. Ela é jovem, e não muito bonita, é verdade, mas forte, provavelmente fértil; daria um bom preço. E será o fim dela, e fica tudo resolvido, ele nunca mais terá de colocar os olhos nela novamente.

Mas, primeiro, precisa de uma bebida. O vinho é a única coisa que abafa o silêncio terrível nesse quarto. Jogando o pano no chão, vai até a mesa e se serve uma caneca generosa. Ao cruzar o quarto, toma cuidado para não ver seu reflexo no espelho, porque este recentemente não tem se comportado como deveria. Uma ou duas vezes, o reflexo continuou em movimento depois que Pirro havia parado. Uma caneca, derramada no fundo da garganta, duas, mais devagar; ele hesita na terceira, mas então decide não beber. Melhor resolver o assunto com a garota primeiro, daí ele poderá relaxar.

Minutos depois, segue o caminho rumo à cabana da lavanderia. É ali que os guerreiros mortos costumavam ser preparados para a cremação. Eram carregados até lá, depositados sobre a laje, deixavam-se roupas limpas, moedas para as pálpebras; e então saía-se da sala, deixando as lavadeiras com seus rostos pálidos, úmidos e esponjosos para começarem seu trabalho. Fora da lavanderia, costumava haver uma fileira de cochos transbordando de urina. Viam-se mulheres, com as saias amarradas na cintura, pisando em

MULHERES DE TROIA

camisas de batalha manchadas de sangue. Aparentemente, a urina remove manchas de sangue melhor do que qualquer outra substância. Às vezes, viam-se homens parando e fazendo xixi nos cochos, de vez em quando direcionando um jato direto nas mulheres, que gritavam e tentavam sair do caminho. Tudo diversão bem-humorada, é claro; os mirmídones são bons homens. Não havia nenhuma camisa manchada de sangue nos cochos agora, embora os cheiros permanecessem: o aroma ferroso de sangue, a doçura doentia de urina rançosa. Outra coisa também. Terra de Fuller? É esse o nome? De qualquer forma, o material que usam para branquear os lençóis.

Na soleira, ele parou para olhar ao redor. Os cochos estão vazios agora. Desde que Troia caiu, o trabalho na lavanderia deve ter ficado muito mais fácil: sem camisas manchadas de sangue, sem ataduras. Só os deuses sabem o que elas estão fazendo agora para ganhar seu sustento...

Desde que Troia caiu... Essas palavras ainda conseguiam causar espanto. Naquela noite, enfiado dentro do cavalo, Pirro disse a si mesmo que as coisas tinham de mudar, e mudaram. Sucesso total, do seu ponto de vista. Ah, ele pode duvidar de si mesmo às vezes, mas ninguém mais duvida. Odisseu deu-lhe a armadura de Aquiles, não mais do que lhe era devido, mas ainda assim é bom tê-la, e é quase certo que Menelau está prestes a lhe oferecer a mão de sua filha em casamento, e que casamento brilhante será: a filha de Helena com o filho de Aquiles. Só é preciso torcer que ela não tenha puxado a aparência do pai. Em todos os lugares, Pirro é ouvido, consultado; janta em pé de igualdade com todos os reis. Ninguém nesse acampamento ousa desafiá-lo agora.

Exceto essa garota. Essa escrava.

Tirando a tocha de uma arandela na parede, ele entra no alpendre e abre a porta interna com um chute. Uma lufada do aroma de ervas frescas, não forte o bastante para cortar o fedor da lã encharcada. Em algum lugar nas sombras, ele ouve um som de arranhão, o mesmo ruído que um rato pode fazer, mas não é um rato, é a garota. Erguendo a tocha bem acima de sua cabeça, ele envia um tumulto de sombras correndo pelas paredes, mas bem no centro desse caos de luz e escuridão há um rosto pequeno e pálido.

Ignorando-a por enquanto, ele olha ao redor da sala. No centro, há uma longa laje de mármore onde guerreiros mortos costumavam ser lavados e preparados para a cremação. Acima, rangendo e balançando com a corrente de ar, estão dois enormes secadores de roupas nos quais as camisas úmidas são colocadas para que sequem. Há algumas penduradas ali agora, lançando sombras na forma de homens que balançam de um lado para o outro conforme os secadores se movem, uma experiência estranhamente desorientadora, porque a sala parece cheia de homens lutando, porém está silenciosa. Distribuídas ao longo dos bancos que revestem as paredes, há dezenas de velas, todas, em vários graus, queimadas, a cera derretida escorrendo pelas laterais como lágrimas.

– Vamos acendê-las, sim?

Não há resposta, mas Pirro não exatamente esperava uma. Ele alinha as velas, sem pressa, sem saber por que está se demorando, e as acende, uma por uma. Ele sente os olhos dela seguindo-o de chama em chama. Nem todas as velas sobrevivem. Algumas lampejam à vida, mas no mesmo instante derretem e morrem. Ainda assim, ao terminar, os bancos estão repletos de pequenas luzes. O lugar não é mais um buraco esquálido e fedorento, onde criaturas que mal podem ser identificadas como humanas levam uma existência miserável; não, é um palácio, um quarto real decorado para uma noite de núpcias.

Ao acender a última vela, espera para ver se ela vai queimar, então se vira para encarar a garota. Um rosto comum e ligeiramente masculino, embora marcante. Ele deve tê-la escolhido, embora não consiga pensar no porquê. Talvez não a tenha escolhido? Talvez ela seja uma das mulheres atribuídas a ele por sorteio. Sobrancelhas grossas, olhos protuberantes, queixo quadrado; nada ali que o excitasse. Ela com certeza não chega aos pés de Helle, a garota que ele viu dançando em volta do fogo.

Por um momento, não consegue pensar no nome dela, mas então se lembra.

– Amina.

Nenhuma resposta. Ela poderia muito bem ser uma escultura em madeira. Ele se move na direção dela; com a laje de mármore atrás, ela não pode recuar. Espalhados sobre a superfície, há faixas de ervas frescas, blocos de sal, escovas de esfregar, tigelas cheias de roupas de molho cujas dobras encharcadas se erguem acima da água espumosa como rochas expostas na maré baixa. Tantas fontes de luz nesta sala agora, todas projetando sombras, mas pelo menos podem ver um ao outro com clareza. Voltando à porta, ele encaixou a tocha em uma arandela, depois voltou

MULHERES DE TROIA

devagar para a laje, gostando do rangido das tábuas do piso sob seu passo comedido.

— Sabe — diz ele, por fim, e sua voz soa estranha após o longo silêncio. — Isto realmente não precisa ser um problema. Se eu mandar os guardas não contarem nada a ninguém, eles não contarão, simples assim. Todos nós podemos esquecer isso. Mas, veja, depende muito de quantas outras pessoas sabem. Você encontrou mais alguém lá?

— Só Briseida. E ela estava apenas tentando me impedir.

— É o que você diz. E quanto às outras garotas? Elas sabiam?

— Não.

— Ora, vamos, você deve ter dito *alguma coisa*. Quer dizer, lá estava você, saindo da cabana no meio da noite… Onde elas *pensaram* que você estava indo?

— Eu só disse que precisava sair. Era verdade… Odeio ficar presa.

— Deve ser um verdadeiro pesadelo. — Ele a vê olhar de um lado para o outro, tão perturbada pelas sombras oscilantes quanto ele mesmo. — Então, você não contou a Andrômaca?

— Não.

— Ela não lhe deu o anel?

— Eu o roubei.

Só ali, quando se ouve fazendo essas perguntas, é que ele percebe que é isso que importa. Ele não consegue suportar a ideia de ter pessoas conspirando às suas costas e ainda não está convencido de que não o fizeram. As sombras começam a lhe dar nos nervos. Sombras e silêncio. As vozes deles, até mesmo a voz dela, que é muito mais baixa do que a dele, ecoam pelas paredes; no entanto, parecem não emitir som algum. Há o uivo do vento, mas é tão familiar que mal se percebe, não mais do que o som da própria respiração. É como se tudo fora desse cômodo, o acampamento, as fogueiras para cozinhar, as cabanas lotadas, tivesse deixado de existir, e só houvesse o momento presente, sozinho nessa sala, com essa garota.

— Mas você sabia de quem era o anel?

— De Príamo.

— Não era de Heitor? — A possibilidade ainda o irrita.

— Não, eu sabia que era de Príamo. Fazia parte do dote de Hécuba, que o deu a ele no dia do casamento, e ele o usou por cinquenta anos.

Odiei roubá-lo, mas então pensei: *Bem, é dele mesmo;* e, de qualquer maneira, ele tinha que ter algo para pagar ao barqueiro.

– *Pagar ao barqueiro?* Escute a si mesma. Acredita mesmo que as almas vagam por toda a eternidade só porque não podem pagar a porra de um barqueiro que de qualquer modo não existe? É uma história... não é *real*.

– Sei no que acredito, senhor Pirro. – Ela o encarava diretamente. – Você sabe?

Ousada demais para uma escrava; escravas são treinadas para que não encarem, são treinadas para mirar a parede enquanto o senhor passa. Ele não tem um controle tão firme da situação quanto deveria, ela estava apavorada quando Pirro entrou na sala. Ele sentiu o cheiro do medo nela, mas não está apavorada mais. É hora de sacudir um pouco a gaiola.

– Briseida diz que ajudou você.

– É mentira.

– Por que ela mentiria sobre isso?

– Ela não me ajudou. Ninguém ajudou.

Ela está com raiva agora. Assistindo a seus olhos cintilarem daquela forma, é como se a enxergasse pela primeira vez; exceto que não é a primeira vez. Algo que está roendo as bordas de sua mente desde que os guardas a empurraram para o salão finalmente rasteja para a luz. Ela era uma das mulheres na sala do trono ao redor de Hécuba. Quanto mais ele a olha, mais se convence disso. Os olhos arregalados, a boca de sapo... Não, não há dúvida, não é um rosto do qual se esqueceria, é ela, com certeza. Foi ela quem se levantou e o encarou quando todas as outras fugiram. Leva um momento para que as implicações sejam assimiladas. Ela testemunhara tudo: seu desespero, sua falta de jeito, suas repetidas tentativas de golpear para despachar um velho que devia ter sido morto com tanta facilidade quanto um coelho. Ela presenciara tudo.

– Você estava lá, não estava?

– Sim.

Amina não precisa dizer mais nada; ele lê o desprezo em seu olhos. Agora não há como parar a torrente de recordações: a sensação escorregadia do cabelo de Príamo, o corte vergonhoso no pescoço velho e esquelético, a teimosia de Príamo, sua recusa obstinada a morrer. *Por que ele não morria?* Quão próximas as mulheres estavam? Não consegue se lembrar. Ele de fato não tinha percebido a presença delas até que acabou, e seus gritos

MULHERES DE TROIA

começaram a lhe dar nos nervos. Ele as viu então, é claro, e não é como se tivesse esquecido que elas estavam lá, sempre soube que estavam. Só que nunca pensou nelas como testemunhas, não da mesma maneira que os soldados gregos teriam sido testemunhas. Ninguém iria dar ouvido a *elas*... mas não é isso que importa. Elas *sabem*.

– Você ouviu o que ele disse?

Ela sorri; sorri de verdade.

– Claro. Ele disse: "Filho de Aquiles? *Você?* Você não parece em nada com ele".

Ele dá um soco nela, sem hesitação, sem escolha. Sua cabeça é jogada para trás, e agora ele a segura pelo pescoço, seus olhos de sapo de fato saltando para fora. Ele quer que ela veja seu rosto; ele quer que seu rosto seja a última imagem que ela vê. Suas mãos estão atrás dela, à procura de algo na laje; Pirro não vê a faca, mas a sente enviando um choque de agonia de seu ombro para o braço. Por um segundo, ele quase a solta. O branco dos olhos dela está cheio de veias arrebentadas. Um último aperto, uma torção e, por fim, ela para de se debater.

Ele a deixa cair. Levanta-se, limpa a boca, sente o silêncio fluir por ele, fresco como água. Ela está morta. Está morta? Ainda tem espasmos, mas sim, está morta. Como é pequena. Ele observa ao redor da sala as velas que continuaram acesas e permanecem acesas, como se nada tivesse acontecido. Bem, não aconteceu muita coisa. Ele olha para o ombro, apenas um arranhão, e depois para as velas de novo, só que agora elas se transformam em olhos, dezenas de olhos, todos encarando, todos observando. Ele não quer deixá-la no chão assim. Derrubando as coisas da laje para o chão, Pirro a pega e a coloca sobre o mármore branco. Ainda com uns poucos espasmos, seu pescoço está torto, mas ele não quer endireitá-lo; não gosta da sensação dela, de seus ossos pontudos sob a pele macia. Indo até a porta, ele pega a tocha da arandela e se vira a fim de olhar para trás.

As velas o observam. Quantas mulheres estavam no salão quando ele matou Príamo? Quantos pares de olhos o viram estragar o serviço? Quantos ouvidos escutaram as palavras de Príamo enquanto morria? Trinta? Quarenta? Elas estarão espalhadas por todo o acampamento, aquelas mulheres. Será que sussurram sobre o evento nas cabanas das mulheres à noite? Ele tem de controlar os próprios pensamentos. O que importa o que escravas pensam ou dizem? Seus sussurros não podem feri-lo. Ah, mas ferem. Dali em diante, ele vai ouvi-los aonde quer que vá, pequenos vermes de som deslizando sobre cada superfície, em tudo que ele tocar. Pirro fita a garota deitada na laje cercada por chamas que se transformaram em olhos e ele só quer fugir – ele, que nunca fugiu de nada na vida. *Está morta*, diz a si mesmo, mirando sem ver ao redor da sala. *Ela não pode me ferir agora.*

24

Depois de mais uma noite de sono superficial e sonhos agitados, Calcas é acordado por uma batida decidida à sua porta. Ainda atordoado, ele se arrasta em busca de atender e encontra, parado em sua soleira, flanqueado por guardas, um dos arautos de Agamêmnon.

– Entre – convida ele, ansioso. Entretanto, enquanto fala, ele se lembra do balde no canto. – Não, não, espere, eu saio.

Com os dedos trêmulos, pega sua melhor capa e a envolve em torno de si, sentindo, mesmo em seu estado de agitação, um momento de tranquilidade quando lã de boa qualidade cai sobre seus ombros. Afinal, ele é um sacerdote, um sumo sacerdote sendo convocado para encontrar um rei. Sim, um rei poderoso e grandioso – sim, sim, tudo isso –, todavia os sacerdotes têm a própria autoridade, mesmo, ou assim ele diz a si próprio, na presença de reis.

Tal rompante de confiança o leva até os degraus do salão de Agamêmnon. Está sombrio ali dentro, há apenas algumas lamparinas acesas; seus pés, arrastando-se entre os juncos, espantam uma nuvem de insetos minúsculos sem ferrão. No limiar dos aposentos de Agamêmnon, o arauto ergue a mão e Calcas é obrigado a parar. *Paspalhãozinho arrogante.* Homem sem nenhuma habilidade, há peixes com mais cérebro, recebeu esse cargo apenas por causa de sua aparência impressionante e nascimento nobre. Ah, e claro, o sotaque certo, não se deve esquecer isso! No entanto, sua posição lhe dá acesso diário a Agamêmnon, acesso que, por semanas, foi negado a Calcas. Sentindo-se queixoso e indisposto, o clérigo espia por cima do ombro do arauto para a escuridão além, mas não consegue enxergar nada. Não há nenhum lampejo de luz vindo de debaixo da porta de Agamêmnon, nenhuma voz também. Ele se esforça para ouvir, mas o único som é um farfalhar nos juncos atrás de si. Quando se vira, vê outro arauto e, atrás dele, Odisseu – de olhos vermelhos e mal-humorado. Calcas faz uma reverência profunda, mas recebe apenas um grunhido em resposta.

O que Odisseu faz aqui? Obviamente, ele tem grande influência, é o homem que trouxe essa guerra interminável a uma conclusão vitoriosa, e, caso se possa acreditar na fofoca, mais poderoso do que nunca agora. Nestor está doente, alguns dizem que está *muito* doente, e Agamêmnon brigou com o irmão, então é provável que esteja buscando mais o apoio de seus poucos conselheiros restantes. Uma conferência, então, em vez de uma consulta? Uma revisão do que deu errado, e por quê?

Eles ficam ali, cada um desesperado para saber por que o outro foi convocado, mas ambos relutantes em perguntar. É perigoso admitir ignorância, embora também possa ser perigoso alegar ter um conhecimento que não se possui. É normal que, em tais circunstâncias, a conversa se volte para o clima, mas isso está longe de ser uma opção, uma vez que "o clima" é precisamente o assunto em questão. Portanto, Calcas sorri vagamente para nada em particular, enquanto Odisseu anda de um lado para o outro e cantarola baixinho de maneira irritante.

Por fim, há um movimento na escuridão. A porta de Agamêmnon se abre para revelar um círculo de luz e ali, de costas para a lamparina, seu rosto na sombra, mas imediatamente reconhecível por seu físico avantajado, está Macaão, o médico do rei. O coração de Calcas dispara. Agamêmnon está doente? É por isso que foram convocados? Se for assim, é uma crise pior do que o vendaval. Com um passo para o lado, curva-se para Odisseu a fim de indicar que ele tem precedência; deve-se sempre deixar os inimigos o precederem em problemas e, de qualquer maneira, ser o último a entrar no quarto pode lhe fornecer minutos preciosos para avaliar a situação antes de ser chamado a falar.

Agamêmnon parece doente, extremamente doente. É a primeira impressão de Calcas, mas é isso que a presença de Macaão o preparou para esperar. Sombras profundas sob os olhos, três fileiras de bolsas, ele parece não dormir há anos, e sua pele exibe o amarelo cremoso de marfim velho. Mas com certeza não está se apresentando como um inválido. Totalmente vestido, usa um torque de ouro ao redor do pescoço, sentado na cadeira

MULHERES DE TROIA

que lhe serve de trono. Atrás da cabeça, a rica incrustação de ouro e marfim no encosto brilha à luz de lamparina. Claramente, a intenção é que essa seja uma audiência formal. Apenas Macaão, circulando enquanto acende mais lamparinas, parece à vontade, mas, pelo que dizem, ele passa muito tempo nesse quarto. Pode-se dizer que, na atualidade, ele tem mais acesso a Agamêmnon do que qualquer um dos reis.

Odisseu põe a mão sobre o coração e faz uma reverência profunda. Calcas se ajoelha para tocar os pés de Agamêmnon. Ele sente os dedos do grande homem se encolherem e sabe que, pelas costas, Odisseu e Macaão trocam olhares em desprezo à maneira troiana de honrar um superior. Os gregos não gostam disso, acham que é sinal de servidão, enquanto sua própria postura ereta os torna esplêndidos, dignos, independentes, homens viris. Como são tolos. Ele recua para as sombras e se senta em busca de escutar. Está desesperado para ouvir o que Odisseu tem a dizer, mas ninguém pode falar nada até que Agamêmnon se pronuncie.

Enquanto esperam, Calcas observa o cômodo, a língua se movendo para umedecer os lábios. Ele nota que o espelho de bronze, bem encostado na parede, está coberto com um tecido preto, como espelhos costumam ficar depois de uma morte recente. O costume surge da superstição de que os espelhos são uma porta pela qual os mortos podem reentrar no mundo mortal. Então Agamêmnon teme os mortos? Bem, há muitos deles a temer; jovens com toda a vida pela frente não descem às trevas em paz. Será que é isso que ele teme, a raiva da juventude roubada? Não, provavelmente não. É mais provável que seja um homem em particular do qual tem medo.

– Teria sido melhor ter morrido em Troia – diz Agamenon – do que viver como vivo agora. Príamo dorme melhor do que eu.

– Sim, mas você não gostaria de se juntar a ele, não é?

As palavras de Odisseu saem chocantemente animadas, indiferentes à óbvia angústia de Agamêmnon. *Cuidado*, pensa Calcas.

– Tenho sonhos ruins – continua Agamêmnon, dirigindo-se direto a Calcas agora, como se ele fosse a única outra pessoa no aposento; e, embora seja lisonjeiro ser o foco da atenção do rei, é perigoso também.

Calcas responde, hesitante:

– Muitas pessoas parecem estar tendo noites agitadas. Creio que talvez estejamos todos nos perguntando o que fizemos para ofender os deuses…

Nós, diz ele, embora duvide que alguém naquela sala o considere como "um de nós". Certa vez, Calcas irritou Agamêmnon, mas então tinha a proteção de Aquiles. Ninguém, então, ousaria tocá-lo, nem mesmo os reis, nem mesmo o próprio Agamêmnon. Mas agora Aquiles jaz sob a terra e Calcas está sozinho. Perturbado, começa a contar a Agamêmnon sobre a águia marinha, pega por uma onda traiçoeira, incapaz de decolar com sua presa, mas conta a história de um jeito ruim, seu medo o faz tropeçar nas palavras e, muito antes de terminar de especular, com cautela, sobre o que o sinal pode significar, Agamêmnon o descarta.

– Mas nós sabemos de tudo isso! Sabemos que não podemos partir. Porra, homem, me diga algo que eu não sei.

– Bem… – diz Calcas. – Tenho uma ou duas ideias, mas vai levar tempo e… – *Pare de tagarelar.* – *Você* tem alguma ideia? Às vezes, os deuses falam diretamente com um rei.

– Hum, tive muito tempo para pensar, deitado aqui noite após noite… e meu primeiro pensamento foi: *É ele.*

Ele gesticula em direção a Macaão, que parece alarmado, como deveria, mas o olhar de Agamêmnon o atravessa rumo ao espelho coberto.

– O pano é inútil – conta Agamêmnon. – É preciso mais do que tecido para mantê-lo fora.

– A quem você se refere? – pergunta Odisseu.

– Aquiles, é claro.

Agamêmnon pronuncia o nome com relutância e, de fato, naquele momento, Calcas sente uma friagem percorrer a sala: o medo do sobrenatural, do insólito… ou, talvez, o medo da insanidade?

– Você ainda o vê? – questiona Macaão.

Mas, como Odisseu antes dele, ele usa o tom errado: essa é a voz que um médico calejado usa para adular um paciente. Em resposta, Agamêmnon apenas o encara até que Macaão se contenta em desviar o olhar.

O medo está espesso na sala agora, tão inconfundível quanto o fedor de gordura rançosa.

– Com que frequência ele aparece? – pergunta Calcas, mas com deferência; ele é um pássaro astuto demais para cometer o erro de Macaão, e, em qualquer caso, não pode descartar a possibilidade de que Aquiles de fato apareça.

– Toda noite. – Um dedo em riste indica o local exato. – *Ali.*

MULHERES DE TROIA

– Ele fala?

Agamêmnon nega com a cabeça.

– Por que acha que ele não consegue descansar?

– Bem, ele nunca foi muito bom em descansar, não é? – pergunta Odisseu, quase sem zombar.

Mais uma vez, usando o tom errado, Odisseu, que *nunca* erra o tom. Há algo quase inconsequente nele hoje, como se, depois de dez longos anos navegando nas areias movediças dos caprichos de Agamêmnon, apenas não conseguisse mais fazê-lo. Mas é melhor ele começar a levar isso a sério, porque, por mais ilusórias que sejam as aparições de Aquiles, não há nada de ilusório sobre o poder de Agamêmnon.

– Não é óbvio? – Agamêmnon questiona. – Prometi a ele vinte das mais belas mulheres de Troia... É verdade, não é? – Ele encara Odisseu, que concorda com relutância. – Bem, até agora, pelas minhas contas, ele recebeu *uma*. O vento mudou depois que Políxena foi sacrificada. Menos de uma hora depois...

– Sim – concorda Odisseu. – Eu tinha acabado de embarcar.

– Bem, então? Não acham que Aquiles estava dizendo: "Onde estão as outras dezenove?".

Agamêmnon se recosta na cadeira e cerra os olhos. Por um momento horrível, parece cair no sono. Talvez esteja mesmo doente. Ele com certeza não está falando nem de longe com sua autoridade habitual; sequer projeta a voz da maneira apropriada. De onde Calcas está, bem no fundo do quarto, é difícil entender determinadas palavras. Esse é o resultado de muitas horas sem dormir, sozinho, seguindo um fio de significado por um labirinto de medo. Claro, é um absurdo, pior do que um absurdo, uma blasfêmia. Como se qualquer mero mortal, até mesmo o grande Aquiles, pudesse produzir essa perturbação na natureza. É tão óbvio que é a ação de um deus. Mas como falar isso sem parecer contradizer Agamêmnon, que pode, a qualquer momento, sair de seu estupor entorpecido e começar a insistir para que mais garotas sejam sacrificadas no túmulo de Aquiles, que apenas o ato de manter suas promessas até o último detalhe pode trazer a esperança de apaziguar o fantasma voraz. Como impedi-lo? Calcas sabe que não terá ajuda dos outros dois. Odisseu não pensa em nada além do próprio interesse e Macaão não pode afirmar a própria fé em oposição a essa loucura, porque Macaão não tem fé. Ambos são homens racionais;

PAT BARKER

vão deplorar a necessidade de mais sacrifícios humanos, mas vão aceitar isso também.

Empurrando Macaão para o lado, Calcas se ajoelha e coloca as mãos em concha ao redor dos joelhos de Agamêmnon, a posição de um suplicante.

– O que nos contou é profundamente preocupante, senhor. Talvez me permita um ou dois dias para refletir sobre isso… e orar. Preciso considerar os sinais. Pode ser que algum deus esteja agindo por meio do espírito de Aquiles. Se eu pudesse apenas ter um pouco mais de tempo…

– Sim, sim. – Agamêmnon remove suas mãos. – Leve o tempo que quiser. De qualquer maneira, não tenho certeza se é Aquiles. Eu disse que esse foi meu *primeiro* pensamento. Creio que todos nós sabemos o que realmente está acontecendo aqui. Meu irmão, ao aceitar aquela maldita mulher de volta. Milhares de bons homens mortos, e tudo em que ele consegue pensar é em foder aquela vadia. Sabia que ele ofereceu a mão da filha em casamento a Pirro? Aquela menina estava destinada ao *meu* filho. Desde o nascimento.

– Pirro não aceitará – opina Odisseu.

– Claro que vai, ele não será capaz de resistir. Merdinha ingrato.

Perplexo, Calcas se levanta e recua, desejando arriscar uma espiada em Odisseu, mas não deve haver suspeita de conluio. Os olhos de Agamêmnon estão o tempo todo passando de um rosto para outro e, no estado de espírito em que está, os homens logo começam a imaginar conspirações onde não existem. Ele tinha tanta certeza de que Agamêmnon estava culpando Aquiles… Agora, não tem ideia do que se trata.

Abruptamente, Agamêmnon se levanta.

– De qualquer forma, a outra razão pela qual o trouxe aqui – dirigindo-se mais uma vez a Calcas – é para me casar.

– *Casá-lo*?

– Merda, homem, sua mãe era um papagaio? *Sim*, me casar. E quero que vocês dois – ele acena com a cabeça para Odisseu e Macaão – sejam minhas testemunhas. Certo? – Ele olha de um rosto para o outro. – Animem-se, pessoal! Esta deve ser uma ocasião alegre.

– Sim – concorda Odisseu, rapidamente. – Alegre, de fato.

Há um farfalhar no quarto ao lado. Um momento depois, a porta se abre e Cassandra entra no aposento. Ela veste uma longa túnica azul com faixas de prata trançadas em seu cabelo. Atrás dela, vem uma mulher

174

MULHERES DE TROIA

pequena e atarracada com cabelos cor de palha, evidentemente sua serva. Cassandra parece atordoada. Sacerdotisa de Apolo, estuprada no templo de Atena... e os gregos perguntam a qual deus ofenderam? Aí estão dois, para começar.

– Vamos, vamos! – incita Agamenon. – Case-nos.

Estupefato, Calcas tira a fita escarlate da própria cabeça e a enrola ao redor dos pulsos deles, recitando as orações familiares de maneira mecânica, sem precisar pensar nelas – o que é bom, porque sua mente está em branco. Ao dar o nó, ele percebe que a garota tem hematomas nos pulsos – braceletes azuis – e pensa, estupidamente, que combinam com suas vestes. Votos são trocados. Ela se atrapalha nos dela; Agamêmnon os pronuncia em voz alta e clara, com total convicção, embora deva saber que o casamento é ilegal. Ele já tem uma esposa e, embora os reis possam ter quantas concubinas quiserem, é costume ter apenas uma esposa. Acima de qualquer outra coisa, isso gera uma linha de sucessão clara, uma vez que o herdeiro é sempre o filho mais velho da rainha. Trazem o bolo, acompanhado de um caneco de vinho forte. Todos partem pedaços de bolo, mergulham-nos no vinho e os comem, embora a porção de Calcas forme uma massa e grude em sua garganta. Odisseu engole o seu com facilidade, mas ele também engoliria qualquer coisa que Agamêmnon oferecesse. E então acaba, uma cerimônia curta e indecentemente casual.

Enquanto Calcas desenrola a fita de seus pulsos, ele faz o que prometeu a si mesmo que não faria: olha direto no rosto da garota. Os olhos de um bode o encaram de volta, o mesmo amarelo brilhante, o mesmo olhar entorpecido de um sacrifício; e então o momento passa, e ela é uma garota de novo, uma garota com hematomas nos pulsos. Agora que ele olha mais de perto, percebe marcas vermelhas em cada lado de sua boca, como se ela também tivesse sido amordaçada. Pobre Cassandra, amordaçada de uma forma ou de outra durante toda a vida, mais intensamente pela descrença de outras pessoas. Nada de bom virá dessa união ímpia e ilegal. Ele só espera que a maldição subsequente o poupe. Afinal, estava obedecendo ordens.

Odisseu propõe um brinde. Agamêmnon lhe agradece, e então é a vez de Macaão. Levantam-se taças, oferecem-se e aceitam-se os parabéns.

– E agora deem o fora, todos vocês – ordena Agamêmnon, acenando para a porta.

175

PAT BARKER

Enquanto saem, eles o veem pegar a mão de Cassandra e conduzi-la para o quarto seguinte.

No salão, Macaão solta a respiração com um som audível.

– O que acham disso, hein?

– O que há nessa coisa que você está dando a ele? – pergunta Odisseu. – Ele estava quase adormecido.

– Não há nada de errado com minhas poções para dormir. Não se deve tomá-las com vinho forte.

– Certo, como se ele nunca fosse beber!

Macaão diz:

– Por um momento, pensei que ele estava falando em fazer mais sacrifícios. Garotas.

– E ele faria mesmo – conclui Odisseu.

Calcas se sente tão alarmado quanto exasperado. Ninguém parece questionar por que Aquiles, que odiava Agamêmnon em vida, que nunca escolheria passar uma hora em sua companhia, escolheria passar a vida após a morte ao pé de sua cama.

– A que seus pensamentos levaram? – pergunta Macaão.

Calcas balança a cabeça.

– E quanto ao Pequeno Ájax? – sugere Macaão. – Estuprar uma sacerdotisa virgem no templo de uma deusa virgem…? Ele não é o principal candidato?

– Não, ele é útil demais – responde Odisseu. – Se acabar em guerra contra Menelau, vamos precisar de todos os aliados que pudermos conseguir.

Guerra? Calcas ainda não falou e está cada vez mais convencido de que o silêncio é sua melhor opção. Certas noites, ele fica acordado e duvida de sua fé. Nos momentos mais sombrios, parece-lhe que toda a sua preocupação com a vontade dos deuses não passa de autoengano. Só agora, ouvindo essa conversa sobre "candidatos" e a necessidade de alianças, ele sabe que não é verdade. Sem vaidade, ele sabe que é um tipo diferente de homem. Não melhor, ele não alega isso, mas diferente. Em algum lugar nisso tudo, ele acha que uma verdade real está enterrada, e não será capaz de descansar até encontrá-la.

– Então – diz, sem se preocupar agora em esconder o sarcasmo. – Quem é minha melhor aposta? Quem *vocês* acham que devo culpar?

MULHERES DE TROIA

– Eu iria de Aquiles, se fosse você – pontua Macaão. – Pelo menos ele está morto.

Odisseu faz uma careta.

– Não, eu escolheria o "merdinha ingrato".

– Pirro?

– Por que não? A menos que tenha gostado de ter o pé dele no seu traseiro.

Eles vão embora juntos, rindo. Calcas os segue mais devagar, preparando-se para enfrentar mais uma luta contra o vento. A ligeira calmaria que em geral ocorre nas últimas horas antes do amanhecer já passou. Quando sai para a varanda, pequenas rajadas violentas sopram partículas de areia no rosto.

Eu escolheria o "merdinha ingrato". A menos que tenha gostado de ter o pé dele no seu traseiro.

Logo depois do que aconteceu, ele se consolou com o pensamento de que bem poucas pessoas haviam testemunhado a situação. Com um pouco de sorte, pensou, a fofoca ficaria confinada ao acampamento de Pirro, e só seria uma novidade por uns nove dias até mesmo lá. Claro, depois de todos os seus anos no acampamento, devia saber. O fato de ninguém ter tocado no assunto com ele não significa nada; todos riam sobre isso pelas suas costas. *Ignore.* Mas ele não consegue ignorar; isso o devora, noite após noite, como um rato em seus intestinos. O dano à sua reputação é real, e nesse campo os homens vivem – e *morrem* – pela reputação. A reputação é tudo o que importa. Se as pessoas começarem a acreditar que podem tratá-lo com desprezo, isso é perigoso, e não apenas o desvaloriza; é um insulto ao deus a quem ele serve.

Calcas olha para as estrelas. O vento está fazendo coisas malucas, fazendo-as enxamear e dançar como vaga-lumes. Depois de uns segundos, está tão tonto que fica feliz em olhar para o chão de novo. Deseja poder conversar com alguém, mas não há ninguém em quem possa confiar. Hécuba? Sim, talvez, embora na verdade um sacerdote deva derivar seu consolo exclusivamente de seu deus; foi isso que lhe foi ensinado, no templo de Apolo em Troia. Embora nunca tivesse funcionado de fato para ele, mesmo naquela época. Ele sempre encontrou seu consolo nos braços de estranhos, à noite, nos pomares de Príamo, sob as árvores. Ele gostaria tanto de estar de volta ali, apenas uma vez, antes de morrer.

PAT BARKER

Por algum impulso primitivo, tenta orar, pedir misericórdia, embora saiba que os deuses não têm nenhuma, em especial o deus a quem serve.

Senhor da luz, ouça-me,
Filho de deus, ouça-me,
Destruidor das trevas, ouça-me...

Mas a velha e familiar ladainha não consegue acalmá-lo. Ele continua caminhando e caminhando, querendo se cansar, antes de voltar à cabana onde come e dorme sozinho. Está ficando mais claro agora, as estrelas vão desaparecendo, até que, enfim, saindo da arfante massa cinzenta do mar, o sol nasce, pequeno, duro e frio como uma pedra.

A morte de Amina mudou tudo. Afirmo isso e, no mesmo instante, penso: *Que ridículo!* Não, não mudou, não mudou absolutamente nada. Nos primeiros dias, parecia que ela havia apenas afundado sob as ondas, sem ser notada, sem deixar bolha alguma para trás. Como de costume, fui para a cabana das mulheres, mas estava ciente o tempo todo daquele fantasma esguio esvoaçando ao redor do grupo. Ainda nos sentávamos ao ar livre à noite, mas eram reuniões miseráveis. Então, em determinada noite, cerca de uma semana após a morte de Amina, Helle pediu música. Como sempre, as meninas pediram suas favoritas, mas naquela noite muitas delas pediram a canção que Amina cantara. Não sei por que essa música é tão triste, pois é sobre uma garota apaixonada por um rapaz, uma celebração do amor sem sombra de separação. No entanto, é de fato triste. Quando a canção acabou, ficamos em silêncio por um momento, pensando nela. Uma ou duas das garotas choraram abertamente, e até mesmo Helle parecia ter os olhos brilhantes de um modo suspeito.

Eu estava dormindo mal. Depois de uma noite especialmente agitada, levantei-me e saí para a varanda de camisola, com apenas um cobertor jogado sobre os ombros. Vários dos guerreiros me observaram com curiosidade enquanto seguiam a caminho dos campos de treinamento. Os jogos estavam bem encaminhados agora, a atmosfera no acampamento tensa, quase febril, de animação. Voltei para dentro e coloquei o café da manhã de Álcimo na mesa. A cama estava vazia, mas as cobertas haviam sido jogadas para o lado, então eu sabia que ele havia dormido ali. Ele deve ter partido para os campos de treinamento antes da aurora, como costumava fazer nesses dias. Quando, poucos minutos depois, entrou, vi que seu cabelo estava pegajoso de suor. Depois de comer em silêncio por um tempo, ele ergueu os olhos.

— Deve ser solitário para você aqui.

— Solitário?

— Bem, sozinha...

— É quieto, mas estou bem, não me importo.

— Eu estava pensando se você seria mais feliz morando com as outras mulheres.

Sim, pensei. *E então haveria outra mulher esperando por você no quarto no fim da passagem.* Porque ele tinha outras mulheres, eu sabia que tinha; todos os homens gregos têm. Todos os homens de Troia também, para ser justa.

— Eu vou, se é isso que quer. — Tive medo de erguer os olhos. — Mas está muito cheio lá.

— Está? — É claro que ele não sabia. Apenas Pirro tinha permissão para entrar na cabana das mulheres. — Eu não gostaria que você ficasse desconfortável.

Um olhar para a minha barriga, onde, como se em resposta à atenção recebida, o que parecia ser um pezinho se moveu.

— Como estão os jogos?

Na mesma hora, seu rosto se iluminou. Os jogos eram os substitutos dos soldados para a guerra, e o treinamento estava indo bem, muito bem, embora os homens às vezes se deixassem levar pelo entusiasmo. Um jovem idiota havia acabado de deslocar o ombro de seu melhor competidor de luta livre — em uma sessão de treinamento! Contudo, pelo menos todos pareciam perceber que, se quisessem a continuidade dos jogos, teriam de parar de travar batalhas campais toda vez que perdessem.

Escutei, admirei e simpatizei, e ao fim da refeição Álcimo parecia feliz. Despedi-me dele quando foi para o campo de treinamento e então fiquei de costas para a porta e fechei os olhos. Eu *passava* tempo demais sozinha, Álcimo estava certo quanto a isso, e as visitas à cabana das mulheres não ajudavam em nada, porque todas lá buscavam apoio em mim. Eu precisava ter cuidado com cada palavra, cada mudança de expressão, porque não

MULHERES DE TROIA

podia nunca parecer deprimida, triste ou assustada. Eu não me importava, aceitei isso, mas isso significava que nunca podia ser eu mesma.

Ritsa, pensei. Eu precisava ver Ritsa. Mas, antes que pudesse me permitir vê-la, havia outra visita, já passada do tempo, que precisava fazer.

Hécuba ficou quieta por um longo tempo depois que lhe contei sobre a morte de Amina. Esse não era um de seus melhores dias. Achei que ela parecia uma velha aranha manchada sentada ali.

– Suicídio?

– Algumas pessoas parecem pensar que foi isso.

– Mas você não?

– Tento nem mesmo pensar.

Ela balançava um pouco de um lado ao outro, mais abalada com a notícia do que eu esperava.

– Ela era amiga de Políxena, sabe?

– Não, eu não sabia.

– Nasceram com apenas dois meses de diferença. – Suas mãos estavam perpetuamente dobrando e alisando a bainha de sua túnica. – Ah, bem. Um triste fim para uma vida curta.

Pobre mulher. Testemunhou tantos finais tristes para tantas vidas curtas. Eu não conseguia imaginar como seria sobreviver a seus filhos e netos; e então, quando se pensava que nada pior poderia acontecer, perder sua caçula também. O que de fato lhe restava, exceto tristeza, raiva e o desejo de vingança? Um desejo que ela não tinha absolutamente nenhuma esperança de satisfazer.

Ela olhou para mim e seu olhar era atento como sempre fora.

– O que *você* acha que aconteceu?

– Acho que Pirro a matou. Embora eu não saiba por quê... Ele não precisava fazer isso.

– Outra coisa pela qual temos que agradecer a ele.

Eu não sabia o que responder, porque aí está: Pirro, filho de Aquiles, meio-irmão do meu filho. O inimigo. Não havia como ficar mais claro do que isso.

Após uma pausa, Hécuba disse:

– Calcas veio me visitar. Quando você chegou, não fazia muito tempo desde que ele tinha saído daqui.

PAT BARKER

– O que ele queria?

– Essa é uma pergunta bem cínica.

Sorrimos uma para a outra.

– Não, ele veio me informar que Cassandra está casada.

Mais uma vez, lembrei-me de Cassandra no dia que chegou ao acampamento: seu triunfo ao dançar pela cabana lotada, girando tochas acima da cabeça, convidando sua mãe e irmãs para que dançassem em seu casamento. Sua absoluta convicção de que seu casamento com Agamêmnon conduziria diretamente à morte dele.

Hécuba balançava a cabeça.

– Nunca pensei que ele faria isso. Quer dizer, eu podia ver que ele estava obcecado, mas não pensei que de fato se casaria com ela. Ele já tem uma esposa!

– Ele obviamente não acredita nas profecias dela.

– Obviamente!

– *Você* acredita?

Ela se mexeu inquieta.

– Acho que muita coisa é completamente aleatória. As pessoas costumavam afirmar que as profecias eram Apolo falando por meio dela. Eu nunca consegui enxergar… Acho que ela só inventava coisas para agradar a si mesma. De qualquer modo, não importa o que eu pense… Preciso vê-la.

– Bem, não é fácil – observei. – Morei no acampamento de Agamêmnon, por um tempo… Mal se tinha permissão para sair da cabana.

– Sim, mas isso é para as escravas. Ela está casada agora; ele não pode manter a esposa trancada.

Pensei que ele provavelmente podia; mas pude notar quanto a esperança de encontrar Cassandra significava para ela, então é claro que disse:

– Vou tentar.

Hécuba tentou falar, mas ficou com um nó na garganta e teve de apertar minha mão.

– Isso era tudo que ele queria? Contar sobre Cassandra?

Eu estava curiosa com essas visitas. Não conseguia entender em que aspecto beneficiavam Calcas. Por fim, após uma pausa, ela respondeu:

– Não, ele me perguntou sobre quando Príamo foi ver Aquiles.

– Por que ele estaria interessado nisso?

— Ah, deve ter seus motivos. – Ela estava mergulhada em pensamentos, na memória. – Eu não queria que Príamo fosse, implorei-lhe que não fosse, tinha certeza de que Aquiles o mataria; para ser honesta, pensei que ele não duraria cinco minutos uma vez que estivesse dentro dos portões, mas ele apenas disse: "Tenho que tentar. Ele não é um lobo, ele é um homem e, se for um homem, podemos conversar". *Conversar? Conversar?* Eu não teria conversado com ele, teria rasgado sua garganta com meus dentes antes de *conversar* com ele. Ele matou meu filho. E isso não foi suficiente, não, ele teve de arrastá-lo ao redor das muralhas, despedaçá-lo na frente de todos… Matá-lo não era suficiente.

— Espero que você não tenha visto isso.

— Não, Príamo os fez me levarem embora. *Ele*, porém, viu… ele viu tudo isso e ainda assim foi até Aquiles. Não havia nada que eu pudesse dizer que o fizesse mudar de ideia.

Os dedos dela estavam ocupados com a bainha da túnica novamente. Eu estava olhando para as mãos porque não suportava encarar o rosto dela.

— Eu o segui até o depósito. A luz das tochas, só ele e eu, nenhum dos puxa-sacos, assim eu poderia dizer o que realmente pensava. Ele estava segurando a taça trácia. Ele adorava aquela taça, e é um objeto lindo, é verdade, mas não importava, ainda assim foi ao resgate de Heitor. Eu disse que ele era um tolo, disse que Aquiles não tinha mais compaixão do que um cachorro louco, mas ele não me deu ouvidos. No fim, apenas tive que desistir. Queria que ele tivesse uma despedida adequada, porque achava que não o veria de novo. Trouxe uma caneca de despedida para ele. – Hécuba riu. – Ele estava sentado em uma carroça de fazenda vestindo uma túnica velha e surrada… Pensei que ele nunca se parecera tanto com um rei. Então, orei a Zeus para que cuidasse dele. Ele me beijou… e estava prestes a ir embora quando disse: "Olhe!". E havia duas águias sobrevoando o palácio. Duas águias juntas, nunca se vê isso. Ele alegou que era um bom presságio, e é claro que concordei. *Eu* não achei que fosse. Mas aí está, entende? Eu estava errada… ele trouxe o corpo de Heitor de volta, e foi como um milagre. Todos aqueles ferimentos terríveis… todos haviam desaparecido. Ele parecia estar dormindo. – Ela parou por um momento, lembrando-se. – E, sabe, quando removemos as faixas, havia ervas frescas dentro delas. Alguém deve ter colocado.

— Fui eu.

PAT BARKER

– Foi? – Ela sorriu. – Imaginei que poderia ter sido.

Continuamos sentadas em silêncio depois disso. Eu a convenci a tomar um pouco de vinho.

– Calcas queria saber o que Príamo disse quando voltou. Eu disse a ele para perguntar a Cassandra. Ela correu para encontrá-lo. Eu estava muito ocupada chorando pelo meu filho.

Havia muita amargura ali, e um pouco de ciúme também, talvez. Cassandra claramente tinha sido muito próxima de Príamo. Desferi um tapinha no braço de Hécuba e me levantei.

– Irei vê-la assim que puder.

Lá fora, uma disputa de luta livre acabara de começar. Uma grande multidão, quieta no momento, assistia a dois homens circundando a arena, um em avaliação do outro. Seus corpos oleados brilhavam à luz de bronze. Todos esperavam tensos o início da luta, mas as voltas continuaram e continuaram.

– Andem logo! – alguém gritou.

Os homens sentados em volta dele riram, mas várias outras vozes gritaram:

– Cale a boca!

Na arena, em sua bolha de silêncio, os lutadores fizeram contato e se arrastaram ao chão.

26

Cassandra e eu começamos mal, o que não foi culpa dela nem minha.

Uma serva atendeu à porta e me conduziu até os aposentos, onde encontrei Cassandra sentada em uma cadeira esculpida, fiando lá. Quando ela se levantou e se virou a fim de me cumprimentar, avistei seu colar: opalas de fogo engastadas em prata. Fiquei chocada demais para falar, embora ache que não tenha deixado nada transparecer. O colar pertencera à minha mãe, fora dado a ela no dia do casamento como presente de noiva pelo meu pai. Quando Lirnesso caiu, foi dado a Agamêmnon como item de sua parte nos espólios. Agora, suponho, ele o havia dado a Cassandra como presente de noiva *dela* no dia do casamento *dela*. Conforme ela movia a cabeça, faixas de fogo despertavam dentro das pedras leitosas. Eu não conseguia tirar meus olhos delas. Cassandra ergueu a mão para o colar, mas então pareceu confundir a direção do meu olhar.

– Sim, eu sei – disse ela. – Parece horrível, não?

Fiquei confusa, até que percebi que ela estava se referindo às marcas de corda em seus pulsos.

– As pessoas parecem pensar que fui arrastada chutando e gritando para a cama de Agamêmnon, mas não foi nada disso. – Ela fixou seus chocantes olhos amarelos em mim. – Fui de boa vontade. Porque sabia que, quanto mais cedo acontecesse, mais cedo ele estaria morto.

– Você disse isso a *ele*?

– Não, não podia, me amordaçaram. Não teria feito diferença alguma, de qualquer maneira. Ninguém nunca acredita em mim.

Suas mãos estavam ocupadas arrumando doces em um prato. Depois de terminar a arrumação de modo que ficasse satisfeita, ela ergueu o olhar.

— A esposa dele nos mata, sabe.

— Tem certeza?

— Quero dizer, ela tem todos os motivos… Não pode culpá-la. Você sabe o que ele fez?

Comecei a dizer "sim", mas Cassandra me ignorou e continuou.

— Ele sacrificou a filha deles. Foi uma armadilha. Agamêmnon disse à mãe dela que a menina ia se casar com Aquiles, e você sabe que teria sido um casamento brilhante, então todas correram para fazer vestidos e depois foram para o acampamento em Áulis. Ela foi sacrificada no altar de Ártemis para dar à frota um vento favorável para Troia.

Ela sorriu e, por um momento, vi uma semelhança com Hécuba.

— Eu mataria o bastardo, e você?

— Sim.

— Ah, fico feliz por concordarmos. Eu sabia que iríamos.

Eu nunca tinha conhecido alguém como Cassandra, aquela curiosa mistura de infantil — às vezes, parecia quase lenta — com assustadora. Eu não tinha certeza de como responder.

Ela me ofereceu o prato de doces.

— Experimente um desses, são muito bons.

Peguei um e depois nos acomodamos em nossas cadeiras, a boca cheia de uma mistura pegajosa que tornava a fala quase impossível. Quando por fim conseguiu desgrudar as mandíbulas, ela disse:

— Creio que minha família tem razões para ser grata a você?

Apenas balancei minha cabeça.

— Você tentou enterrar meu pai?

— Não fui eu, foi Amina — expliquei, categoricamente. — Ela pagou o preço por isso também.

Eu não tinha o menor desejo de receber agradecimentos por uma ação na qual apenas tropecei.

Continuamos a conversa enquanto ela preparava o vinho. Havia algo estranho na ocasião e demorei um pouco para entender o que era. Cassandra parecia não se lembrar de nosso encontro anterior. Talvez fosse a natureza do frenesi que ela não conseguisse se lembrar de nada que disse ou fez durante um de seus "episódios", ou ela poderia se lembrar muito bem, mas optou por não tocar no assunto.

Ela me entregou uma caneca de vinho.

– Creio que você tenha ido ver minha mãe?

– Sim, várias vezes. – Seria natural a essa altura ela perguntar como a mãe estava, mas não o fez.

Eu disse, hesitante:

– Sei que ela adoraria ver você.

– Tenho certeza de que sim.

– Bem, então, por que...?

– Acho que não. Eu irei, não vou deixá-la partir sem dizer adeus... mas ainda não.

– *Por que* é tão difícil?

Eu não esperava que ela respondesse; na verdade, me arrependi de formular a pergunta quase antes que as palavras saíssem da minha boca, então fiquei surpresa quando ela mergulhou direto.

– Não era, no começo. Não até Helena... Foi quando realmente começou a dar errado. Sabe, eu os observei atravessar os portões, Páris e Helena. Vi meu pai dar boas-vindas a ela e eu soube, eu *soube* o que iria acontecer. Não foi uma premonição vaga ou algo parecido, *eu vi Troia em chamas*. Então, arranhei seu rosto. Pensei que se pudesse fazer com que ela deixasse de ser bonita, mesmo que apenas por alguns dias, Páris voltaria a si, e também meu pai e todos os outros, e a mandariam de volta para o marido, ao lugar a que pertencia. Em vez disso, *eu* fui mandada embora; foi quando tudo começou. Aparentemente, ataquei qualquer um que se aproximasse de mim, minha mãe veio e tentou me acalmar... e a ataquei também. Então me trancaram. Eles tinham que me forçar a comida goela abaixo, eu não queria comer, eu não queria grandes peitos gordos e macios como os de Helena. Eu tinha mulheres para cuidar de mim, guardas na verdade, mas elas não tinham permissão para me bater. Não precisava, Hécuba fez isso. Com uma escova de cabelo. Eu costumava pensar que ela me odiava, porque eu era a única mácula em sua família perfeita. – E continuou: – Eu melhorei, mas quando voltei para casa, tudo, *tudo* girava em torno de Helena. Páris estava obcecado; Heitor não estava muito melhor; até meu pai! Ela sabia fazê-lo comer na palma de sua mão. Houve alguma conversa sobre me casar; acho que até tinham algum pobre otário em mente, mas então aconteceu de novo. E de novo. E a essa altura, estava claro que ninguém se casaria comigo. Mesmo ser genro do rei Príamo não compensaria a nódoa da loucura. Quem quer isso na família? Então Hécuba decidiu que eu seria uma sacerdotisa, uma sacerdotisa *virgem*. Príamo concordou, ele concordava com quase tudo que ela dizia, e fui despachada para o templo.

— Quantos anos você tinha?

— Catorze.

— Deve ter sentido falta de sua família, não é?

— Na verdade, não. Eu com certeza não senti falta da minha mãe! Sentia falta do meu pai e de Heleno. No entanto, é claro, do ponto de vista de Hécuba... problema resolvido. Agora, quando eu tinha acessos de loucura, ela podia alegar que era um frenesi enviado pelo deus. Muito mais respeitável. Se eu fosse religiosa, talvez tivesse tornado as coisas mais fáceis, mas eu não era... não naquela época, pelo menos. Você deve conhecer a história? Sobre como Apolo me beijou e me deu o dom da profecia, e então, quando me recusei a dormir com ele, cuspiu na minha boca para fazer com que nunca acreditassem em mim?

— Ouvi a história. É verdade?

— Claro que é verdade.

Eu estava começando a me rebelar contra ser o público de um monólogo interminável e autojustificativo.

— Nem tenho certeza se sei o que é profecia.

— Bem, considere um exemplo muito pequeno... Não me saí desta cadeira desde que acordei, com certeza não olhei pela porta, mas a vi andando pela praia e sabia que estava vindo para cá.

— Hum.

— Você não parece convencida.

— Bem, vim fazer uma pergunta... e sabia a resposta antes de chegar. Isso é profecia?

— Não, é apenas inteligência. — Ela olhava fixamente para mim, de fato me vendo, pensei, pela primeira vez. — Você observa as pessoas, não é?

— Olha, ela é sua mãe. Você acabou de se casar... Seria tão difícil andar algumas centenas de metros?

— Você não tem ideia de como é difícil.

Eu começava a vislumbrar a verdade sobre Cassandra. Como Atena, que saiu totalmente armada da cabeça de Zeus, ela não devia sua vida a nada

MULHERES DE TROIA

que aconteceu entre as pernas de uma mulher. Portanto, Hécuba podia ser descartada como irrelevante. Ela era, pelo menos nisso, o oposto de mim.

De qualquer maneira, eu tinha minha resposta. Depositei o copo sobre a mesa, mal tinha tocado o vinho, e estava prestes a me levantar quando alguém bateu à porta.

Cassandra me deteve ao segurar meu braço.

– Não vá ainda. É Calcas, e ele vai querer falar com você tanto quanto comigo.

Eu podia ouvir a serva na porta deixando-o entrar.

– Não consigo imaginar sobre o que ele gostaria de falar *comigo*.

– Não? Uma garota inteligente como você, achei que já seria óbvio.

Quando Calcas entrou na sala, senti o cheiro do ar salgado em sua pele, junto ao cheiro bem menos agradável da pasta branca que ele aplicou no rosto. Ele vestia uma túnica de sacerdote e trazia um cajado enfeitado com faixas vermelhas. Seria um cumprimento ao novo papel de Cassandra como esposa de Agamêmnon? Ou um lembrete visível de seu sacerdócio compartilhado? Eles foram treinados no mesmo templo, até dormiram no mesmo quartinho, embora com muitos anos de diferença; na época, Calcas devia ser facilmente quinze anos mais velho. Mesmo assim, tinham essa experiência em comum. Depois que ele se sentou e tomou o vinho, puseram-se a lembrar do sacerdote que os treinou, e então – com muito mais afeto, pensei – dos corvos mantidos no terreno do templo, incapazes de voar para longe porque as penas de suas asas haviam sido cortadas. Tais pássaros foram seus companheiros de infância, seus amigos, e haviam sido os mesmos pássaros. Os corvos vivem muito tempo em cativeiro. Todos tinham um nome, uma personalidade, pequenos truques que faziam. Enquanto eu escutava, surgiu em minha mente a imagem de duas crianças muito solitárias, cada uma mandada para longe de casa antes de estarem prontas para partir. Havia algo incrivelmente comovente nisso – e mudou minha atitude para com os dois, mas em especial para com Calcas, a quem sempre considerei quase uma fraude. Eu não tinha tanta certeza disso agora.

Após curta pausa, Calcas dedicava sua atenção aos doces, comendo-os em um ritmo surpreendente, e falou sobre a visita de Príamo a Aquiles, na noite que foi ao acampamento grego para implorar pela devolução do corpo de Heitor.

– Creio que você – dirigindo-se a Cassandra – falou com ele assim que ele voltou?

– Sim – disse Cassandra. – Passei a noite toda nas ameias. Eu não conseguia enxergar nada; mesmo quando começou a clarear, ainda não conseguia ver porque havia uma névoa densa, mas de repente lá estava ele, conduzindo aquela velha e sacolejante carroça de fazenda. Corri para encontrá-lo, eu os *forcei* a abrir os portões e depois subi no assento do condutor ao lado dele... e entramos na cidade juntos.

– Em triunfo – disse Calcas.

– Estava longe de ser um triunfo – Cassandra disparou. – Tínhamos o cadáver do meu irmão na carroceria.

Calcas curvou-se ligeiramente, uma desculpa por sua insensibilidade, talvez.

– Príamo mencionou Aquiles? Quero dizer, ele falou sobre a maneira como Aquiles o recebeu?

– Ah, ele era todo elogios. Ele falou que Aquiles andou ao lado da carroça e o levou em segurança para fora do acampamento. Aparentemente, a última coisa que Aquiles disse foi: "Quando Troia cair, tente me enviar uma mensagem – e eu irei até você se puder". E Príamo respondeu: "Quando Troia cair, você estará em Hades com os mortos". Aquiles apenas riu e disse: "Bem, então não vou aparecer, vou? Não importa quantos mensageiros você envie".

Eu não sabia sobre essa conversa final até aquele momento, mas podia imaginar Aquiles dizendo isso, e sua risada.

Calcas se virou para mim.

– Hécuba contou que você estava lá naquela noite.

– Sim, estava. Mas, antes de responder a qualquer pergunta, gostaria de saber onde isso vai dar.

Será que ele pareceu ligeiramente surpreso? Era tão difícil ler suas expressões por trás da máscara de tinta.

– Conversei com Hécuba – relatou ele. – E ela me contou como Príamo morreu. Ela estava lá, sabe? Ela viu tudo. Ela disse que não se mataria um porco da maneira que Pirro matou Príamo.

– Eu sei. Mas posso só dizer em defesa de Pirro; Príamo estava armado, estava pronto para lutar, e ele preferiria ter morrido assim a ser forçado a se ajoelhar ante Agamêmnon.

MULHERES DE TROIA

– Sim, é verdade, mas não me impede de ficar com raiva. Ele estava velho, mal conseguia ficar em pé com sua armadura, e foi massacrado; e o homem que o fez foi aclamado como herói. Ele não é um herói, é um pequeno *brutamontes* cruel. E é possível afirmar muitas coisas ruins sobre Aquiles, mas ele nunca foi isso.

Enxerguei sua raiva. Eu mal podia evitar vê-la; estava literalmente quebrando a tinta em seu rosto, e naquele momento esqueci, ou pelo menos deixei de lado, minha aversão instintiva por Cassandra e minha suspeita de que Calcas ajustava suas profecias em benefício próprio. Éramos apenas três troianos conversando em uma sala no centro do acampamento inimigo.

– Veja – disse Calcas –, o que temos de estabelecer é: qual era a natureza da relação entre Aquiles e Príamo? Porque, entende, é perfeitamente possível que eles apenas tenham fechado um negócio. "Aqui está o resgate, veja." "Certo, é bom o suficiente, aqui está o corpo." E isso teria sido o fim de tudo. Entretanto, se foi mais do que isso, se Aquiles aceitou Príamo como hóspede, então um vínculo se estabeleceu entre eles. Amizade ao hóspede. E essa é uma questão muito diferente. Porque não há meio legal de matar um amigo-hóspede. Mesmo se estiverem em lados opostos em uma guerra, mesmo que se encontrem no campo de batalha, ainda assim não é possível matar um amigo-hóspede. E o vínculo, uma vez formado, passa de pai para filho, é herdado. Então, se Aquiles e Príamo *eram* amigos-hóspedes, Pirro e Príamo eram amigos-hóspedes também, e isso torna a morte de Príamo…

– Assassinato – completou Cassandra.

Ergui o olhar e me deparei com ela me fitando com aqueles olhos amarelos e brilhantes.

– Então, entende agora por que é importante responder às perguntas de Calcas?

Assenti com a cabeça, levei um momento para organizar meus pensamentos e comecei a lhes contar a história da noite em questão. Contudo, enquanto eu falava, outra história muito mais complexa surgia em minha mente. Aquela noite foi a mais importante da minha vida, o momento em que tudo mudou. Primeiro, houve o choque de encontrar Príamo, sozinho e indefeso em meio a seus inimigos. E a isso se seguiu uma sensação vertiginosa de possibilidade. Implorei a Príamo que me levasse consigo quando de sua partida, supliquei, mas ele recusou com veemência.

PAT BARKER

Disse que a guerra começou quando seu filho Páris, desrespeitando as leis da hospitalidade, seduziu (alguns diziam estuprou) a esposa de Menelau, Helena. Portanto, ele não abusaria da hospitalidade de Aquiles roubando sua mulher. Lá estava minha resposta, mas eu não podia aceitar, e não aceitei. Escondi-me ao lado do corpo de Heitor na carroça enquanto ela se arrastava para os portões, ciente o tempo todo de Aquiles caminhando ao lado dela, a apenas alguns metros de distância. E então…

Então pensei melhor. Fazia mesmo sentido ir para Troia quando todos, inclusive Príamo, sabiam que a guerra estava perdida? Fazia sentido suportar o saque de outra cidade, uma segunda escravidão? Essas foram as razões que me dei para não escapar, para voltar ao salão de Aquiles e à cama de Aquiles. Acredito, embora isso seja algo de que nenhuma mulher pode ter certeza, que meu filho foi concebido naquela noite.

Calcas não precisava saber de nada disso. Ele não tinha interesse em mim, exceto como testemunha. Então, como testemunha, dei a ele exatamente o que ele queria, nem mais nem menos.

– Estávamos terminando o jantar quando a porta se abriu e alguém entrou. Olhei e percebi que era Príamo. Estava vestido como um camponês, mas o reconheci no mesmo instante. Aquiles não, ele não conhecia Príamo, e então, quando percebeu quem era, ficou furioso. Ele disse: "Como diabos entrou?". Príamo respondeu algo como: "Fui guiado por um deus", e isso deixou Aquiles ainda mais furioso. Ele acusou Príamo de subornar os guardas. E, a essa altura, outras pessoas já haviam entendido quem era. Eles se aglomeraram em volta e Aquiles mandou que recuassem. Príamo estava ajoelhado aos pés de Aquiles, tocando seus joelhos. Ele disse: "Faço o que nenhum homem antes de mim jamais fez: beijo as mãos do homem que matou meu filho".

Olhei de Calcas para Cassandra, ponderando se algum deles conseguia compreender o choque e o poder daquele momento.

– Aquiles podia ter matado Príamo a qualquer momento… Ele *escolheu* não fazer isso. Em vez disso, convidou-o para adentrar seus aposentos. Ah, e me lembro de que ele se trocou e colocou uma túnica simples, porque claramente Príamo estava vestido como um camponês. Em seguida, eles se sentaram e comeram juntos. Príamo nem havia trazido uma faca consigo, então Aquiles limpou a própria faca e a estendeu sobre a mesa. Eu na verdade não os estava servindo. Aquiles serviu o vinho – eu apenas

MULHERES DE TROIA

o coloquei na mesa –, e era o melhor vinho que ele tinha. Ele cortou a carne para Príamo; até segurou a tigela para que o outro lavasse as mãos. Então, bem, Príamo estava claramente exausto, então, Aquiles me disse para preparar uma cama para ele. Lembro-me dele dizendo: "Pegue as peles da minha cama, se quiser, não quero que ele sinta frio". Então, na manhã seguinte, eu tinha levado água para Príamo se lavar; Aquiles havia acordado cedo, colocado a armadura completa. Ele disse a Príamo que, quanto mais cedo ele saísse do acampamento, melhor. Disse que não queria que Agamêmnon o encontrasse lá e Príamo perguntou algo como: "Mas você lutaria por mim?". E Aquiles respondeu: "Ah, sim, eu lutaria. Não preciso de um troiano para me ensinar meu dever para com um hóspede".

Calcas se inclinou para a frente.

– Você tem certeza que ele disse "dever para com um *hóspede*"?

– Essas palavras exatas.

– Alguém mais ouviu?

– Não sei. Álcimo e Automedonte estavam na varanda logo atrás dele, mas não sei dizer se ouviram ou não. Mas poderão confirmar que ele foi até o portão com Príamo e o conduziu em segurança para fora do acampamento.

Quando terminei, Calcas soltou um suspiro ruidoso e recostou-se na cadeira, olhando para Cassandra e depois de volta para mim.

– Então – eu disse –, está dizendo que a morte de Príamo foi assassinato? Acha mesmo que os gregos vão aceitar isso?

– Acho que é possível. Veja, as pessoas sempre dizem que querem uma explicação, mas não querem, não de verdade. Elas querem alguém a quem culpar.

– Acho que iriam preferir culpar Menelau.

– Ah, claro que sim; querem ver Helena apedrejada até a morte. Mas isso significaria guerra.

– Então, em vez disso, você vai usar Pirro? O herói de Troia? Filho de Aquiles?

– Eu disse que achava que era possível. Eu não disse que seria fácil.

Calcas ficou em silêncio, obviamente pensando muito. Ele era um homem estranho, difícil, complexo e motivado, mas eu sentia que sua lealdade a Príamo era genuína. Com todas as suas esquisitices, ele era impressionante. No entanto, não pensei por um momento que ele teria sucesso com tal plano. Pirro detinha muito poder, muito prestígio, o herói de Troia. Não havia como superar isso. E havia uma grande falha no caso que Calcas estava construindo. Ele tinha o relato de Cassandra sobre o retorno de Príamo a Troia e minhas lembranças do que Aquiles disse e fez naquela noite, mas nós duas éramos mulheres, e o testemunho de uma mulher não é considerado igual ao de um homem. Em um tribunal, se um homem e uma mulher discordam, é quase sempre a versão dos eventos dele que é aceita. E isso num tribunal, quanto mais nesse acampamento onde todas as mulheres eram escravas troianas e a única lei de verdade era a força. Calcas precisaria conseguir que Automedonte ou Álcimo confirmasse tudo o que eu havia dito, mas, na maior parte do tempo, estive sozinha com Príamo e Aquiles, porque Aquiles achou que Príamo ficaria mais à vontade com uma garota troiana do que com guerreiros gregos armados até os dentes. Eu esperava, pelo menos, que Álcimo e Automedonte contassem a verdade sobre o que sabiam, mas suspeitei que sua lealdade a Pirro, como filho de Aquiles, poderia sobrepujar qualquer outra coisa.

Cassandra interrompeu meus pensamentos.

– Quero ver meu pai enterrado – disse ela. – Quero ver Pirro rastejando sobre a terra.

De repente, eu queria ficar longe do ar abafado daquela sala. Abruptamente, levantei-me e, dessa vez, Cassandra não tentou me deter, embora tivesse me acompanhado até a porta.

– Irei visitar minha mãe – anunciou ela. – Só que não agora.

Senti que a intenção da promessa era uma recompensa, um tapinha na cabeça por ser uma boa menina. *Cadela condescendente.* Ela se via no centro da teia que era tecida ao redor de Pirro, mas achei que ela estava se enganando. Cassandra era tão completamente filha de seu pai, tão distanciada em atitudes e experiência de quase todas as outras mulheres, que era incapaz de apreciar toda a extensão do poder de Hécuba. Calcas enxergava. Havia algo em sua voz sempre que ele mencionava Hécuba, uma suavidade que com certeza não existia no restante do tempo. Talvez, quando jovem, ele a tivesse amado e, talvez, em algum lugar sob a pintura do rosto, o cinismo e a maquinação, ainda a amava.

27

Naquela noite, como já era costume, Andrômaca e eu servimos vinho no jantar. Chegamos a tempo e começamos a servir as primeiras canecas. As tochas estavam acesas, juncos frescos espalhados, o prato de ouro brilhava na mesa de Pirro. Notei que ele estava bebendo da taça trácia. Eu já a tinha visto antes, é claro, quando Aquiles estava vivo, nos últimos dez dias antes de sua morte, mas agora a enxerguei com novos olhos porque sabia que Príamo a estava segurando quando Hécuba tentou persuadi-lo a não ir para o acampamento grego, a não se confiar à misericórdia inexistente de Aquiles.

Enquanto os homens comiam e bebiam, as tochas ardiam e a temperatura aumentava, eu observava Andrômaca por cima das mesas. Ela parecia tão magra e pálida – pior, pensei, desde que Amina morreu –, mas parecia aguentar-se, embora eu percebesse que ela ainda evitava olhar para os homens a quem servia. Falavam dos jogos: qual árbitro fazia vista grossa (todos), qual time era uma porcaria, quem era o favorito para vencer a corrida de bigas. Os jogos pareciam ir bem. Houve uma batalha campal após uma disputa de luta livre que deixou um competidor permanentemente incapacitado, mas nenhum outro distúrbio real. Fiquei satisfeita por Álcimo, que parecia se tornar mais confiável de um dia para o outro.

Quando chegou a hora de partirmos, Andrômaca recebeu ordens para ficar. Ela lançou um olhar desesperançado por cima do ombro enquanto se dirigia aos aposentos. Decidi ir visitar a cabana das mulheres. Quando cheguei lá, as garotas já tinham uma refeição pronta: frango com limão e alho, muito simples, mas delicioso, elas estavam ficando muito boas nisso. Sentamo-nos do lado de fora para comer. Uma das garotas que ainda me preocupava era

Maire; ela era uma *massa* tão silenciosa e deprimida. Inevitavelmente, nós, mulheres, tendíamos a nos enxergar através dos olhos de nossos captores, e temo ser tão culpada disso quanto qualquer outra pessoa. Por que diabos Pirro *a* escolheu? Era imensamente gorda, tão gorda que bamboleava quando caminhava – e era óbvio que tinha vergonha de seu corpo porque usava o mesmo manto preto e largo todos os dias desde que chegara. Sentada ao lado dela, Helle era esguia, forte, firme, graciosa, brilhava de saúde, e ainda assim, apesar do contraste evidente, elas pareciam ter feito amizade. Pelo menos, Maire falava com Helle de vez em quando, o que era mais do que ela fazia com qualquer outra pessoa.

Por fim, a louça foi retirada, o fogo aceso e os tambores e flautas trazidos. A lira de Álcimo lhe fora devolvida, em bom estado, certifiquei-me disso, mas ele muito gentilmente encontrou outro instrumento menos impressionante para as garotas usarem. Uma das garotas mais quietas ergueu a mão e mencionou saber tocar um pouco, "mas não tão bem quanto Amina". Uma sombra, quase consegui ver, passou pelo grupo ante a menção de seu nome.

No mesmo instante, Helle ficou de pé, batendo palmas para chamar a atenção, anunciando que todas aprenderiam uma nova canção. Uma canção de beber. Elas se entreolharam: as mulheres não entoam canções de beber. Então, Helle continuou, todas tinham de erguer suas canecas e tomar um bom gole primeiro.

Era, de fato, uma canção de beber: do tipo que os marinheiros costumavam cantar em Lirnesso nas tavernas e bordéis ao longo da orla do porto.

Quando um homem envelhece e suas bolas se esfriam,
E a ponta de seu pau fica azul.
Quando o buraco no meio
Se recusa a mijar,
Ele pode lhe contar um conto ou dois.
ELE PODE LHE CONTAR UM CONTO OU DOIS!

As meninas deram risadinhas; algumas pareciam chocadas, mas todas pareciam perfeitamente dispostas a aprender a canção. Ouviam-se versões da música sendo cantadas por todo o acampamento, nunca duas exatamente iguais, embora todas relacionadas a uma mulher com apetites sexuais

MULHERES DE TROIA

gigantescos. Uma mulher que não ficava satisfeita e só conseguia chegar ao clímax quando alguém enfiava uma lança em sua vagina. Desnecessário dizer que o nome dessa mulher sempre era Helena.

Eu esperava que Helle tivesse o bom senso de parar antes do verso final. Havia muitas mulheres em Troia que morreram assim, eu sabia que uma das meninas tinha visto sua cunhada grávida ser arrastada para fora do esconderijo e espetada com uma lança. Mas nunca descobri o que Helle teria feito, porque chegou apenas ao terceiro verso quando Maire vomitou. Todas se viraram e olharam.

Ajoelhei-me ao lado dela, toquei sua testa: ela estava suando um pouco, mas não parecia quente demais. Toquei a região sob sua mandíbula: sem inchaço.

– Vamos – chamei-a. – Vamos entrar.

As camas já estavam feitas. Pedi a ela que se deitasse e a cobri com um cobertor. Percebi Helle pairando na porta.

– Ela vai ficar bem – falei. Eu não estava nem um pouco preocupada; pensava que ela estava com dor de estômago, coisa muito frequente no acampamento. – Maire? Tente dormir um pouco.

Eu não estava com muita vontade de voltar para o grupo em volta da fogueira. Estava cansada depois de servir no salão, meus tornozelos estavam começando a inchar, precisava da minha cama. A cantoria havia recomeçado, uma canção bem mais apropriada, fiquei satisfeita em ouvir; então pensei que podia escapar.

De fato cheguei até a varanda quando Helle irrompeu porta afora atrás de mim.

– Você não pode simplesmente IR! *Eu* não sei o que fazer.

– Ela vai ficar bem. Basta colocar uma tigela ao lado da cama, para o caso de ela vomitar de novo.

Ela me encarou.

– Você não sabe, não é? Como *você* pode não saber?

De repente, como se tivesse um balde de água fria jogado em cima de mim, eu sabia. Mas é claro, todas *vocês* entenderam antes de mim, não é? Posso apenas dizer, em minha própria defesa, que a gravidez em uma mulher gorda, a primeira gravidez, em especial quando a mulher está tentando esconder, não é tão fácil de detectar quanto se imagina. Mas mesmo assim… eu também estava grávida. Como não tinha percebido?

– É claro, eu vou ficar. Você volte para junto das outras. Mantenha-as afastadas o máximo que puder.

Voltei para a cabana e agachei-me ao lado de Maire. Ela suava de verdade agora; seu rosto era uma lua cheia brilhando nas luzes bruxuleantes entre as camas.

– Ainda está se sentindo enjoada?

Ela balançou a cabeça. Seus lábios se moveram; tive de me inclinar para escutar as palavras.

– Sei como termina.

Uma gravidez? Bem, não ganha prêmios por isso... Mas então entendo: ela falava da música.

– Isso não vai acontecer com você! – Embora, enquanto falava, pensei: *Por que não? O que mudou?* – Você vai ficar bem – falei, dando tapinhas em sua perna.

Eu precisava de Ritsa. Mais do que nunca na minha vida, eu precisava de Ritsa, mas podia ouvir grupos de soldados bêbados passando, e haveria muitos outros, em todos os outros complexos, por todo o acampamento. Eu não podia ir buscá-la e com certeza não enviaria uma das garotas. De alguma forma, teríamos de dar nosso jeito. Milhares de mulheres dão à luz todos os dias, algumas com tanta ajuda quanto uma cadela tendo filhotes. Quão difícil poderia ser?

Ajoelhei-me ao lado de Maire e perguntei se ela estava tendo contrações regulares. Ela assentiu com a cabeça.

– Quando começaram? – perguntei.

– Hoje à tarde.

Então, ela já estava em trabalho de parto há várias horas e não tinha contado a ninguém. Quanto mais eu tentava entender seu comportamento, mais insano parecia. Embora eu não ache que ela estava pensando direito, pobre mulher.

Quatro ou cinco das garotas entraram para buscar seus cobertores, olhando de soslaio para Maire de uma maneira tímida, curiosa e um pouco envergonhada. Eu podia ouvi-las conversando enquanto voltavam para a fogueira. Estavam tão animadas, ficando acordadas até tarde, bebendo vinho sob as estrelas... Eram crianças, na verdade.

Maire estava inquieta. Sentei-me ao lado dela, observando como cada contração a dominava, atingia o pico e diminuía. Ela arqueava as costas

MULHERES DE TROIA

quando a dor era forte e grunhia, mas não fazia nenhum outro som. Ela precisaria de algo para morder mais tarde. Não podíamos arriscar que o acampamento fosse acordado pelos gritos inconfundíveis de uma mulher em trabalho de parto. Nos intervalos entre as contrações, ela falava, mais do que já tinha falado antes, pelo menos comigo. Ela tinha sido escrava na cozinha de uma grande casa; nascida na escravidão. Eu deduzira que o pai do bebê teria sido seu dono; escravas, mesmo aquelas tão pouco atraentes quanto Maire, são usadas rotineiramente para alívio sexual, mas eu estava errada. O pai era um escravo também, um homem que trabalhava na fazenda e com regularidade trazia suprimentos de vegetais e frutas para a porta da cozinha.

– E um dia – disse Maire –, ele me trouxe flores.

Dava para ver a maravilha daquele momento em seu rosto. Depois disso, ela escapuliu para vê-lo tanto quanto podia. No pomar, no celeiro, até nos campos...

Sabe que eu realmente a invejei? Já havia sido casada duas vezes, fui o grande prêmio de honra de Aquiles, mas nenhum homem jamais trouxera flores para *mim*.

Enquanto ela falava, comecei a ver por que ela e Helle se davam bem. Duas mulheres não poderiam ser menos parecidas, mas compartilhavam a experiência da escravidão. Para nenhuma delas, a queda de Troia significou uma queda da liberdade para a escravidão. Elas trocaram uma servidão por outra, só isso.

Depois de certo tempo, as garotas começaram a voltar, trazendo consigo o cheiro de madeira queimada. Sussurrando baixinho, elas se despiram e se acomodaram para a noite. Uma a uma, as velas de junco foram apagadas até que a única luz restante fosse a vela ao lado da cama de Maire. Apesar de toda a agitação, a maioria das meninas caiu no sono depressa. Comida quente, vinho e ar fresco as derrubaram. Nem todas, no entanto. Olhando ao redor da sala, percebi mais de um brilho de olhos na escuridão.

A noite se arrastou. Na verdade, as dores de Maire ficaram mais fracas e esparsas; ela até conseguiu cochilar entre elas. Acho que também devo ter adormecido, porque me sobressaltei quando Maire estendeu a mão e agarrou meu braço.

– Preciso fazer xixi.

O balde estava na outra extremidade da sala. *Como é que…?* Bem, teria de ser feito. Helle e eu colocamos Maire sentada e depois de pé. Aproveitei a oportunidade de tirar o manto preto dela. Por baixo, ela estava vestindo apenas uma fina camisola branca. Deuses, o tamanho dela! De algum modo, conseguimos cambalear entre duas fileiras de camas, Helle puxando, eu empurrando por trás; e, no processo, acordando todo mundo. Apoiamos Maire enquanto se agachava sobre o balde; o rosto de Helle estava contorcido com o esforço, e Helle era muito mais forte do que eu.

O que saiu de Maire não foi um filete discreto de uma dama, mas um jorro como o de uma égua urinando. Por um momento, fiquei chocada, mas então percebi que sua bolsa havia estourado. É a única coisa que todo mundo sabe sobre o trabalho de parto, não é? A bolsa d'água estoura. Helle e eu olhamos uma para a outra, então para o longo caminho de volta para a cama de Maire, apenas alguns metros, sim, mas era uma longa, longa distância, e então Helle falou com a garota mais próxima:

— Desculpe, querida, precisamos da sua cama.

A garota parecia chocada; ela tinha acabado de acordar, coitadinha, mas se levantou no mesmo instante, e colocamos Maire em sua cama. Helle foi pegar a lanterna e colocou-a no chão próximo a ela. A essa altura, todas as meninas estavam sentadas: acho que ninguém voltou a dormir naquela noite.

Depois disso, as dores se intensificaram muito mais. Maire começou a gritar; dei um nó no meu véu e dei a ela para que mordesse, mas sua boca estava seca e ela não parava de cuspir.

— Você tem que ficar quieta — sussurrei.

Eu não precisava dizer mais nada; Maire sabia muito bem o porquê, mas com cada ímpeto de dor ficava mais difícil. As meninas acenderam suas velas e todas nós nos acomodamos para esperar. À medida que cada contração começava, Maire mordia o nó. Dava para vê-la lutando para chegar à crista de cada onda, depois se debatendo enquanto descia do outro lado. Havia alguns momentos de paz e o aperto começava de novo. Helle ficou dando goles de água para ela, mas ela não conseguia engolir, então nós apenas umedecemos seus lábios rachados; tudo isso na frente de uma plateia de garotas chocadas incapazes de ajudar ou fazer algo. Exceto estar lá.

Não sei como Maire conseguiu não gritar, mas ela não o fez; embora alguns grunhidos horríveis viessem de trás do véu. E então algo novo

MULHERES DE TROIA

começou a acontecer. Vi primeiro no rosto de Maire; ela parecia confusa. Olhei para Helle em busca de confirmação, mas ela apenas balançou a cabeça. Maire, que havia sido tão grata por tudo que fazíamos, de repente ficou mal-humorada, irritada. Nada do que falávamos ou fazíamos estava certo. A vez seguinte que Helle tentou umedecer seus lábios, ela empurrou a caneca com tanta violência que ela deslizou pelo chão.

– O que você quer? – perguntei.

Ela não sabia o que queria. E então, com a próxima contração, começou a empurrar. Achei que tudo acabaria logo, que estávamos a poucos minutos de distância. Cada inspiração era expelida em um grito agudo de esforço.

– Xiu! – eu repetia, espiando nervosamente a porta, mas os gritos estavam além do controle de Maire.

Helle se levantou.

– Cantem! – ela sibilou para as meninas. – Vamos lá, não fiquem só aí sentadas, cantem, droga!

E como elas cantaram. Acho que elas devem ter cantado todas as canções que conheciam, até o velho com o buraco no meio que se recusava a mijar teve uma segunda apresentação.

– Mais alto! – Helle gritou.

Sem dúvida, os guerreiros que ainda bebiam em volta das fogueiras ouviram o canto e pensaram: *Elas estão se divertindo*. Protegidas pelo barulho, Helle e eu ficamos trocando olhares, assustadas com a extensão de nossa própria ignorância. Então, seguimos de uma contração à outra, e fomos recompensadas, enfim, pelo som dos passos de Andrômaca na varanda.

Ela entrou de cabeça baixa, mandíbula cerrada, sem ver nada nem ninguém. Quando, por fim, olhou para cima e encontrou todas acordadas e uma mulher no chão, gemendo, ela pareceu confusa.

– O que está acontecendo?

Helle disse:

– Ela está em trabalho de parto.

– Em trabalho de parto?

Andrômaca olhou para Maire e balançou a cabeça, o gesto dizendo: *Não me importo*.

– Preciso me lavar.

Depois disso, ela passou entre as garotas assustadas e saiu para o pátio. Um murmúrio percorreu a sala. Helle e eu nos entreolhamos e então segui

Andrômaca noite afora. O fogo continuava aceso; um caldeirão de água quente jazia na grama ao lado dela. Agachada, com as pernas abertas, Andrômaca se esfregava violentamente com um pedaço de linho dobrado formando um quadrado. Por instinto, desviei o olhar, embora ela não parecesse se importar que eu estivesse lá. Ela não precisava de privacidade agora, já que seu corpo não lhe pertencia mais. Eu conhecia esse sentimento, e as palavras raivosas que estava prestes a falar murcharam em meus lábios. Com o rosto voltado para o lado, esperei que ela estivesse pronta.

— Certo, então — disse ela, jogando a almofada no caldeirão. — Vamos ver o que podemos fazer.

Segui-a para dentro da cabana, estremecendo de novo com a superlotação, os cheiros, o calor de todos aqueles corpos. Andrômaca se ajoelhou aos pés de Maire, esperou pela próxima contração e então, no mesmo instante, fez o que não me senti capaz de fazer: empurrar a camisola de Maire para cima ao redor da cintura e tentar ver o que estava acontecendo. Fiquei contente por não ter feito isso, porque só teria me deixado em pânico. O que eu estava olhando simplesmente não parecia possível. A contração diminuiu; Maire deu aquele longo grito áspero e deixou a cabeça cair para trás.

— Você não está tentando — disse Andrômaca. — Você tem que empurrar!

— EU ESTOU EMPURRANDO!

— Não com força o bastante.

Isso foi duro; mas a aspereza pareceu despertar Maire de seu torpor e, por coincidência ou não, a contração seguinte foi mais forte. Andrômaca sussurrou para mim:

— Por baixo de toda aquela gordura, sabe, ela é na verdade muito estreita.

Ela parecia preocupada e, se ela estava preocupada, eu estava frenética.

— Vamos, Maire — eu disse. — Você consegue.

Maire negou com a cabeça. Andrômaca deu um tapa nela, não com força, mas qualquer tapa naquela hora era brutal.

— Olhe para mim, Maire. *Olhe para mim*; nós perdemos tudo, casas, famílias, tudo, mas nós *não* vamos perder você.

Pobre Maire. Devemos ter parecido demônios incitando-a a fazer o impossível. Ela se virou para Helle, que pegou sua mão e disse:

— Vamos. — E então, meio rindo, tentando fazer uma piada. — O que vou fazer sem você?

MULHERES DE TROIA

Maire balançou a cabeça; a contração seguinte já começara.

– *Muito bem!* – elogiou Andrômaca. – Consigo ver a cabeça; um belo cabelo preto e comprido, igual ao seu.

Tudo o que eu conseguia ver era uma bola ensanguentada, mas as palavras pareceram encorajar Maire.

– Vamos, logo vai acabar – disse Andrômaca.

Estávamos todas incentivando Maire, inconscientemente segurando nossa respiração no mesmo ritmo que a dela. Ninguém ouvia seus gritos de esforço agora, estávamos concentradas demais na próxima contração. Andrômaca, que estava com a mão no monte duro da barriga de Maire, assentiu.

– Aproveite ao máximo essa. Vá em frente, respire fundo. Segure... *e empurre.*

E lá estava a cabeça da criança. Enquanto observávamos, girou, como se estivesse tentando ajudar. Como se soubesse nascer.

– Os ombros agora – continuou Andrômaca. – Vamos, só mais uma e acabou.

Um jorro, um deslizar. E havia uma nova pessoa na sala, uma pessoa que nunca estivera lá antes. Estive presente em tantos nascimentos desde então e tive meus próprios filhos, mas nada jamais prepara você para esse momento. Assim como quando alguém morre, aquele silêncio prolongado após o último suspiro sempre vem como um choque, não importa por quanto tempo a morte tenha sido esperada.

Andrômaca pegou-o no colo e esfregou o peito dele até que ele soltou um choro agudo e perplexo. Para começar, ele era da cor roxo-azulada de ameixas maduras, mas, aos poucos, enquanto chorava, começou a mudar para um vermelho de aparência saudável.

Pegou-*o*.

Esfregou o peito *dele*.

Ele começou a mudar.

A sala estava muito silenciosa, não havia qualquer som, exceto o choro agudo do bebê. Percebi o que estava faltando: o grito de triunfo que se segue ao nascimento de um menino. Achei que essa poderia ser a primeira vez em toda a história de Troia que o nascimento de um menino saudável foi festejado com nada além de consternação. Andrômaca ainda não o havia dado a Maire para segurá-lo, e Maire começava a parecer ansiosa. De repente,

203

embora apenas um momento antes ela estivera exausta demais até para levantar a cabeça, ela se ergueu, arrancou o bebê das mãos de Andrômaca e o levou ao peito. O mamilo dela era tão grande, eu não tinha ideia de como ele poderia colocá-lo na boca, mas depois de alguns gritos frustrados ele conseguiu, e suas bochechas começaram a trabalhar com vigor. Depois de um grunhido leve de surpresa – obviamente a sensação não era a que ela esperava –, Maire liberou um suspiro de contentamento e alívio.

De modo mecânico, Andrômaca continuou a cuidar do que mais precisava ser feito, emergindo de entre as pernas de Maire com o que parecia um fígado de ovelha nas mãos. Felizmente, as garotas estavam todas esticando o pescoço para admirar o bebê.

– Veja as unhas dele! – ouvi uma delas dizer.

Andrômaca agarrou meu braço.

– Precisamos conversar.

Helle e eu olhamos uma para a outra, nós duas, era provável, pensando: *Isto é um pesadelo.* Seguimos Andrômaca até o pátio onde, sob o pretexto de enterrar a placenta, poderíamos ter uma conversa particular por alguns minutos.

– Você devia tê-lo matado – disse Helle. – Só vai ser pior para ela se *eles* o fizerem. – Ela gesticulou com a cabeça a fim de indicar os guerreiros gregos que gritavam do outro lado da cerca.

– Não, não seria – eu disse. – Eles são o inimigo. Supostamente devíamos ser amigas dela.

– É tarde demais agora – disse Andrômaca.

– É? – indagou Helle.

Houve um momento em que encaramos o abismo.

Então:

– *Sim* – eu disse. – Ela o alimentou.

Muitos recém-nascidos são mortos ou deixados para morrer: meninos com malformações, é claro, mas também muitas meninas perfeitamente saudáveis. A regra é que deve ser feito antes de a mãe alimentar a criança. Ao arrancar seu bebê das mãos de Andrômaca e levá-lo ao seio, Maire salvou a vida dele.

Por enquanto. Segundo o que qualquer uma de nós sabia, o edito de que todos os meninos troianos deviam ser mortos ainda estava em vigor. Pirro matou o filho de Andrômaca; não tínhamos motivos para confiar nele. Eu não

MULHERES DE TROIA

sabia se ele teria estômago para matar um bebê recém-nascido, agora, quando o calor da batalha havia passado, mas com certeza não pretendia descobrir.

— Vamos envolvê-lo — falei.

Um bebê troiano era envolto em faixas durante as primeiras semanas de sua vida e amarrado com força ao peito da mãe. Não ficava nada muito visível, exceto seu rosto e mãos, e mesmo essas partes ficavam escondidas nas dobras do xale da mãe. Conseguiríamos esconder o sexo do bebê? Achei que sim, contanto que as meninas se lembrassem de chamar o bebê de "a criança" ou, melhor ainda, "a menina".

Falando com total autoridade, Helle disse:

— Elas vão se lembrar.

Detectei um leve traço de "senão"? Bem, e se tivesse? Eu queria que ela fosse uma líder, e ela estava se tornando uma.

Então foi o que decidimos. Peguei um lençol e uma tesoura em minha cabana e, juntas, Andrômaca, Helle e eu começamos a preparar faixas para envolver a criança. Depois que o bebê foi embrulhado, nós três conversamos com as garotas. Elas acenaram com a cabeça e murmuraram em concordância; nenhuma parecia precisar ser convencida, muitas delas tinham visto cenas em Troia que ninguém de sua idade, ou de qualquer idade, deveria ver.

A partir daquele momento, o bebê de Maire se tornou uma menina. No dia seguinte, mencionei casualmente o nascimento de passagem a Álcimo, que não demonstrou qualquer interesse. No jantar, um ou dois dos homens comentaram sobre a cantoria. Eu disse:

— Sim, estávamos comemorando. Maire deu à luz uma menina!

Mais uma vez, interesse zero. Uma escrava dando à luz uma escrava não era notícia.

Exceto na cabana das mulheres. Lá, transformou por completo a atmosfera. As garotas tinham um novo foco; Maire adorava ser o centro das atenções. Depois de escurecer, quando se reuniam ao redor do fogo, o bebê passava de um par de braços ao outro, como um amuleto da sorte. Maire olhava, sorrindo, embora eu percebesse que ela sempre ficava aliviada em tê-lo de volta. Havia algo feroz naquele amor. *Meu*, ela parecia estar dizendo. *Não seu. Meu.*

Será que *eu* me sentiria assim quando chegasse a minha hora? Ah, tenho certeza de que muitas mulheres me diriam: "Não seja boba, claro

205

que vai!", "Eles trazem o amor consigo". Eu gostaria de ter uma moeda de ouro para cada vez que ouvi alguém afirmar isso.

Não é verdade, e sei que não é verdade. O amor nem sempre vem, não se o bebê for o resultado de uma união forçada e, principalmente, não se for uma criança do sexo masculino que se parece com o pai. Já vi muitos desses meninos crescerem, bem cuidados, bem alimentados, ou tão bem quanto suas mães podem pagar, mas quase nunca tocados nem abraçados ou amados. E acredite: eles não florescem. Então, toda vez que olhava para Maire com seu bebê, conjecturava como seria para mim. Ah, eu ria quando os mirmídones davam tapinhas na minha barriga e falavam sobre o *filho* de Aquiles, mas também pensava que era um menino.

A exceção a essa confusão de adoração ao bebê era Andrômaca. Seu distanciamento me surpreendeu um pouco; eu esperava que ela adorasse o bebê, porém, em vez disso, era raro que ela o fitasse. Certa noite, quando tivemos alguns minutos a sós, perguntei por quê. Ela disse:

– Depois que Heitor morreu, Hécuba ficou um pouco louca. Ela costumava chamar o bebê de "Heitor", e não apenas uma ou duas vezes, ela fazia isso o tempo todo. Ah, ela sempre se corrigia, mas então, um ou dois minutos depois, fazia de novo. Acho que ela estava genuinamente confusa. Então, um dia, entrei no quarto do bebê e a encontrei tentando enfiar seu peito enrugado na boca dele. Agarrei-o e gritei "SAIA!" o mais alto que eu era capaz... Todo o palácio deve ter ouvido. Imagine só, mandar Hécuba sair! Mas ele era *meu* bebê... ele era tudo que eu tinha. Então, é por isso que não quero...

Andrômaca balançou a cabeça e notei que ela reprimia um choro.

– É o bebê dela, não meu. Tive minha chance.

Quanto a mim, fiquei surpresa com quanto eu sentia por aquele garotinho. Ele não era nada meu, na verdade, e ainda assim eu estava ferozmente determinada a mantê-lo vivo. Achei que ele estaria seguro enquanto ainda estivéssemos no acampamento. Maire raras vezes saía da cabana, exceto para se sentar na varanda, e nenhum dos soldados gregos demonstrava qualquer interesse em sua criança. A viagem marítima seria um desafio maior, mas ele ainda estaria enfaixado e achei que as mulheres provavelmente seriam mantidas no porão. De qualquer forma, eu não podia me preocupar com isso agora. Continuei dizendo a mim mesma que tudo ficaria bem. Com uma quantidade razoável de sorte, pensei que conseguiríamos.

28

Três ou quatro dias após o nascimento do bebê, acordei com o som de Álcimo se mexendo e me levantei no mesmo instante para atendê-lo. Conforme eu lhe servia pão fresco e vinho, ele me perguntou como eu estava. Quase não nos vimos desde a morte de Amina, embora isso se devesse principalmente ao fato de ele estar muito ocupado com a organização dos jogos. Isso era o que eu preferia pensar de qualquer maneira. Agora, faltavam apenas dois eventos: o boxe, um esporte sangrento que com certeza causaria vítimas graves, mas popular, e a grande final dos jogos, a corrida de bigas. Esta aconteceria no campo de treinamento no promontório, onde muito tempo e esforço foram gastos para melhorar a pista.

— Por que você não vem assistir? – convidou ele.

Fiquei um pouco surpresa, ele nunca tinha sugerido nada parecido antes, mas é claro que respondi que iria, que adoraria.

— Mas procure por mim, está bem? Não quero que fique sozinha. Tem havido muitas apostas pesadas; acho que as coisas podem ficar um pouco feias.

— Quem *você* acha que vai ganhar?

Eu não tinha o menor interesse na corrida de bigas, ou em qualquer corrida, mas estávamos conversando de novo, e isso é o que importava para mim. Eu queria que ele sentisse que eu me importava, e de fato eu me importava com ele.

— Diomedes, creio eu. – Fez uma careta: Diomedes vencia todas as corridas de biga. – Pirro tem chance, no entanto.

— Pirro? E Automedonte, não?

PAT BARKER

Automedonte assumiu como cocheiro de Aquiles depois que Pátroclo foi morto, e era geralmente considerado o melhor condutor do acampamento.

– Não, Pirro. Ele é de longe o melhor, e Automedonte seria o primeiro a lhe dizer isso também. – Ele esvaziou o copo. – Claro, ele quase não tem experiência... mas, não sei. Ele provavelmente tem a melhor parelha.

Eu conhecia a parelha, todo mundo conhecia: Ébano e Fênix, o garanhão preto e o baio. Eu o observei conduzi-los saindo de Troia, o cadáver ensanguentado de Príamo sacolejando atrás. *Bastardo*, pensei, sorrindo, enquanto seguia Álcimo até a porta e lhe acenava em despedida.

Eu ia assistir à corrida, decidi, e tentaria convencer Andrômaca a vir comigo. Como prêmio de honra de Pirro, ela deveria estar lá, pronta para colocar uma guirlanda nele caso este ganhasse e para enxugar sua testa, ou qualquer outra coisa que precisasse ser limpa, se ele não ganhasse. De qualquer maneira, haveria muita bebedeira no salão naquela noite, e eu teria de estar lá, porque Andrômaca odiava tanto andar de uma ponta à outra das mesas, rígida de aversão, a filha de um rei forçada a desempenhar o papel de uma serva comum. *Pobre Andrômaca*, pensei, e então, com rebeldia: *Pobre de mim*. Eu tive de fazer isso.

Andrômaca estava de pé e vestida. As garotas estavam no pátio, nos fundos, vendo Maire dar banho no bebê. Sempre foi bastante comovente ver como aquele pequeno pedaço de humanidade com seus olhos sonhadores como bolhas pretas tinha o poder de atrair a todas. Eu gostaria de poder levá-las todas para ver a corrida de biga, o passeio lhes teria feito bem: uma caminhada rápida até o campo de treinamento, algo para distraí-las de sua dor, mas ninguém havia lhes dado permissão para deixar a cabana, ao passo que era evidente que Andrômaca deveria estar lá.

Subimos a trilha íngreme sem falar muito. Ela ainda era reservada comigo, com todo mundo, mas achei que estava um pouco mais corada naquela manhã e dedicara alguma atenção às suas vestes. Quanto mais subíamos, mais forte o vento soprava, mas não parecia estar nos empurrando pelo caminho, como acontecia com frequência, embora déssemos corridinhas involuntárias sempre que uma rajada mais forte nos atingia. Eu sentia do mesmo jeito que costumava sentir quando era muito pequena, que o vento era o sopro de um deus que me enchia de vida. Quão cheio de esperança e possibilidades o futuro parecia naquela época. Não parecia assim mais; porém, o vento e o brilho do dia de alguma forma

MULHERES DE TROIA

ainda sugeriam a possibilidade de uma vida mais ampla e mais livre além dos limites do acampamento.

Grupos de guerreiros gregos passaram por nós na estrada e chegamos para o lado a fim de lhes conceder passagem. O principal influxo viria após o fim do boxe, mas já havia uma multidão considerável, homens que preferiram chegar mais cedo e garantir um bom lugar para ver. Álcimo falou que havia apostas pesadas, e dava para sentir a tensão causada por isso. A emoção adicional. Os gregos apostavam em tudo; certa vez ouvi um grupo de soldados apostando em duas gotas de chuva escorrendo por um escudo. Claro, estavam rindo, mas não era uma piada por completo.

Os competidores já estavam se reunindo. Toda a cena era banhada por uma luz amarelo-limão que se tornou mais rica em tons, menos ácida, conforme o sol se ergueu mais alto. As carruagens resplandeciam; as costas dos cavalos brilhavam. Os cavalariços estariam de pé desde bem antes do amanhecer, certificando-se do máximo de perfeição possível em tudo. Ao fim da corrida, homens cinzentos conduzindo cavalos sujos emergiriam das nuvens de poeira, mas partiriam cada um deles parecendo Febo Apolo conduzindo a carruagem do sol. Entre o grupo na linha de partida, avistei o cabelo ruivo de Pirro e os cachos pretos e brilhantes de Diomedes. Menelau também estava lá, claramente com a intenção de competir, o que me surpreendeu um pouco: nos últimos meses, ele ficara com o rosto vermelho e gordo, aparentando de repente ser muito mais velho do que era.

Agamêmnon estava lá, ricamente vestido, sentado em sua cadeira semelhante a um trono, e conversava com Odisseu. Atrás dele, os estandartes vermelhos e dourados de Micenas tremulavam ao vento. Agamêmnon concordara em doar os prêmios: um cavalo de corrida para o vencedor; um enorme caldeirão de bronze para o segundo colocado. Olhei com atenção e fiquei aliviada ao ver que nenhuma escrava foi arrastada para fora dos galpões de tecelagem de Agamêmnon e forçada a esperar tremendo perto da linha de chegada. Eu me lembrava da corrida de bigas nos jogos funerais de Pátroclo, quando Aquiles concedeu minha amiga Ífis como primeiro prêmio. Ela desapareceu no acampamento de Diomedes e, uma vez que as mulheres raramente, ou nunca, tinham permissão para sair de suas cabanas, eu não a vira mais desde então. Mas fiz o possível para afastar tal recordação, porque esse evento, a corrida de bigas, com seus espectadores

209

ricamente vestidos e bandeiras tremulando ao vento, era o mais próximo de uma ocasião esplêndida que o acampamento podia proporcionar.

Nestor apareceu em uma carruagem conduzida por seu primogênito; foi o último dos reis a chegar e houve grande explosão de vivas quando cumprimentou Agamêmnon. Enquanto isso, eu procurava Calcas no grupo atrás deles, eu tinha certeza de que ele estaria lá. Depois de determinado tempo, eu o localizei, bem atrás da multidão, uma figura alta, de rosto branco, portando seu bastão de ouro de ofício. Para minha surpresa, vi que ele estava sendo empurrado por alguns dos jovens de Esquiro, que zombavam abertamente de suas vestes. Tamanha falta de respeito era algo que eu nunca tinha presenciado antes e isso me perturbou. Calcas era um homem orgulhoso e, era bem possível, sensível sob toda a pintura e pose. Ele estava cercado, e ninguém estava ajudando, mas então um zurro de trombetas anunciou que a corrida estava prestes a começar, e os rapazes de Esquiro avançaram para apoiar seu herói.

A um sinal de Álcimo, os condutores subiram em suas bigas. Uma vez acomodados, Álcimo passou ao longo da linha segurando um capacete, e eles estamparam seus símbolos nele. Depois de dar uma boa sacudida no capacete, apresentou-o a Agamêmnon, que tirou os itens e chamou os participantes. Sua voz estava consideravelmente mais fraca do que eu me lembrava; notei que um ou dois dos homens ao meu redor pareciam surpresos. Diomedes estava bem posicionado, o que era uma pena, pois tornava o resultado da corrida ainda mais previsível. Quantos dos homens aqui teriam confiança para apostar contra ele? Os poucos que o fizeram deviam estar se sentindo bastante deprimidos agora. Embora eu me lembrasse de Álcimo dizendo que Diomedes não dispunha do melhor time, era provável que Ébano fosse o melhor cavalo em campo, mas, por outro lado, Diomedes era infinitamente mais experiente.

Os condutores ergueram seus chicotes e, a um sinal de Álcimo, partiram, as crinas de seus cavalos balançando ao vento, suas rodas levantando nuvens de poeira. Em dados pontos, as bigas saltavam desenfreadas sobre sulcos no solo, mas de alguma forma os corredores continuaram, afastando-se para longe de nós pela planície. Ao longe, mal era possível vislumbrar o ponto de retorno, uma árvore morta flanqueada por pedregulhos de granito. Nesse ponto, a pista se estreitava, forçando as bigas a se agruparem, uma situação potencialmente perigosa: caso suas rodas se chocassem, havia

MULHERES DE TROIA

uma chance real de que capotassem, causando ferimentos graves, talvez até fatais, em homens e cavalos. Toda a habilidade estava lá, no ponto de retorno, onde era possível ultrapassar, mas apenas correndo um risco enorme, apesar de calculado.

Menelau estava em primeiro lugar quando fizeram a curva, mas Diomedes, apenas alguns metros atrás, parecia prestes a ultrapassá-lo. Em terceiro lugar, Pirro conduzia como um louco, como se pensasse que ele e seus cavalos eram imortais. E então, irritantemente, as nuvens de poeira que subiam dos cascos pisoteando o solo esconderam todos eles. Um lamento da multidão, seguido por um silêncio tenso enquanto todos se esforçavam para ver quem estaria na liderança quando eles saíssem da curva. Sombras de bigas e condutores empunhando chicotes surgiram em uma nuvem turbulenta de poeira vermelha. Bem na minha frente, um homem gritou:

– Diomedes!

– Claro que não – disse o homem ao lado dele. – É Menelau. Não está vendo?

E então, no maior estilo grego, iniciaram uma discussão, cada qual insistindo estar certo, embora nenhum deles pudesse enxergar nada. Poderiam ter saído aos socos se os homens ao redor deles não tivessem xingado os dois, para que calassem a boca.

Os murmúrios diminuíram, enquanto todos esperavam, de boca seca, a aparição dos condutores. Eu esperava Diomedes; acho que todos esperavam Diomedes – mesmo aqueles que torciam por outra pessoa – e, quando a primeira forma sombria por fim emergiu da nuvem, o contingente de Diomedes deu um grito estridente. Mas o rosto do condutor estava coberto de poeira, irreconhecível. Em vez disso, as pessoas olharam para os cavalos: um preto, um baio... ou não? Ambos estavam tão cobertos de poeira vermelha que ninguém sabia ao certo de que cor eram. Mas então, quando as bigas avançaram em nossa direção, o condutor na dianteira removeu o capacete e revelou uma juba de cabelos ruivos flamejantes.

Álcimo, que deveria ser neutro, mal conseguiu se impedir de torcer, mas da boca de todos os mirmídones ao meu redor veio um rugido estrondoso. Alguém poderia alcançá-lo? Era a pergunta seguinte. Menos de um minuto atrás dele estava não Diomedes, como todos esperavam, mas Menelau. Pirro chicoteava sua parelha, aos gritos, avançando mais, na

211

verdade, e então atravessou a linha de chegada. Os mirmídones explodiram e correram para parabenizá-lo, cercando sua carruagem como abelhas em uma colmeia. Mas, em vez de se deixar cair em seus braços estendidos, Pirro escalou a borda de sua carruagem para as costas de Ébano e de lá saltou para o chão, onde atirou os braços ao redor do pescoço de Ébano.

– Meu garoto – repetia. – Meu *garoto*.

Ele pressionou o rosto contra a cabeça do cavalo e fechou os olhos; em meio a todo aquele tumulto, houve um momento de paz. Todos sentiram, e também invejaram, acho: a união perfeita entre homem e cavalo. Então Pirro esticou o braço e deu um tapinha em Fênix, talvez querendo assegurar de que ele não se sentisse excluído; mas dava para dizer que a verdadeira paixão dele era direcionada a Ébano.

Naquele momento, por acaso olhei em volta e me deparei com Calcas, cuja pintura facial rachava devido ao calor, observando Pirro. Ele devia estar a cinco ou seis metros de mim, mas, mesmo àquela distância, eu conseguia sentir o ódio emanando dele.

Na linha de chegada, a habitual disputa pós-corrida começou. Diomedes chegou em terceiro lugar, furioso porque Pirro o havia tirado da pista.

– Imbecilzinho estúpido – xingou ele, alto o bastante para que todos o ouvissem. *Ele* não estava ferido, mas seu orgulho com certeza estava.

– Não se incomode com ele – disse Álcimo a Pirro. – É apenas inveja.

Com a mão no ombro de Pirro, ele o conduzia com firmeza em direção a Agamêmnon, que esperava para entregar os prêmios. Enquanto isso, Automedonte saltou para a biga e amarrou as rédeas em volta da cintura, pronto para conduzi-la de volta ao acampamento. Pirro abraçou Agamêmnon e se virou para a multidão, os braços erguidos e os punhos socando o ar. Com grande alegria, os mirmídones avançaram, levantaram-no sobre os ombros e carregaram-no pela trilha na esteira de sua carruagem, como uma colônia de formigas, pensei, carregando uma larva especialmente suculenta de volta ao ninho.

Eu me virei para Andrômaca. Ela fez uma careta e eu li seus pensamentos.

– Ah, não se preocupe – falei, cansada. – Do jeito que eles vão beber esta noite, ele vai desmaiar muito antes disso.

Pirro deu um grande banquete em celebração de sua vitória. Bodes e ovelhas assados no espeto, vinho fluindo como água… Menelau foi o convidado de honra, embora os demais reis tivessem seguido o exemplo de Agamêmnon e se mantido afastados. Pirro fez um discurso louvando Menelau até não poder mais: sua coragem, sua sabedoria, sua habilidade com os cavalos, e se desculpou, ou quase se desculpou, por tentar tirá-lo da pista. Quando Menelau se levantou para responder, foi aplaudido com entusiasmo – todos gostam de um bom perdedor – e, embora ele não tivesse conseguido resistir a uma ou duas observações ácidas sobre jovens esquentados saírem impunes, foi no geral um discurso cortês. Ele concluiu dizendo que esperava que no futuro os dois reinos fossem aliados ainda mais próximos, já que Pirro aceitara a oferta de Menelau acerca da mão de sua filha em casamento.

Bem, o salão foi à loucura. Dava para pensar que todos eles iriam se casar também. Fiquei nos fundos e observei, pensando em quão seguro Pirro estava, em quanto era elogiado, glorificado, e um pequeno verme de raiva no fundo do meu cérebro ergueu a cabeça e se balançou de um lado para o outro.

Terminados os discursos, a bebedeira teve início. Todo mundo cantou, todo mundo bateu palmas, todo mundo dançou; e em determinado momento no meio de tudo isso Automedonte indicou para Andrômaca e para mim que deveríamos nos retirar. Acompanhei Andrômaca de volta à cabana das mulheres; para minha surpresa, ela parou ao pé da escada e me abraçou. Ela não foi chamada naquela noite nem Helle, embora eu suspeite que as mulheres ao redor das fogueiras tenham tido uma noite difícil. Só espero que elas tenham recebido um pouco do vinho.

Quando acordei na manhã seguinte, o acampamento parecia abandonado. Pouco a pouco, nas horas seguintes, primeiro um homem e depois outro emergiram, reunindo-se ao redor das fogueiras, pedindo o desjejum aos gritos, embora poucos conseguissem comer muito. Alguns apenas gemeram ao fitar a comida e voltaram direto para a cama.

Hora após hora, o céu escureceu até que, ao meio-dia, estava quase preto. Tudo parecia amarelado, incluindo a pele das pessoas, como se as únicas cores do mundo fossem amarelo e preto. Cores de advertência, na natureza, e de fato havia uma sensação cada vez mais ameaçadora naquele dia. Vários homens apontaram para a nuvem em forma de bigorna que pairava sobre a baía, mas outros alegaram se tratar de algo bom. Uma tempestade era exatamente aquilo de que precisavam. Uma trovoada, um bom aguaceiro, e então, por fim, o vento mudaria.

O jantar naquela noite foi um evento contido. Ninguém tinha vontade de comer muito e, embora alguns dos homens mais jovens recorressem ao álcool em busca da cura para a ressaca, a maioria bebia muito pouco. O vento se lamuriava ao redor do salão; a ausência dos gritos e cantos habituais fez com que soasse mais alto do que antes. Todos estavam com vontade de dormir cedo. Alguns dos homens já estavam de pé, preparando-se para partir, quando se ouviu um barulho à porta. Todos nós nos viramos para olhar, enquanto os arautos de Agamêmnon entravam e seguiram pela passagem central. Pirro pareceu surpreso, mas se levantou imediatamente para saudá-los. Eles fizeram uma reverência profunda e indicaram que tinham algo a lhe dizer em particular. Convocando Álcimo e Automedonte para segui-lo, ele saiu do salão e, embora as pessoas tenham se demorado um pouco, curiosas para saber o que estava acontecendo, ele não retornou.

Deixei Andrômaca na porta da cabana das mulheres. O ar estava sufocante de tão úmido, no entanto, na minha opinião não parecia que haveria trovoada. Normalmente, antes que uma tempestade comece, há um período de ameaçadora quietude, mas não havia quietude naquela noite: apenas o mesmo gemido constante de um vento que não podia descansar e não deixaria ninguém descansar. Fiquei contente por entrar e fechar a porta.

MULHERES DE TROIA

Álcimo chegou uma hora depois.

– Agamêmnon convocou uma assembleia – disse ele. – Amanhã, ao meio-dia.

Ele se sentou na cama e começou a desamarrar as sandálias.

– Surpreende que ele não tenha feito isso antes.

Lembrando-me do rosto devastado de Agamêmnon, me perguntei se ele estaria em condições de tomar decisões.

– Isso não é bom?

– Se unir as pessoas, sim. Mas o risco é que só torne as divisões públicas.

– Já não são públicas? Quer dizer, Agamêmnon não veio para o banquete.

– Bem, ele na verdade não podia, não é, com Menelau presente? Você consegue imaginar ele lá, com Menelau anunciando o casamento? Ela deveria se casar com o filho dele.

– Pobre menina – falei.

Álcimo não esboçou expressão. Ele havia tirado a túnica agora. Quando me inclinei para pegá-la, ele segurou meu braço.

– Você está bem?

– Sim, estou.

Ele me soltou, mas talvez com relutância. Por um momento, pareceu haver uma chance pequena, ínfima, de que pudéssemos passar a noite juntos. Senti de repente que tinha de falar, dizer alguma coisa, qualquer coisa...

– Você se arrepende de ter se casado comigo?

– Por que eu me arrependeria?

– Não foi escolha sua.

– Mas sou casado com a segunda mulher mais bonita do mundo... Como poderia me arrepender disso?

Que tipo de homem olha no fundo dos olhos da esposa e diz que ela é a *segunda* mulher mais bonita do mundo? Bem, Álcimo, é claro. Pode--se nem sempre gostar do que ele diz, mas pode-se ter certeza de que era a verdade como ele a enxergava. Acho que nunca conheci homem mais honesto. E, claro, foi por isso que Aquiles o escolheu. Lembro-me de Aquiles dizendo que odiava o homem que pensava uma coisa e dizia outra "como ele odiava os portões da morte". Bem, ninguém jamais poderia acusar Álcimo de fazer isso.

Ele ainda estava sentado na beira da cama, aparentemente tentando pensar em outra coisa para dizer.

— Fiquei satisfeito por você ter vindo ver a corrida.

— Eu gostei.

E foi isso. Virei-me na porta e olhei para trás, mas ele já estava puxando os lençóis, então peguei uma vela e levei minha segunda maior beleza para a cama.

A cama era estreita e dura. A cama de Álcimo era maior, mas nenhuma cama poderia ser grande o suficiente, enquanto Aquiles estivesse entre nós.

Grandioso Aquiles. Fenomenal Aquiles, resplandecente Aquiles, divino Aquiles...

Levávamos nossas vidas sob aquela vasta sombra. Era isso que estava errado no meu casamento, e eu não via nenhuma maneira de consertar. Talvez depois do nascimento do bebê Álcimo pudesse me ver apenas como uma mulher? Ou adquirisse alguma confiança em si mesmo; confiança de que ele não seria sempre e irremediavelmente o segundo melhor? Talvez.

O ponto crucial era que Álcimo acreditava, ou melhor, presumia, que eu amara Aquiles, e ainda o amava. Ele com certeza não era o único a crer nisso. Na época – *e agora* –, as pessoas pareciam ter certeza de que amei Aquiles. Por que não amaria? Eu tinha o homem mais rápido, mais forte, mais corajoso e mais belo de sua geração na minha cama, como poderia não amá-lo?

Ele matou meus irmãos.

Nós, mulheres, somos criaturas peculiares. Temos a tendência de não amar aqueles que assassinam nossas famílias.

Mas há outra dimensão disso e, do meu ponto de vista, muito menos confortável. Na noite que Príamo veio ao acampamento grego para pedir a Aquiles que lhe entregasse o corpo de Heitor, eu me escondi em sua carroça enquanto ela se arrastava para o portão, ciente o tempo todo de Aquiles caminhando ao lado dela. Eu poderia ter ficado na carroça, poderia ter ido até Troia, mas então teria enfrentado o saque de outra cidade, uma segunda escravidão. Havia boas razões para abandonar minha tentativa de fuga, mas quando Aquiles perguntou por que eu tinha voltado, eu disse apenas: *Não sei.* E ele apenas assentiu com a cabeça. Porque o mais inacreditável é que ele sabia o tempo todo o que eu estava fazendo, e não fez nada para me impedir. Eu voltei. Ele estava preparado para me deixar ir. Então, quando nos reencontramos, não era mais, em nenhum sentido simples,

MULHERES DE TROIA

uma relação entre proprietário e escrava. Alguns dos laços que unem as pessoas são mais profundos do que o amor. Embora, se você quisesse ser cínica, poderia dizer que desde o início eu estava determinada a sobreviver e que sabia que minhas chances eram melhores no acampamento grego, sob a proteção de Aquiles, do que em Troia.

Aonde todas essas reflexões me levaram? A lugar algum. Eu ainda estava deitada em uma cama estreita, ouvindo o vento, ciente do berço que começava a balançar. Nos meus primeiros dias no acampamento, às vezes, eu orava para que as coisas mudassem. Não orei por isso agora. Não havia necessidade; o bebê em crescimento traria mudanças suficientes e, boas ou más, não haveria esperança de pará-las. Teria sido melhor tentar conter a maré.

30

O vento soprou com a força de uma tempestade a noite toda. Ao meio-dia, conforme cada grupo de homens entrava na arena, eles se deparavam com sinais visíveis de danos causados pela tempestade. A estátua de Ártemis, que por sua posição no círculo era a mais exposta de todos os deuses, havia tombado durante a noite, forçando os soldados a passar por cima dela ou, por algum confuso senso de respeito, a fazer o trajeto mais longo dando a volta. Sua queda não era totalmente inesperada: já fazia meses que se inclinava com o vento, como as árvores tortas do promontório. Não obstante, na luz fraca, sua queda parecia sinistra; eu vi mais de um homem fazer o sinal contra o mau-olhado enquanto passava arrastando os pés.

Eu estava a caminho do salão do senhor Nestor, na esperança de assistir à assembleia de sua varanda. Quando cheguei, Nestor já havia saído. Eu o vi passando pelo meio da multidão, apoiando-se pesadamente em seus dois filhos mais velhos, tirando os braços de seus ombros apenas tempo o suficiente para responder aos aplausos da multidão. Hecamede me recebeu à porta. Ao cruzar a soleira, senti o cheiro de açúcar queimado e canela doce. Havia tantas bandejas alinhadas nas mesas compridas do salão que pensei que ela devia ter passado a manhã toda cozinhando. Não muito tempo depois, Cassandra chegou, acompanhada por Ritsa, fiquei feliz em vê-la, embora não tenha gostado da forma como Cassandra a tratava. Senti que um relacionamento complexo havia se desenvolvido entre elas. Ritsa testemunhara os piores momentos da loucura de Cassandra, ajudara e a apoiara durante eles, e isso a tornara alguém de quem Cassandra dependia, mas também se ressentia, e até mesmo temia. Ritsa sabia demais, havia

MULHERES DE TROIA

visto demais. Quando vi como Cassandra lhe dava ordens, como às vezes parecia desdenhosa, temi por Ritsa, e isso com certeza não melhorou minha opinião sobre Cassandra. Percebi que ela pegou doces da bandeja de Hecamede quase sem dizer uma palavra de reconhecimento, e reagi agradecendo a Hecamede de forma tão efusiva que ela ficou surpresa.

Depois de minutos de conversa desconfortável, levamos nossos pratos para a varanda. A arena estava se enchendo rapidamente. Sempre que um dos reis entrava, ouvia-se a ovação de seus seguidores, que se elevava a um rugido quando ele se sentava. Por fim, todos estavam presentes, e todos os olhos se voltaram para a cadeira vazia de Agamêmnon. Ele chegava por último em todas as assembleias, sua entrada sempre formal, sempre dramática, precedida de arautos e acompanhada por uma fanfarra de trombetas. Inclinando-me sobre o parapeito, pude ver o quanto ele parecia velho e doente, embora suas vestes fossem esplêndidas, seus modos imperiosos, e eu duvide que muita gente tenha enxergado além disso. Você precisa se lembrar de que eu vi Agamêmnon de perto. Perto demais. Às vezes, à noite, eu ainda sentia seu peso suado em cima de mim.

Ritsa tocou meu braço.

– Você está bem?

Cobri sua mão com a minha, mas não respondi.

Eu assisti às saudações. Odisseu e Diomedes atravessaram a arena para saudar Agamêmnon, que então, em um raro momento de benevolência, pôs-se de pé e foi falar com Nestor. O que ostensivamente faltava era qualquer saudação entre os dois irmãos. Menelau, de propósito ou não, estava sempre olhando para o outro lado. Pirro estava sentado bem em frente a Agamêmnon, longe demais para um contato fácil, mas seria natural que Agamêmnon o cumprimentasse de alguma forma – ele o presenteara com o grande prêmio na corrida de biga apenas dois dias antes –, mas não vi sinal disso. O Pequeno Ájax beliscava a barba, um pouco desgrenhada no melhor dos dias, e olhava nervoso de um lado para o outro. Ele havia estuprado Cassandra no templo de Atena, e aqui estava, preso como uma cabra selecionada para o sacrifício. Ele não cumprimentou ninguém; e foi impressionante como poucas pessoas o cumprimentaram.

Afinal, Agamêmnon se levantou e pigarreou, olhando ao redor da assembleia com seus olhos soturnos e de pálpebras pesadas.

– A essa altura – disse ele –, deveríamos estar todos em casa.

Com essas poucas palavras, ele capturou a atenção de todos os homens ali.

– Até você, Idomeneu, com vento favorável, já deveria estar em casa com sua querida esposa e filhos. Até mesmo Odisseu já teria alcançado a distante Ítaca. No entanto, aqui estamos nós, impedidos de partir pela vontade dos deuses. E nem mesmo sabemos o que fizemos para ofender.

Sério?, pensei.

– Mas é da natureza dos deuses que a punição muitas vezes preceda o conhecimento da ofensa. Portanto, pedi a Calcas, vidente renomado que muitas vezes no passado guiou nossos conselhos, que falasse conosco mais uma vez hoje. A todos vocês, eu diria apenas: ouçam com atenção. Reflitam sobre as palavras dele.

Calcas, em trajes sacerdotais completos com as faixas escarlates de Apolo esvoaçando de seu cajado, emergiu de entre duas fileiras de cabanas. Imediatamente, o zumbido que se seguiu ao discurso de Agamenon diminuiu. Ele era uma figura familiar na arena, não muito querido, talvez, às vezes zombado, mas, ainda assim, como vidente, respeitado. Muitos dos presentes se lembrariam de que, quando o acampamento foi visitado pela peste, ele falou contra Agamêmnon, dizendo que foi seu tratamento desrespeitoso a um sacerdote que provocou a ira de Apolo e o levou a lançar suas flechas da peste contra o acampamento, matando tanto animais quanto homens. Agamêmnon odiou Calcas por isso, mas o homem estivera certo, não estivera? Assim que Agamêmnon enviou a filha do sacerdote de volta ao pai, não houve um único novo caso de peste, e houve algumas curas milagrosas de homens já infectados. Ele enfrentou Agamêmnon na época, falou a verdade. Então, estavam preparados para ouvi-lo agora.

Mas Calcas não pediu que escutassem.

– *Olhem* – disse ele –, olhem para as estátuas dos deuses.

Por toda a assembleia, cabeças se viraram.

– Estão aqui há dez anos, tanto tempo quanto qualquer um de vocês. Uma das primeiras coisas que o senhor Agamêmnon fez depois que desembarcaram foi ordenar a preparação de um espaço onde os deuses pudessem ser venerados; essas estátuas foram esculpidas e erguidas e, desde então, todos os debates do exército e entre os vários reis ocorreram sob seu olhar. Todos nos acostumamos com a presença delas. Talvez vocês atravessem a arena e nunca olhem para elas. Dois dias atrás, o torneio de boxe foi realizado aqui, e antes disso, a luta livre, mas quantos de vocês

MULHERES DE TROIA

se preocuparam em olhar para os deuses? Quantos de vocês notaram como suas estátuas se tornaram desbotadas e decadentes? Na noite passada, a estátua de Ártemis desabou com o vendaval. Muitos de vocês terão passado por cima dela para chegar a seus lugares na assembleia. É um choque, não é? Essa lacuna no círculo; ainda assim, a base de sua estátua devia estar apodrecendo há anos.

Como todo mundo, olhei para as estátuas: a pintura descascando, a madeira apodrecendo, o nariz de Poseidon faltando, os olhos de coruja de Atena esmaecidos, Apolo inclinando-se perigosamente para um lado, como se estivesse se curvando, preocupado com a irmã caída.

– Mas, então, não estou dizendo que a negligência para com as estátuas irritou tanto os deuses que eles enviaram o vento como punição. Estou dizendo que a negligência para com as estátuas é sinal de uma ofensa muito maior: uma falha no respeito que todos devemos a seres tão superiores a nós.

Calcas suava com o calor, a pintura em seu rosto descascando, as linhas escuras ao redor dos olhos começando a escorrer; isso, e sua altura imensa, o faziam parecer uma estátua se deteriorando. Uma espécie de décimo terceiro deus.

– Amigos – disse ele –, todos sabemos que, quando uma grande cidade cai, coisas são feitas que em um mundo ideal não aconteceriam. Não é culpa de ninguém, não estou culpando ninguém. A dura necessidade da guerra, que os próprios deuses impuseram aos gregos, torna tais ações inevitáveis… mas, ainda assim, os fatos permanecem. Os templos dos deuses *foram* profanados. Mulheres que se abrigaram atrás dos altares *foram* arrastadas para fora e estupradas. Mesmo as sacerdotisas virgens não foram poupadas.

Calcas teve o cuidado de não olhar para Ájax, mas todos os outros se voltaram em sua direção. De repente, eu estava ciente de Cassandra parada ao meu lado; olhando para baixo, vi a brancura de seus dedos enquanto ela agarrava o parapeito.

– E então – continuou Calcas –, os templos foram incendiados. Muitos deles completamente queimados. Há alguém entre vocês que consiga argumentar que isso não foi causa de profunda ofensa? Mas os deuses são misericordiosos. Não exigem a reconstrução de seus templos. Ficarão contentes se suas estátuas forem reparadas e os reis fizerem sacrifícios diante delas, depois que cada homem no acampamento tiver se purificado.

PAT BARKER

Essa era a mais leve das punições leves. Uma equipe de carpinteiros qualificados, e havia muitos no acampamento, poderia consertar as estátuas em uma semana. Ájax parecia aliviado, como de fato devia estar, e houve uma agitação geral, um alívio da tensão.

Mas Calcas não havia se mexido. Ele esperou que sua audiência se aquietasse de novo e então falou:

— Ao revelar a vontade dos deuses, corro o risco de ofender um grande líder, um homem preeminente por sua coragem e habilidade na luta. — Ele se voltou para Agamêmnon. — Devo pedir sua proteção, senhor Agamêmnon.

Agamêmnon ergueu a mão.

— Você a tem. Fale sem medo, como os deuses direcionam.

— Amigos — continuou Calcas. (Por acaso ele tinha um único amigo em toda aquela vasta assembleia? Eu duvidava disso.) — Amigos. Todos sabemos que Zeus, em sua misericórdia, deu leis à humanidade que um homem sábio terá o cuidado de obedecer, se quiser ver seus filhos e netos prosperarem. Acima de tudo, Zeus nos deu as leis da hospitalidade, da amizade ao hóspede, o laço sagrado que une anfitrião e hóspede... pelo resto da vida. E também sabemos que esse vínculo, uma vez forjado, sobrepõe-se a todas as outras lealdades. Amigos-hóspedes não têm permissão para matar um ao outro, mesmo que estejam lutando em lados opostos em uma guerra. Alguns de vocês devem se lembrar de que Diomedes encontrou o amigo-hóspede de seu avô no campo de batalha e *muito apropriadamente* se recusou a combatê-lo. Ninguém culpou Diomedes por se afastar daquele encontro, porque o assassinato de um amigo-hóspede nunca é justificado, nem mesmo em uma guerra.

A assembleia ficou muito silenciosa. Eles não conseguiam ver aonde isso estava levando. Diomedes havia sido mencionado, mas apenas para ser exonerado. Ájax, o favorito de todos para o papel de principal ofensor, parecia não ser o alvo...

— Agora chego à parte difícil — disse Calcas. — Todos sabem que, quando o grandioso Aquiles andou entre nós, ele matou Heitor, filho de Príamo, e seu desejo de vingança era tão grande que arrastou o corpo de Heitor de volta para o acampamento, infligindo incontáveis injúrias contra ele. O rei Príamo veio a Aquiles à noite, sozinho, e foi recebido por ele com todos os sinais de cortesia e respeito. Quando Príamo deixou o acampamento, com o corpo de Heitor em sua carroça, Aquiles o acompanhou

222

MULHERES DE TROIA

até o portão, totalmente armado e preparado para defendê-lo até mesmo contra seus companheiros gregos. Não há a menor sombra de dúvida de que o vínculo de amigo-hóspede havia sido forjado entre eles. Esse vínculo passou para o filho de Aquiles, o senhor Pirro, que matou Príamo no altar de Zeus em Troia. Ele matou o amigo-hóspede do pai no altar de Zeus, o deus que deu à humanidade as leis da hospitalidade. Haveria insulto maior ao deus do que isso? Meus amigos, é o próprio Zeus, pai dos deuses e dos homens, que nos mantém presos nesta praia.

Todos os olhares se direcionavam a Pirro agora. Ele parecia confuso, fitando sem expressão de um lado para o outro. Era óbvio que não tinha imaginado, nem por um momento, que esse poderia ser o resultado da assembleia. Observei Automedonte inclinar-se para a frente e colocar uma mão calmante em seu ombro.

Calcas continuou:

— Agora vocês podem argumentar que o senhor Pirro não sabia do vínculo entre seu pai e Príamo, e isso pode muito bem ser verdade, mas uma ofensa cometida por ignorância ainda assim é uma ofensa. Portanto, agora chego ao castigo que Zeus exige. Príamo deve ser enterrado com todas as honras devidas a um rei, mas, antes que a pira seja acesa, o senhor Pirro deve sacrificar seu garanhão preto, um da parelha que conduzia quando ganhou a corrida de biga.

Pirro se levantou de um salto.

— NÃO! Não, seu monte fedorento de merda de cachorro, eu mando você para o inferno primeiro.

Álcimo estendeu a mão para contê-lo. Empurrando-o, Pirro se atirou pela arena, puxando a espada enquanto avançava. Os guardas de Agamêmnon avançavam para proteger Calcas, que se encolheu contra a estátua de Zeus com os dois braços erguidos para proteger o rosto. No último momento, Pirro pareceu hesitar, tempo suficiente para Automedonte agarrá-lo pelos cabelos e puxar sua cabeça para trás. Álcimo se colocou na frente de Calcas, erguendo as mãos para mostrar que estava desarmado, e a uma palavra de Agamêmnon, os guardas recuaram. A essa altura, os mirmídones estavam se fechando em torno de Pirro, que teve de sofrer a humilhação de ser desarmado por seus próprios homens e arrastado para longe.

Ocorreu um tumulto. Por toda a arena, os homens estavam fora de seus assentos, agitando os braços e gritando. Agamêmnon pediu ordem várias vezes antes de conseguir se fazer ouvir. Quando a assembleia finalmente ficou quieta, agradeceu a Calcas por suas palavras de sabedoria, disse que Pirro estava compreensivelmente perturbado; ele era um homem muito jovem e, como todos sabiam, os jovens careciam de julgamento e tinham de ser guiados pelos mais velhos e mais sábios... e assim por diante. Ele tinha certeza de que, quando o senhor Pirro tivesse tempo para refletir, daria ouvidos à razão e obedeceria aos deuses.

Com isso, a procissão de Agamêmnon se refez e saiu da arena, deixando Menelau a contemplar o fato de que seu único aliado restante no acampamento, o homem a quem ele havia acabado de prometer a mão de sua filha em casamento, estava em desgraça. Enquanto isso, os mirmídones, em total desordem, partiram em um grande agrupamento com os cabelos ruivos de Pirro no centro, quase como se estivessem carregando um camarada ferido do campo de batalha. Voltei para dentro do salão, sentei-me em uma das pontas de um banco e repousei meus braços sobre a mesa. Cassandra, que me seguiu, sentou-se à minha frente.

– Então... – disse ela. – O que achou?

Não precisei perguntar o que ela havia achado: suas pupilas estavam tão dilatadas que seus olhos pareciam pretos. Perguntei-me quanto ela influenciou o discurso de Calcas, que em muitos aspectos não parecia ser do estilo dele. Nenhuma interpretação de sonhos; nenhuma referência ao voo dos pássaros... nenhuma águia marinha encalhada à vista.

– Quanto daquilo foi você?

Ela encolheu os ombros.

– E importa? Aprendi a não ser muito apegada às minhas próprias profecias. Só acreditavam nelas quando eu conseguia que um homem as proferisse. – Ela tamborilou os dedos sobre a mesa. – Ainda estou esperando para ouvir o que você achou.

– Não sei. Claro, quero ver Príamo enterrado... Eu só preferiria se Calcas não tivesse misturado isso com vingança pessoal.

– *Pessoal...?* Ah, você quer dizer o cavalo. – Ela estava olhando para mim, seus olhos amarelos mais brilhantes do que eu jamais havia visto. – Não é o bastante, longe disso... mas vou me contentar.

MULHERES DE TROIA

Ritsa e Hecamede nos seguiram para dentro. Hecamede imediatamente começou a se ocupar com os preparativos para o jantar. Nestor estaria de volta em breve.

Eu me levantei.

– Acho que devemos ir.

A multidão diminuía quando saímos do salão, mas decidi caminhar pela praia mesmo assim. Eu sabia que não havia pressa. Álcimo estaria no salão com Pirro e Automedonte, tentando juntar os cacos. Eu não invejava a tarefa. Resumindo, Pirro precisava ser persuadido a obedecer aos deuses – e a sacrificar a única criatura que ele parecia capaz de amar. Exceto por si mesmo. E eu nem tinha certeza quanto à exceção.

31

Vaguei pela praia e, quando cheguei ao acampamento, fui diretamente à cabana das mulheres. A maioria das garotas estava no pátio dos fundos, onde Maire se preparava para dar banho no bebê. Livre de faixas e fraldas, ele estava deitado sobre um cobertor, fazendo barulhinhos e remexendo as pernas. Uma das garotas segurava um lençol de linho para proteger os olhos dele do sol. Tivemos tanta sorte com seu temperamento: ele adormecia no peito, acordava, mamava, dormia de novo. Ele nunca chamava a atenção berrando com cólicas por horas a fio, como tantos bebês primogênitos fazem. Veja bem, tivemos menos sorte em sua aparência. A maioria dos bebês que se vê poderia ser de qualquer sexo, mas não esse: ele era um pequeno brutamontes, até seus dedos curvados pareciam punhos.

Andrômaca saiu e sentou-se ao meu lado, enquanto eu lhe contava o que acontecera na arena. Especulamos sobre o que Pirro faria e concordamos que provavelmente não teríamos de servir vinho no jantar naquela noite. O bebê estava a apenas alguns metros de distância dela, mas ela não olhou para ele em nenhum momento e logo depois voltou para dentro da cabana.

Depois de um tempo, deitei-me, fechei os olhos e voltei o rosto para o sol. As nuvens negras haviam desaparecido, embora o vento ainda soprasse com a força de sempre; ainda assim, era mais protegido ali do que em qualquer outro lugar do acampamento. A tagarelice das garotas desvaneceu na distância; creio que devo ter adormecido, mas de repente despertei, ciente de uma confusão ao meu redor enquanto as meninas lutavam para se levantar. Abrindo meus olhos, vi Pirro imponente acima de mim, acima de todas nós. E lá estava o bebê, arrulhando e gorgolejando

MULHERES DE TROIA

e tentando enfiar o punho na boca. Pirro olhou para ele e vi sua expressão mudar; embora eu duvide que ele realmente tenha percebido o que estava vendo: uma criança nua e obviamente do sexo masculino, mas isso não significava que não se lembraria mais tarde. Era um desastre. Lentamente, eu me levantei. Ele se curvou e perguntou se poderia falar comigo por um momento. Claro, concordei e entramos juntos para a cabana. Estava fresco lá dentro, mas de alguma forma isso só serviu para ressaltar quão grogue e desorientada eu me sentia. Eu não devia ter adormecido.

Havia várias garotas sentadas em suas camas, conversando, uma escovando o cabelo de outra. Elas se viraram quando entramos, parecendo totalmente alarmadas ante a visão de Pirro. Gesticulei minha cabeça para o lado e elas correram para fora.

Pirro disse:

– Álcimo sugeriu que eu falasse com você.

Então: silêncio. Nada. Esperei, em uma tentativa desesperada de pensar em algo, qualquer coisa, para distraí-lo do que ele tinha acabado de presenciar.

– Vamos para o salão? – Era patético, mas o melhor que consegui fazer. – Está tão lotado aqui.

Isso foi ainda menos esperto, já que estávamos em uma sala vazia, mas ele não pareceu questionar, apenas dirigiu-se automaticamente em direção à porta.

Atravessamos o pátio e subimos os degraus da varanda para o salão bem iluminado. Juncos frescos já haviam sido espalhados, e as mesas, postas para o jantar. Os preparativos já deviam estar bem adiantados quando Pirro cancelou. Ele seguiu pela passagem no centro e, é claro, eu o acompanhei. Esperava ser levada até seus aposentos, mas, no último momento, ele pareceu mudar de ideia. Em vez disso, sentou-se à mesa principal na cadeira de Aquiles, enroscando os dedos nas bocas arreganhadas dos leões. Ao lado de seu prato, estava a taça trácia com seu friso de cabeças de cavalo com crinas esvoaçantes. Ele estendeu a mão para pegá-la, entrelaçando seus dedos grossos ao redor da haste.

– Álcimo disse que você estava presente na noite em que Príamo veio.

– Sim – respondi. – Estava.

Ele fez as mesmas perguntas que Calcas fizera. Dei as mesmas respostas. Dessa vez, foi mais difícil para mim o ato de permanecer distante, porque estava na sala onde os eventos ocorreram. Naquela vez, eu estava de pé atrás da cadeira de Aquiles, cansada, com os pés doendo, desejando que a noite acabasse; mas Aquiles, embora tivesse desistido de fingir que comia, ainda estava afundado na cadeira. Ninguém podia ir embora até que ele saísse, mas ele parecia quase entorpecido, como tantas vezes parecera nos dias após a morte de Pátroclo. Uma vez por dia, às vezes duas, ele se levantava para prender o cadáver de Heitor à sua biga e, berrando seu grandioso grito de guerra, arrastava-o três vezes ao redor do túmulo de Pátroclo, voltando ao acampamento com os cavalos espumando, o rosto coberto de sujeira. Lá, ele abandonava o corpo no pátio do estábulo, esfolado, todos os ossos quebrados, mal se podia identificar que havia sido um homem. Às vezes, quando Aquiles cambaleava de volta ao salão, seu rosto estava desfigurado pelos mesmos ferimentos que infligira a Heitor. Ele os viu; sei que os viu, observei enquanto ele se olhava no espelho, levantando as mãos, incerto, para tocar a própria pele.

Pirro escutava atentamente enquanto eu chegava ao fim da história.

– Aquiles disse: "Ah, sim, eu lutaria. Não preciso de um troiano para me ensinar meu dever para com um hóspede".

– Você tem *certeza* de que foi isso que ele disse?

– Foram essas palavras exatas.

– Sim, mas você acha que ele *realmente* teria feito isso? Lutar contra os outros reis… por Príamo?

– Creio que sim. Ele não era homem de dizer uma coisa e fazer outra.

– Bem, então. Acho que tenho que aceitar. Eles eram amigos-hóspedes.

Ele batia no tampo da mesa com as duas mãos, um gesto estranhamente contido que em nada escondia a violência interna.

– Só sinto muito por Ébano. Por que ele tem que morrer? Ele não fez nada de errado.

Ele realmente esperava que eu tivesse pena *do seu cavalo*? Mas o estranho é que de fato senti. Nunca, em nenhum momento, quis ver Ébano morto.

– Tenho que ir – falei.

Ele se levantou de imediato.

– Vou acompanhar você de volta à sua cabana.

– Ah, não precisa, ainda está claro.

Ele parou nos degraus e me observou cruzar o pátio. Fiquei feliz por ele não ter insistido em me acompanhar até minha porta. Assim, esperei

MULHERES DE TROIA

que ele entrasse e, em seguida, me esgueirei para a cabana das mulheres, onde encontrei as meninas reunidas em torno de Maire, que parecia apavorada, como era de se esperar. Tive uma conversa breve e urgente com Andrômaca e Helle. Concordamos que tínhamos de tirar o bebê dali. Foi bom conversar com elas. Por mim, acho que teria ficado paralisada por medo de uma reação exagerada, de criar um problema ao tentar resolver outro. Ao fugir, Maire se exporia a todas as punições infligidas aos escravos fugitivos, e eram brutais. Foi um alívio saber que as outras concordavam quanto aos perigos. Pirro era um homem raivoso e vingativo, capaz de grande generosidade, sim, e corajoso, mas também brutal. Matar o bebê de Andrômaca, aquilo ocorrera logo após a batalha e sob ordens diretas de Agamêmnon. A pressão para obedecer teria sido imensa. Mas Amina...? Que desculpa havia para isso, de verdade? Não, não tínhamos motivos para confiar nele. Se ele fosse forçado a sacrificar Ébano, e eu não conseguia ver como ele se livraria disso, sua reação seria espalhar a dor para o máximo de pessoas possível. Tendo sido humilhado publicamente, ele desejaria reforçar sua autoridade sobre seus homens, e sobre as escravas que mentiram para ele, *de novo*, e o desafiaram, *de novo*. Eu não acreditava que poderíamos esperar qualquer misericórdia da parte dele. De algum modo, teríamos de tirar o bebê dali, e teria de ser feito naquela noite, enquanto todos no complexo estivessem preocupados com os aspectos práticos de enterrar Príamo. Então, concordamos e nos separamos. Helle foi dar a notícia a Maire, e voltei para casa a fim de esperar, já que nada poderia ser feito antes de escurecer.

32

Depois de observar a mulher, Briseida, atravessar o pátio, Pirro volta para o salão. Lamparinas e velas lançam círculos de luz sobre pratos vazios... Ele deveria estar com fome a essa altura, na verdade, deveria estar faminto, não tinha comido nada desde a refeição matinal; mas não está. Na verdade, sente-se um pouco enjoado. *Mova-se*, ordena a si mesmo, mas seus pés criaram raízes. Tirando a familiaridade dos olhos, ele percebe sombras lutando nas vigas, a mesma batalha que lutam todas as noites, criando uma sensação de conflito, por mais agradável que seja a reunião abaixo. Não que fossem sempre agradáveis. Ele está tendo esses pensamentos triviais e superficiais, para que não tenha de pensar em...

Ele deve estar quase exatamente onde Príamo esteve naquela noite, olhando salão adentro para um homem sentado em sua cadeira, entorpecido como um lagarto em um dia frio. Ainda assim, perigoso: da letargia à fúria assassina em segundos. Quanta coragem deve ter sido necessária para começar aquela caminhada pela passagem entre as mesas, uma parede de costas musculosas de cada lado.

Pirro começa a seguir os passos de Príamo pelo corredor em direção à cadeira vazia no final, embora não pareça se mover, é mais como se a cadeira *viesse* em sua direção. O rapaz para em frente a ela, contempla a impossibilidade de se ajoelhar como antes Príamo se ajoelhara. Ele segurou os joelhos de Aquiles – a posição de um suplicante – e disse: "Faço o que nenhum homem antes de mim jamais fez: beijo as mãos do homem que matou meu filho".

MULHERES DE TROIA

E é aí que Pirro se perde. Por completo. Até aquele ponto, ele pensa compreender. Príamo demonstrou imensa coragem ao se dirigir, sozinho e desarmado, até o acampamento grego, e Aquiles teria sido comovido por isso. Ele sempre teria sido comovido pela coragem. Mas são essas de fato as palavras de um homem corajoso? Soam mais como desistência. No entanto, é nesse ponto que o comportamento de Aquiles começa a mudar. De repente, convida Príamo para seus aposentos privados, trazendo o melhor vinho, servindo-o no jantar, ao que parece, como um servo comum. Por que ele não chamou Álcimo e Automedonte para o quarto, não deixou que eles fizessem aquilo? Era trabalho deles servir a um hóspede real. E aí está, a palavra "hóspede". Ele não era um hóspede! Era um intruso, apenas entrou vindo do pátio. E, no entanto, o próprio Aquiles havia usado a palavra "hóspede"...

Esse era um ponto sobre o qual todos pareciam concordar, que Aquiles e Príamo haviam começado a noite como inimigos e a encerrado como amigos – amigos-hóspedes –, a ponto de Aquiles estar preparado para lutar contra seus companheiros gregos em busca de defender Príamo. Como um único encontro podia jogar um homem numa rota diferente daquela que ele vinha tomando, com resolução tão invariável, até então? Pirro não entende. Ele conversou com Álcimo, com Automedonte e agora com Briseida: sabe exatamente o que aconteceu naquela noite, mas não entende nada. Como seu pai, que havia sido o flagelo dos troianos nos últimos nove anos, pôde se tornar amigo de Príamo? Até mesmo oferecendo ajuda quando Troia caísse. No canto mais profundo e escuro da mente de Pirro está o pensamento de que, se tivesse sobrevivido, Aquiles teria defendido Príamo nos degraus do altar.

Enfim, *onde* estão todos? Ele olha ao redor do salão vazio, então se lembra de que cancelou o jantar. Muito bem... Essa é uma noite para ficar sozinho, porque amanhã... Amanhã... Todo mundo diz que é o que os deuses exigem. *Não, não é porra nenhuma.* É o que Agamêmnon exige. Nem isso – é o que Calcas exige. *Devia ter matado o bastardo, não apenas chutado sua bunda. Ah, bem, agora é tarde demais...*

O salão, com seus ecos indecifráveis, é insuportável, então ele vai para seus aposentos onde, como sempre, alguém deixou queijo e vinho. Ele se serve de uma caneca, bebe um gole, estende a mão para a jarra e sente

PAT BARKER

o espelho ganhar vida atrás de si. Recusando-se a prestar atenção, ele se serve de mais vinho e...

Entedi*ante!* Entedi*ante!*

Lentamente, abaixa a caneca.

Não, vá em frente, vá em frente, faça o que você sempre faz!

Pirro não pode mais ignorar. Então, vira-se e caminha em direção ao espelho, mas, em vez de seu reflexo ficar maior à medida que se aproxima, diminui até que seja pouco mais do que um ponto de luz. Antes, não muito tempo atrás, ele costumava colocar a armadura de Aquiles e ficar na frente do espelho, estreitando os olhos até que a imagem à sua frente se borrasse e fosse possível acreditar que o homem parado ali era o próprio Aquiles. Ele é a cópia do pai; todo mundo diz que é. Agora, porém, o que vê é um homúnculo zombeteiro. Ele sabe perfeitamente bem que não é Aquiles ou qualquer outra manifestação do além-vida. É *ele,* uma lasca cortada de seu próprio cérebro.

Não pode correr para o papai agora, pode?

Nunca pôde.

Ah, deve ser difícil ser órfão. É claro, não há outras crianças sem pai na Grécia, não é? Pelo amor de Deus, cara, controle-se.

Ele o fica encarando, esse homúnculo debochado cujo rosto é uma caricatura do seu próprio. De repente, lembra-se de algo horrível, essa é uma das coisas que esta criatura faz melhor, desenterrar recordações dos sedimentos nas profundezas de sua mente, e nunca são boas lembranças. Após a primeira tentativa de enterrar Príamo, Heleno havia sido trazido para interrogatório. O homem já havia sido torturado antes, por Odisseu; ele estava se atropelando para contar a eles tudo o que sabia, o que era nada. No entanto, Pirro ainda assim sacara sua adaga e a girara pensativamente, sem parar, o movimento encontrando uma luz azul na lâmina. Ele havia notado, sem aparentar notar, o medo no rosto de Heleno, a tensão em seus músculos. Não houve necessidade de usar força, mas ainda assim ele pressionou a adaga na barriga de Heleno, apenas um pouco, apenas o suficiente para fazer um fino fio de sangue escorrer. Nenhum dano real, dor mínima, mas não havia necessidade disso. No momento, ele sente vergonha da ação, vergonha da emoção que sentiu, e sente mais uma vez, ao se lembrar do arquejo involuntário de Heleno. Uma coisa pequena e mesquinha de se fazer, totalmente indigna do filho do grandioso Aquiles.

Mas isso é bem sua cara, não é? Menino maldoso arrancando asas de moscas. Você lembra que fazia isso?

Não tenho de dar ouvidos a você.

Ah, mas você me escuta, não é? E sempre vai escutar.

Reunindo todas as suas forças, ele vira as costas para o espelho, agarra sua capa e sai para a noite.

Lá fora, respirando o ar fresco da noite, ele faz uma pausa. Os estábulos? Não, embora anseie por um tempo com Ébano, tem muito medo da dor. Mais tarde, talvez – ou amanhã de manhã, antes de tudo, então irá até lá, supervisionar a preparação da pasta com a droga, melhor ainda, prepararia ele mesmo, cuidar de Ébano, trançar sua crina… mas não agora, não esta noite. Hoje à noite, ele quer…

O que ele quer? Um castigo. Uma resposta surpreendente, já que ele não sabe qual crime supostamente cometeu e não aceita que de fato seja culpado. Como poderia saber sobre a amizade ao hóspede entre Príamo e Aquiles? Uma ofensa cometida por ignorância ainda é uma ofensa. Sem desculpas, sem concessões, sem misericórdia; os deuses não são nada além de implacáveis. Castigo, então. Mas deveria ser para ele, não para Ébano.

Ele não quer companhia e, de qualquer forma, não há muitos lugares no acampamento onde seria bem-vindo no momento. Dirige-se para o mar. Seguindo o caminho pelas dunas, tem consciência de mais uma vez seguir os passos de Aquiles, conforme faz por onde quer que passe no acampamento. Como seria escolher o próprio caminho…? Isso nunca foi possível. Chegando à praia, vê uma enorme onda explodir em trovões e nuvens de espuma e, atrás dela, outras ondas já se formam. Na beira da água, retira as sandálias, deixa a túnica cair ao redor dos tornozelos e se prepara por alguns minutos de frio extremo antes que o mar o vomite de volta à terra seca. Para *ele*, nada de saltar sobre as ondas como um golfinho. Pirro vadeia um pouco, sente o choque da onda crescente contra seus joelhos e, em seguida, à medida que ela recua, a areia escorrega entre os dedos dos pés. Será que mesmo o grande Aquiles teria nadado em tal mar? Ah, sim, claro que sim, e também teria gostado! Pirro se afasta um ou dois centímetros mais fundo, enquanto o mar flexiona seus músculos para o próximo ataque…

– Eu não faria isso se fosse você.

Uma voz calma e divertida. Pirro gira e quase tomba quando a onda seguinte o atinge. Não consegue enxergar nada. De maneira ridícula, ele leva a mão aos olhos como se os protegesse do sol, embora seja a lua que está branqueando as pedras molhadas a seus pés. A figura sombria olhando para baixo do topo de uma encosta íngreme de cascalho parece ter pés realmente gigantescos. Pirro estremece um pouco, embora, um segundo depois, perceba que é apenas Heleno com os pés ainda envolvidos em várias camadas de trapos. É uma estranha coincidência vê-lo tão pouco tempo depois de se lembrar de enfiar uma faca em sua barriga (embora apenas um pouco, não podia ter doído, ou não muito) e a estranheza o faz ficar quieto. Ele espera que Heleno fale, mas Heleno, talvez achando o silêncio ameaçador, já está recuando.

– Não, não vá – pede ele. No mesmo instante, Heleno para. – O que faz aqui?

Isso soa como o início de outro interrogatório, a última coisa que ele pretende.

– Na verdade, vim lavar meus pés.

– Sério?

– Sim, bem, sabe… O sal ajuda.

– Suponho que sim.

Cautelosamente, Heleno se senta e começa a desenrolar os trapos. Depois de hesitar um pouco, Pirro sobe a encosta em sua direção, mas devagar, sem se aproximar muito.

– Pode ser melhor deixar que eles tomem um ar.

Heleno flexiona os dedos dos pés.

– Sim, acho que você está certo.

A pele se cura; a mente, não. Pirro sabe que é hora de encerrar esse encontro constrangedor, embora diga a si mesmo que foi Heleno quem começou, ele não precisava ter dito nada. Mas, agora, está curioso para saber por que ele o fez. Então, contrariando seu bom senso, observa enquanto Heleno entra, estremecendo quando uma onda faz espuma ao redor de seus tornozelos. Ele não fica firme de pé, embora vá um pouco mais além antes de se virar e lutar para voltar à beira d'água. Num impulso, Pirro estende o braço e oferece a mão. Heleno a agarra, rindo de vergonha de sua fraqueza, e se deixa ser puxado para terra firme. Sem fôlego com o esforço, ele coloca as mãos nos joelhos. Ele tem a pele muito escura, com

MULHERES DE TROIA

muitos pelos nas pernas, os quais a água enrolou em meias-luas e círculos, bem parecido com o padrão que as algas marinhas formam sobre as rochas. Exatamente igual aos padrões que certos tipos de algas marinhas formam sobre as rochas. De algum modo, ver essa semelhança abre um espaço na mente de Pirro e ele começa a relaxar, a se abrir um pouco.

– Eles parecem muito melhores. – Um comentário ridículo, já que é a primeira vez que os vê. Nada do que diz parece sair direito.

– Estou andando um pouco melhor. – Heleno olha para o mar e depois para Pirro. – Você vai nadar?

– Não, acho que vou passar desta vez.

– Muito sábio. – Há uma ligeira hesitação. – Grande dia amanhã.

Tentando manter a voz neutra, Pirro diz:

– *Você* deve estar satisfeito.

– É a coisa certa a se fazer.

– Não preciso que um troiano… – Ele engole as palavras. – Não é fácil, entende, ser filho de Aquiles.

Heleno bufa.

– Você acha que é fácil ser filho de Príamo? Pelo menos você não traiu seu pai.

– Não tive a chance, não é? Nunca conheci o filho da mãe. – Mas isso é brutal demais, honesto demais; assusta-o de volta à sua caverna. – É melhor eu ir. Ainda há muito o que fazer.

Pirro pega sua túnica e sandálias e começa a passar por Heleno, que coloca a mão em seu peito para detê-lo.

– Lamento pelo cavalo. Eles eram uma excelente parelha.

Dane-se a parelha. É Ébano. A dor é insuportável. Ele balança a cabeça bruscamente e se afasta, embora tenha percorrido apenas alguns metros quando Heleno diz:

– Quando o grandioso Aquiles estava vivo, ele desafiou até os deuses.

Sem nem mesmo se virar, Pirro grita por cima do ombro:

– Como *você* saberia?

– Todo mundo sabe.

Pirro apenas balança a cabeça e acelera o passo. Ele tem de se afastar do mar, da areia e das nuvens negras que tornam a lua uma viúva, de volta ao *seu* mundo: palha e feno, os cheiros de couro e de sabão de sela, o calor do ombro de Ébano, a curva forte de seu pescoço. Chegando aos estábulos, ele os encontra desertos. Onde estão todos os cavalariços? Provavelmente no promontório. Todos eles? Quantos homens são necessários para construir uma pira funerária? Só que não é a construção que está demorando, e sim o transporte das toras. Ele percebe que as baias dos cavalos de carga estão vazias. De qualquer forma, não importa que os homens não estejam ali; os cavalos foram alimentados e têm água, estão todos acomodados para a noite, e ele prefere estar sozinho de qualquer maneira. Embora, enquanto pensa isso, o garoto tolo sai correndo da sala de arreios, cuspe voando, gaguejando em sua ânsia por ajudar. Pirro acena para que ele vá embora e caminha ao longo da fileira de baias. Ébano relincha uma saudação. Pirro escolhe algumas maçãs murchas de um saco perto da porta e dá uma a Fênix primeiro, como sempre fingindo uma igualdade de amor que não sente. É um mistério por que determinados cavalos são especiais e outros não. Rufo era. Ébano é.

Atravessando o corredor estreito, ele estende uma maçã na palma da mão e devagar, delicadamente, Ébano a pega. Há muita mastigação, uma espuma de saliva verde nos cantos da boca, seguida de vários acenos e sacudidas da grande cabeça: *Mais!*

– Só uma, então, mas essa é a última. Você tem seu feno.

Não poderia haver muitas guloseimas extras, porque a rotina de Ébano deveria ser mantida o mais normal possível até o momento em que Pirro erguesse a espada. Ébano pega a maçã seguinte de sua palma. Agora há baba verde nos dedos de Pirro; ele a limpa na túnica, pega um punhado de palha limpa e começa a esfregar Ébano. Não é necessário, a pelagem de Ébano brilha, como sempre, ele é mais bem cuidado do que muitas crianças, mas Pirro gosta de fazer isso. Seu corpo se curva com as braçadas e ele se entrega ao prazer. Há algo hipnótico nisso; Ébano sente também, pequenas contrações e tremores percorrem sua pele. *Ele* não se arrepende do passado nem teme o futuro, mas no fundo da mente de Pirro, há sempre o pensamento do que a manhã trará.

Faltam apenas algumas horas.

Mesmo enquanto passa a mão pelo pescoço de Ébano, ele calcula o ângulo exato e a força do corte, porque dessa vez não deve haver nenhuma trapalhada desastrada e vergonhosa. Ébano não deve morrer como Príamo morreu.

MULHERES DE TROIA

Por fim, Pirro joga a palha no chão e recua. Ele gostaria de passar a noite nos estábulos, sentar-se com as costas contra a parede e dormir o quanto conseguisse, mas não pode se permitir fazê-lo. Ele precisa estar descansado e Ébano precisa de sua rotina normal. Amanhã de manhã, bem cedo, ele virá e supervisionará a preparação da pasta com a droga, embora se pergunte se é realmente necessário. Vendo uma multidão reunida no promontório, Ébano talvez pense que é o início de outra corrida? Ele adora correr e, como nunca foi maltratado, não terá medo, mesmo quando Pirro levantar a espada.

Quando o grandioso Aquiles estava vivo, ele desafiou até os deuses. Ele se pergunta o que Heleno quis dizer com isso, se realmente estava sugerindo que Ébano não precisava morrer. Se estava, é um tolo. Apenas a loucura e a ruína aguardam um homem que desafia os deuses. *Aquiles os desafiou.* Descansando a cabeça contra a de Ébano, Pirro sopra suavemente em suas narinas dilatadas, como antes, muito tempo atrás, costumava fazer com Rufo.

– Desculpe, Ébano – pede ele. – Desculpe, desculpe, desculpe. *Eu não sou esse homem.*

Poucos minutos depois, tropeçando às cegas pelos degraus da varanda até a porta principal do salão, ele não nota um homem encolhido nas sombras, por isso é um choque quando ele se move. Heleno, é claro. Ele não tem tempo para isso agora; não tem paciência.

– O que você *quer*?

– Nossos pais eram amigos-hóspedes. Isso quer dizer que nós também somos. O mínimo que você pode fazer é me oferecer um pouco de comida.

Pirro, com a boca já aberta para recusar, olha para Heleno e vê que ele está com frio, com fome, assustado e sozinho. Então, lembra-se do vazio de seus aposentos: do espelho debochado e da lira silenciosa. Sério, o que mais ele vai fazer? Então, dá um passo para o lado, abre a porta um pouco mais e deixa o futuro entrar.

33

Lá fora estava finalmente escuro. Antes de sair da cabana, enchi uma tigela com amoras e acrescentei um bocado do mingau pegajoso no qual os soldados gregos eram inexplicavelmente viciados. Encontrei Maire sentada em sua cama com o bebê sugando seu peito. Helle pairava atrás dela.

— Fique quieta um minuto. — Esmaguei algumas amoras-pretas contra a lateral da tigela, misturei-as na pasta cinza e comecei a colá-las em seu rosto e peito. Não muitas, mas suficiente para persuadir os curiosos a dar um passo para trás.

— O que é isso? — Helle perguntou.

— Peste.

— *Peste?* Não parece nem um pouco.

— Você tem alguma ideia melhor?

Maire me entregou o bebê enquanto estendia o xale para envolvê-lo. Senti seu peso quente em meus braços e uma leve umidade contra meu peito. Olhando para baixo, vi seus olhos começando a fechar. Dormir, comer, dormir de novo. Havia finas veias azuis em suas pálpebras e uma pequena bolha acinzentada de mamar no lábio superior dele. Quando Maire estava pronta, eu o devolvi e senti um vazio frio onde antes estava seu calor. As meninas se aglomeraram ao redor de Maire para se despedir, espiando nas dobras do xale para ver o rosto do bebê pela última vez. Uma ou duas delas choravam; elas investiram tanta esperança naquela criança, muita, muita mesmo, até demais. Todas nós tínhamos.

Quando Maire estava envolta em seu manto preto, eu a orientei a dizer um último adeus e fui esperar na porta. Andrômaca se aproximou e me

MULHERES DE TROIA

desejou boa sorte. Eu me perguntei se ela estava secretamente satisfeita com a partida de Maire e do bebê. A surpresa, como sempre, foi Helle, que nos seguiu até a varanda.

– Vou junto – anunciou ela, em um tom que dizia que não toleraria discordância. – Ah, não para ficar, sei que não vou poder ficar. Mas estaremos mais seguras em grupo... e, de qualquer maneira, tenho isto.

Ela puxou a capa e vi que segurava uma faca, um objeto de aparência perversa com cabo de osso e lâmina comprida. Ela deve ter roubado do salão em uma das noites em que dançou depois do jantar. Não achei nada reconfortante. Helle era forte, mas não era páreo para um soldado grego; pensei que ela estaria apenas lhes entregando uma arma, e ela tinha uma imagem marcante, capaz de atrair a atenção de qualquer passante. Senti que Maire e eu estaríamos mais seguras por conta própria. Mas ela queria vir, e eu não podia lhe negar a chance de passar mais alguns minutos com a amiga.

– Está certo – concordei com relutância. Percebi que esperavam que eu mostrasse o caminho. Elas não tinham saído da cabana desde sua chegada, exceto para as curtas travessias de Helle pelo pátio até o salão, então não faziam ideia da disposição do acampamento.

– Vamos seguir ao longo da praia – falei. – Vamos, por aqui.

– Aonde estamos indo? – Helle perguntou.

– Estou levando-os para Cassandra.

– Você confia nela, é?

– Não, mas acho que ela vai concordar em ajudar. E ela tem algum poder.

Refleti muito bem sobre o assunto. Ritsa e Hecamede teriam ajudado se pudessem, mas, sendo realista, o que elas podiam fazer? Tinha de ser Cassandra.

Mantendo-nos nas sombras o máximo que podíamos, subimos margeando o pátio. Eu estava tensa com medo de que o bebê acordasse de repente e chorasse. Quando passamos por um círculo de luz de tochas, percebi que ele estava acordado, mas não se moveu nem fez nenhum som. Talvez o movimento de caminhar o acalmasse, ou talvez, como tantos animais jovens, ele soubesse ficar quieto quando havia predadores por perto. Logo deixamos a luz das tochas e as fogueiras de cozinhar, seguindo pela trilha que levava à praia. A lua ficava desaparecendo atrás de nuvens escuras, mas a escuridão não me incomodava. Essa era uma das trilhas que

239

eu costumava seguir, antes do amanhecer e às vezes tarde da noite, nos meus primeiros dias no acampamento. Normalmente, não a essa hora, porque estaria servindo vinho no salão.

Quando saímos para a praia, comecei a relaxar um pouco, mas então imediatamente congelei porque havia dois homens parados à beira d'água. Um havia vadeado um pouco e parecia estar se preparando para nadar. Ouvi suas vozes entre o quebrar das ondas, mas não consegui distinguir as palavras. Um deles parecia um pouco com Pirro, mas eu não tinha certeza porque, à luz da lua, seus cabelos pareciam pretos. Não ousei me mover, por medo de atrair a atenção deles, mas precisávamos fazer uma pausa de qualquer maneira: Maire estava ofegante. Ela não teria sido uma mulher em boa forma na melhor das hipóteses, e perdeu muito sangue após o parto. Virando à minha direita, olhando para o promontório, vi formas escuras de homens com tochas se movendo, suas sombras enormes treme-luzindo na grama. Eles estariam construindo a pira funerária de Príamo. À minha esquerda, espiando com cautela para fora da sombra da trilha das dunas, vi que o caminho estava livre. Um dos homens na beira d'água pegou sua túnica e se afastava. Depois de um tempo, o outro também se levantou e o seguiu.

Maire respirava com mais facilidade agora.

– Vamos – incentivei-as. – Vamos continuar.

Considerando que a beira d'água era exposta demais, conduzi-as ao longo da linha de navios atracados que circundavam a baía. Nós nos movemos em corridinhas rápidas, disparando de um trecho de sombra para o próximo. Desde o momento em que cheguei ao acampamento, a vibração incessante do cordame contra os mastros assombrou meus sonhos. Pareceu-me na época o som de uma mente à beira da loucura, mas eu estava mais forte agora, e focada apenas em deixar Maire e seu bebê em segurança, ou o que passava por segurança naquele acampamento. Não havia garantias para ninguém.

Quando chegamos ao nível da arena, um bando de soldados, muitos carregando tochas, irrompeu de entre os navios e se espalhou pela praia. A maioria saiu correndo, provavelmente a caminho do próximo acam-pamento em busca de uma bebida, mas três retardatários nos notaram paradas à sombra dos cascos. Um deles se demorou por um momento, mas depois deu de ombros e foi embora.

MULHERES DE TROIA

– Olá, garotas!

O homem diante de mim estava magro, suado e muito, muito bêbado. Nem desagradável nem ameaçador, ou ainda não. Não havia como contorná-lo, também não havia como voltar. Na verdade, estávamos presas no espaço estreito entre duas naus. Coloquei o braço ao redor de Maire e fiz uma cena fingindo que a estava ajudando a ficar de pé. Helle fez o mesmo, mas a senti enrijecer e esperava que ela não estivesse pegando a faca.

– Estamos indo para o hospital – disse eu. – Ela está com febre. Eu não chegaria muito perto.

Ele olhou para Maire, que estava suando e ofegante. Ela nem precisava atuar, meia hora tropeçando na areia solta levou-a ao limite.

– Acho que pode ser a peste.

Aproveitando a deixa, Helle puxou o manto de Maire para longe de seu rosto e pescoço, enquanto eu agarrava o xale para garantir que o bebê ficasse escondido. Vistas à luz de tochas, à sombra dos navios, as crostas roxas que eram tão pouco convincentes na cabana pareceram perfeitamente aterrorizantes. O medo da peste era uma característica constante da vida no acampamento; menos de um ano antes, houve um surto muito grave e a maioria dos homens conheceria alguém que morreu disso na época. O homem estacou.

– Vamos! – gritou o homem atrás dele. – Deixe pra lá.

Ele se virou e fugiu, mas, quando alcançou uma distância segura, parou e nos desejou boa sorte. Com o canto do olho, vi o brilho da faca de Helle.

– Esconde essa porcaria!

Embora eu tenha de admitir, me sentia melhor com ela ali. Teria sido mais difícil lidar com Maire e o bebê sozinha. Naquelas condições, acabei carregando o bebê, enquanto Helle apoiava Maire. Felizmente, não encontramos mais ninguém. Ouvimos gritos e cantoria vindos dos homens bebendo em volta das fogueiras de cozinhar, embora eu achasse que estavam mais contidos do que o normal. Ninguém sabia bem o que esperar no dia seguinte. Enfim, chegamos ao acampamento de Agamêmnon. Pela primeira vez, não tive tempo de pensar na sensação de desolação que sempre me atingia no momento em que atravessava os portões. O hospital ficava bem à frente, as lamparinas internas fazendo a lona brilhar. Deixando as outras do lado de fora, passei por baixo da abertura e procurei Ritsa. Havia duas mulheres no banco enchendo jarros de vinho, mas nada de

Ritsa. Ela devia estar com Cassandra; eu não conseguia pensar em nenhum outro lugar onde ela pudesse estar.

Sons de pessoas comendo e bebendo, cantos esporádicos, risos e um barulho de panelas e pratos vinham do salão de Agamêmnon, mas o pátio externo estava silencioso. Bati à porta de Cassandra. Uma serva atendeu e estava visivelmente relutante em nos deixar entrar, mas então ouvi Cassandra perguntando: "Quem é?". Falei meu nome e um momento depois a serva nos convidou a entrar. Maire e Helle pararam, incertas, perto da porta enquanto segui para os aposentos a fim de falar com Cassandra. Encontrei-a com os cabelos soltos, vestindo uma túnica amarela que não combinava com ela, e o colar de minha mãe.

– O que é?

Ela não me fitou nos olhos e tive a impressão de que ela tinha vergonha de ser vista assim: vestida para excitar e seduzir, e por pura falta de prática não fazia isso muito bem. Claro, o jantar no salão acabaria em breve; ela estaria esperando um chamado para ir à cama de Agamêmnon. Imaginei como ela se sentia sobre isso. Era muito bom se ver atravessando os portões de Hades, coroada de louros, sendo saudada como uma conquistadora por todos os mortos de Troia, mas ainda precisaria aguentar ficar deitada muitas vezes enquanto Agamêmnon bufava e suava em cima dela primeiro. Mas talvez ela não se importasse? Talvez até gostasse. Ela não escolheu ser uma sacerdotisa virgem; Hécuba fizera essa escolha por ela.

Eu estava prestes a explicar por que estava lá, quando Ritsa, que devia ter ouvido minha voz, entrou trazendo um diadema e um véu. Cassandra gritou com ela mandando que os largasse.

– Bem? – disse ela, voltando-se para mim. – O que posso fazer por você?

Seu tom estava a um fio de ser hostil.

Expliquei o problema e, pensando que o bebê poderia interceder melhor por si próprio, chamei Maire e Helle para que entrassem. Maire havia tentado limpar as "feridas" de amora e então seu rosto estava agora totalmente roxo. Helle estava parecendo truculenta. Cassandra olhou para elas, colocando-as no mesmo instante em uma categoria muito abaixo de sua atenção. Maire afastou as dobras do xale de cima do rosto do bebê, obviamente pensando que a imagem dele poderia fazer Cassandra sentir pena. Seu olhar cintilou sobre ele, por um momento, mas sua expressão era difícil de decifrar. Ela deve ter desistido da esperança da maternidade

MULHERES DE TROIA

anos antes; e já que claramente acreditava em sua profecia de que ela e Agamêmnon morreriam em breve, não havia perspectiva disso no futuro também. O que um bebê poderia ser para ela senão fonte de dor e, talvez, arrependimento? Achei que poderia até endurecer o coração dela contra nós. Mas, na verdade, ela apenas se virou, pegou o diadema e começou a mexer nele, distraída.

– Ah, bem – disse ela, por fim. – Acho que ela poderia trabalhar na cozinha.

Lançou um olhar para Ritsa.

– Pode cuidar disso?

Ritsa olhou para mim e então, abrindo os braços como se estivesse pastoreando gansos, arrastou Maire e Helle porta afora.

Talvez Cassandra esperasse que eu fosse com elas, mas em vez disso me sentei diante dela. Eu queria dar a Helle bastante tempo para dizer adeus à amiga. Esperei até ouvir a porta da frente fechar.

– Você não serve vinho no jantar, então?

– Eu sou a *esposa* dele.

– Ah, sim, claro – falei. – Bem diferente.

Lá estávamos nós, duas mulheres que compartilharam a cama de Agamêmnon. Tínhamos de conversar, porque as boas maneiras exigiam, mas a conversa seguia aos tropeços, sob o peso das coisas que não dizíamos. Ela não conseguia olhar para mim. Duvido que Cassandra alguma vez tivesse tido uma conversa íntima com outra mulher. Por fim, após uma pausa constrangedora, ela disse:

– Como foi para você?

– Brutal.

Ela lançou um olhar em minha direção.

– Ele estava com raiva de Aquiles. Ele descontou em mim.

– Todas as vezes?

Eu ri.

– Foram só duas vezes. E então ele se pôs de pé na arena e jurou por todos os deuses que nunca tinha tocado em mim.

– Aquiles acreditou?

– Não! – Olhei para ela. – Você é esposa dele, você está certa, não é a mesma coisa.

– Calcas diz que o casamento é ilegal.

243

PAT BARKER

– É legal, se Agamêmnon disser que é. Ele *é* a lei.

Eu estava tentando dar a Ritsa tempo suficiente para acomodar Maire. Só esperava que desse certo, que a cozinheira de Agamêmnon não fizesse objeções, mas elas sempre pareciam precisar de mais pessoas e Maire tinha experiência com o trabalho de cozinha. Agamêmnon nem saberia que ela estava lá. Eu estava mais preocupada com Helle. Ela não era mulher de fazer amigas com facilidade; essa não seria uma perda qualquer. Mas, na verdade, eu estava achando Cassandra com esse humor espinhoso e defensivo um tanto difícil de aguentar. Foi um alívio quando a porta se abriu. Levantei os olhos esperando ver Ritsa, mas era a empregada repassando o chamado de Agamêmnon. Cassandra se levantou, olhando, impotente, para o diadema e o véu. Eu os peguei e comecei a prendê-los no lugar. Ela parecia agitada: as luzes vermelhas dentro das opalas se agitavam a cada respiração. Nossos rostos estavam a meros centímetros de distância, mas ela suportou meus dedos em seus cabelos, minha respiração em sua pele, e conseguiu passar por toda aquela situação constrangedora sem olhar uma única vez nos meus olhos.

– Tenho certeza de que Ritsa voltará logo – disse ela, recuando para uma distância mais confortável. – Pode esperar.

Depois que ela se foi, sentei-me sozinha à luz da lamparina até que Ritsa e Helle voltaram, sem Maire.

– Não se preocupe com eles, vão ficar bem. Vou ficar de olho neles, e a cozinheira não é má pessoa.

Abracei-a, desejando que tivéssemos mais tempo para conversar, mas sentindo a pressão de levar Helle em segurança de volta para a cabana das mulheres. Ritsa veio conosco até a porta e acenou para nós.

Seguimos pela praia, mantendo-nos o máximo possível ao abrigo dos navios. A lua ia e vinha sobre a superfície da água. Helle ainda não tinha se pronunciado. Se fosse uma das outras garotas, eu teria colocado uma braço em volta dela, abraçando-a, talvez, mas não dava para fazer isso com Helle. O corpo que ela treinava com tanto afinco e exibia com tanta arrogância não era para ser tocado. Era uma armadura, pensei, em vez de carne.

Despedimo-nos à porta da cabana das mulheres. Eu não estava com vontade de entrar e Helle podia lhes contar sobre o ocorrido. No último

MULHERES DE TROIA

instante, quando estava prestes a cruzar a soleira, ela olhou para trás e ergueu o punho cerrado. *Conseguimos*, ela parecia dizer. *Nós os livramos.*

Ela claramente pensava que estavam seguros agora. E talvez estivessem. De qualquer forma, estavam mais seguros do que estariam se tivessem ficado no complexo de Pirro.

34

As mulheres não costumam ir a funerais, então eu não esperava ir ao de Príamo. Desde o início da manhã, o acampamento fervilhava de expectativa. Os mirmídones haviam construído uma enorme pira no promontório perto das pastagens dos cavalos. A armadura de Príamo fora tirada do depósito e polida até brilhar. Para mim, sentada sozinha em minha cabana, esse deveria ter sido um dia de verdadeiro consolo, embora parco; porém, em vez disso, eu me sentia cada vez mais agitada. Eu não sabia onde queria estar, então, no fim, decidi que apenas sairia e caminharia ao longo da costa. Pensando em Príamo. E em Amina também.

Normalmente, àquela hora do dia, a praia estaria deserta, mas naquele dia estava escura com uma multidão de homens reunidos à beira d'água a fim de se purificar. A maioria esfregava óleo no próprio corpo. Em geral, depois de um banho quente, é algo agradável de se fazer, mas ali fora, com o vento atirando areia para todos os lados, areia que grudava no óleo e tinha de ser dolorosamente raspada, com um mergulho em um mar frio pontilhado de espuma amarela suja a seguir… não é tão agradável. Alguém iniciou o canto de um hino a Zeus, mas a voz do cantor foi abafada por uma cacofonia de gritos conforme a água salgada batia contra pele esfolada.

Eu me abriguei perto dos navios e observei, mas depois de um tempo meu autoisolamento intencional pareceu egoísta. Havia outras pessoas no acampamento que tinham mais motivos para sofrer do que eu. Hécuba, por exemplo. Hécuba, mais do que todos. Então, dando as costas para a praia, que agora estava mais lotada do que o acampamento, fui até a cabana dela. Ela estava fora da cama, vestindo uma túnica limpa, com

MULHERES DE TROIA

duas manchas de agitação em suas bochechas encovadas. Pouco tempo antes, eu às vezes pensava que ela não viveria mais um dia, mas não havia contado com a força de vontade que a sustentava. Ajoelhei-me para tocar seus pés; quando me levantei, ela me puxou para seus braços e me abraçou. O topo de sua cabeça mal alcançava meu queixo.

– Mandei chamar Odisseu – disse ela, alisando o cabelo para se certificar de que estava arrumado.

Mandou chamar? Ela era escrava dele. Observando seus olhos febrilmente brilhantes, achei que enfim havia perdido a sanidade, só uma louca fala desse jeito. Eu disse, com o máximo de delicadeza que pude:

– Bem, você sabe, ele pode não vir…

Ela deu um tapinha no meu braço, quase condescendente.

– Ele virá.

Ela estava agitada demais para ficar quieta; fazia pequenas incursões de um lado ao outro na cabana, como uma garotinha que ganhou roupas novas de aniversário e ainda não tem permissão para vesti-las. Por fim, convenci-a a se sentar e conservar sua energia.

– É um longo caminho – eu disse. – É melhor não se cansar.

Eu não acreditava que ela iria a lugar algum. Dei-lhe uma caneca de vinho diluído, mas ela a afastou depois de poucos goles. Quando a porta escureceu, ela olhou para cima, obviamente esperando ver Odisseu, mas era apenas Hecamede, trazendo pão e queijo – queijo branco úmido e quebradiço feito com ervas, pão quente do forno –, mas Hécuba não conseguia comer nada, e parecia desrespeitoso comer sem ela.

– Nestor vai ao funeral – contou Hecamede. – Calcas diz que todos os reis têm que estar lá.

Hécuba se iluminou.

– Bem, se aquele velho decrépito pode ir até lá, tenho certeza de que posso. Vou andando, se necessário. Ou pedirei a um desses jovens para me carregar nas costas.

– Não vai, *não*! – falei. Não era sempre que eu conseguia ser firme com Hécuba, mas realmente isso era demais.

Poucos minutos depois, outra forma escureceu a porta aberta. Mais uma vez, Hécuba ergueu os olhos. Eu de fato a ouvi sussurrar o nome de Odisseu; mas também não era ele dessa vez. Era Cassandra, alta, jovem, forte, ricamente vestida, a imagem perfeita da futura rainha de Micenas.

247

PAT BARKER

Ela poderia desfrutar a posição por apenas alguns dias, ou semanas no máximo, mas era evidente que pretendia tirar o máximo de proveito. Hecamede e eu nos levantamos depressa para cumprimentá-la. Hécuba ficou muito quieta.

Não pareceu um encontro entre mãe e filha. Eu havia passado tanto tempo da minha vida com saudades da minha mãe que esperava lágrimas, abraços, reconciliação... mas não houve nada parecido. Cassandra deu um passo à frente – com relutância, pensei –, ajoelhou-se e tocou os pés da mãe antes de oferecer-lhe a bochecha em um abraço desajeitado à distância. Ela vestia um manto verde com uma gola de bordados finos e parecia tão exótica quanto um pássaro tropical na pequena cabana esquálida. Depois que o abraço terminou, Hécuba sentou-se sobre os calcanhares e mirou Cassandra com olhos brilhantes e céticos. Havia muita dor ali, mas ela a mantinha bem escondida.

– Cassandra – disse ela, observando o vestido, o penteado elaborado, o colar, os anéis... – Você parece bem.

– Estou tão bem quanto vou estar. – Houve uma pausa tensa. – Sabe que estou casada?

– *Sim.* Então, ele realmente fez isso... Devo confessar que nunca achei que ele faria. O que você acha que a esposa dele vai dizer, então?

– Imagino que não ficará satisfeita.

Sem tentar esconder sua aversão pelo ambiente, Cassandra se sentou, recolhendo as pernas embaixo de si como um gato. Quaisquer tentativas de uma conexão real que essas duas estivessem inclinadas a fazer só poderiam ser prejudicadas pela presença de outras pessoas, então fiz um gesto com a cabeça em direção à porta e Hecamede e eu as deixamos sozinhas. Na varanda, fiquei contente ao ver as costas largas de Ritsa e seus cabelos cor de palha. Sentei-me ao lado dela, nos abraçamos e choramos um pouco, e depois viramo-nos para observar os homens consertando as estátuas na arena.

– Então, você é a *serva* de Cassandra agora?

– Parece que sim.

– Você alguma vez vai para o hospital?

– Não muito. Há menos trabalho do que antes. Alguns poucos jovens idiotas arrancando pedaços uns dos outros... mas isso é tudo.

248

MULHERES DE TROIA

Mesmo assim, Ritsa era uma curandeira. Cassandra poderia ter qualquer mulher no complexo de Agamêmnon como sua serva.

Hecamede tocou meu braço.

– Tenho que ir. Nestor vai precisar de muita ajuda para se preparar.

Nós a vimos caminhar pela arena, abrindo caminho entre os deuses caídos.

– Como ela está? – perguntei, referindo-me a Cassandra.

– Ainda um pouco instável. Ela é como uma criança às vezes. Mas, sabe… Eu a vi quando ela estava no seu pior estado, às vezes se mijando. E ela é uma mulher orgulhosa. Certos dias, ela não suporta olhar para mim.

– Ela deveria estar muito grata.

– Sim… mas nós duas sabemos que as coisas não são assim.

Vimos uma equipe de homens abaixar a estátua de Atena até o chão, dois deles puxando cordas, outros estendendo as mãos para segurá-la, para impedir que sofresse danos ainda maiores com uma descida abrupta demais.

– De qualquer forma – disse Ritsa. – *Você* deve estar satisfeita. Com Príamo cremado.

– Ainda não!

– Não, mas ele será. E quanto àquele moleque… Achei que Calcas poderia ter feito muito mais. Eu gostaria de vê-lo seguindo o corpo de Príamo engatinhando. Ainda assim, pelo menos ele vai perder o cavalo. Não é muito, não é… um cavalo, pela vida de uma criança?

Questionei-me a qual criança ela se referia. O bebê de Andrômaca? Políxena? Amina? As garotas deviam ser como crianças para ela. Eu ia fazer algum comentário, mas naquele momento uma sombra recaiu sobre nós. Eu levantei o olhar e lá, por incrível que pareça, estava Odisseu. Chegamos para o lado no degrau para deixá-lo passar e, abaixando a cabeça, ele entrou na cabana.

Ritsa parecia tão surpresa quanto eu.

– Você sabe que ela mandou chamá-lo mesmo? – eu disse.

– Bem, veja só. As pessoas a tratam conforme sua própria visão de si nessa vida. Na mente dela, ela ainda é uma rainha.

Um murmúrio de conversa atrás de nós. Odisseu: um ronco baixo; Hécuba: frágil, sem fôlego, resoluta; Cassandra: um gemido penetrante, um pouco nasalado.

– Quanto ela teve a ver com o discurso de Calcas?

Ritsa encolheu os ombros.

PAT BARKER

– Não sei. Eles discutiram entre si, mas não poderiam ter feito isso sem você. Aparentemente, Álcimo e Automedonte não estavam nem um pouco dispostos a conversar... até que perceberam que Calcas já sabia, de qualquer jeito.

Houve um movimento dentro da cabana. Um momento depois, Odisseu saiu, acenou com a cabeça para mim, ignorou Ritsa e partiu na direção de seu salão. Pouco depois, Cassandra também apareceu.

– Vá até minha mãe – disse ela a Ritsa. – Ela vai precisar de ajuda para descer os degraus.

Incisivamente, levantei-me e segui Ritsa para dentro da cabana. Hécuba parecia até mais animada do que antes; perigosamente animada, pensei.

– Ele está mandando uma carroça – disse ela. – Ele disse que eu poderia usar sua carruagem, só que eu teria que ficar de pé, então eu disse: "Não, não, uma carroça é boa o bastante para mim. Não sou orgulhosa".

Lá estava ela, em seu pequeno canil: a personificação do orgulho.

Encontrei um pente e comecei a pentear seus longos cabelos brancos, pensando que poderia ajudar a acalmá-la, mas nada poderia tê-la acalmado naquele dia. Ela estava *eufórica*. Sempre tive dificuldade para entender seus humores e essa vez não foi exceção. Eu era jovem demais para entender que a exaltação é uma das muitas faces do luto. No funeral, diante de todo o exército grego, ela representaria Príamo. Mais do que isso: ela *seria* Príamo. Porque não é essa, em última análise, a maneira como lidamos com a dor? Não há nada sofisticado ou civilizado nisso. Como selvagens, ingerimos nossos mortos.

Conforme eu terminava de pentear seu cabelo, ouvi a carroça parar do lado de fora. Ansiosa de repente, ela perguntou:

– Você vem comigo, não vem?

Eu pretendia caminhar, mas é claro que disse que iria. Odisseu mandara uma parelha de cavalos, em vez de mulas, que teria sido mais comum, e, para conduzi-los, um rapaz de rosto jovem com algumas sardas ruivas. Ele claramente considerava que conduzir a carroça não era digno dele – pensei tê-lo reconhecido como o cocheiro de Odisseu –, mas foi gentil ao levantar Hécuba até o assento. Hécuba estava nervosa e satisfeita e até fez um pouco de charme quando ele a baixou. Uma vez acomodada, ela olhou ao seu redor com grande interesse, para a arena, as estátuas dos deuses e a multidão de homens retornando da praia. Parecíamos estar partindo em

250

MULHERES DE TROIA

uma excursão de lazer. Ao lado dela, com o rosto impassível, Cassandra olhava direto para a frente.

A jornada até o local da cremação foi longa e difícil, as rodas da carruagem sacolejando nos sulcos na trilha de carvão. Mais de uma vez, Hécuba teve de se apoiar na lateral da carroça, mas se manteve ereta do início ao fim. Estávamos cercadas por homens que haviam acabado de emergir de seu ritual de purificação no mar. Havia um cheiro penetrante de cabelos molhados, de umidade presa em dobras de pele. Eles pareceram surpresos ao ver mulheres – como eu disse, mulheres normalmente não assistem a funerais –, mas se afastaram do caminho para nos deixar passar. Muitos deles observaram abertamente Hécuba, como se estivessem cientes de que estavam vendo a história passar.

Cassandra perguntou ao condutor aonde ele estava nos levando e, quando ele apontou para o local, disse: "Não, precisamos ficar mais perto". A essa altura, Hécuba já tinha avistado a pira funerária e estava prendendo os lábios do jeito que às vezes fazia quando a dor e a raiva ameaçavam dominá-la. Eu queria estender a mão e tocá-la, mas me contive. Havia um isolamento nela agora que nenhuma quantidade de amor poderia penetrar.

Enfim, depois de muito tempo, os solavancos pararam; o condutor desembarcou e foi se juntar a seus companheiros. Estávamos em uma ligeira inclinação, então tínhamos boa visão de tudo. Nenhuma sepultura, é claro, seria cavada mais tarde para receber os ossos. Em vez disso, os mirmídones haviam construído uma enorme pira funerária, elevando-se três ou quatro metros acima da multidão. O terreno estava ficando rapidamente lotado. Os homens ainda subiam pelo caminho, mas as encostas superiores do promontório já estavam densamente ocupadas. A carroça havia se tornado uma ilha em um mar de cabeças e ombros. Os reis ainda não haviam chegado; estariam à espera até que todos os homens se reunissem antes de fazer suas aparições.

Gradualmente, um a um, começaram a aparecer: Odisseu, primeiro; ele protegeu os olhos e esquadrinhou as encostas, à procura de Hécuba, talvez. De qualquer forma, seu olhar pareceu pousar em nós, antes de se virar a fim de cumprimentar Ájax. Nestor recebeu seu costumeiro rugido de aplausos. Tive um vislumbre de Hecamede caminhando ao lado de sua carruagem. Agamêmnon chegou por último, como era seu direito, olhando de relance para Menelau e fazendo uma leve reverência desdenhosa.

PAT BARKER

Quando ele se sentou, o silêncio se espalhou, exceto pelo matraquear frenético das gaivotas voando no alto.

Então, esperamos.

Por fim, ao longe, ouviu-se o som de tambores e passos em marcha. Nada mais, a princípio, apenas aquela única nota de rufar, e então, lentamente, o cortejo fúnebre apareceu. Ritsa e eu ajudamos Hécuba a subir no banco para que ela pudesse ver, as duas segurando sua saia, como se faz com uma menininha que deseja caminhar em cima de um muro. Só quando senti que ela estava segura pude olhar para o caminho de carvão e a procissão que se movia em nossa direção. O corpo de Príamo, firmemente envolto em um pano dourado e roxo, era carregado nos ombros por seis guerreiros mirmídones. Pensei ter reconhecido a colcha que usei para fazer a cama para ele na noite em que veio ver Aquiles. À medida que se aproximaram, os soldados começaram a bater com as espadas contra os escudos, como costumavam fazer todas as manhãs antes de partir para o campo de batalha. Um som solene, mas também ameaçador. E então, elevando-se acima do choque de espadas contra escudos, as flautas começaram a tocar o lamento de Aquiles, a música que havia me assombrado, me levado à beira da insanidade, nas semanas após sua morte.

Logo atrás do corpo de Príamo vinha Ébano, conduzido pelo garoto tolo que era tão bom em acalmar cavalos, embora até mesmo ele devesse estar achando isso um desafio. Empolgado com a multidão, Ébano sacudia a cabeça, dava piruetas, remexia-se... Talvez, para ele, parecesse o início de uma corrida de bigas; ele não tinha como saber que havia recebido guirlandas para ser sacrificado. Pirro, usando armadura completa, com a cabeça baixa, vinha alguns passos atrás do cavalo. Na verdade, todos os mirmídones usavam armadura completa, embora eu suponha que fosse o único jeito adequado para o cortejo fúnebre de um rei. Quando deixaram a trilha e começaram a passar através da multidão de homens em túnicas e mantos, eles formaram um riacho estranho e brilhante. Mirmídones: homens-formiga. Sempre pensara que era um nome ridículo para homens que eram tão obstinadamente independentes, tão dispostos a questionar a autoridade, cujo respeito sempre precisava ser conquistado; mas vendo-os assim, ouvindo e, pela vibração da carroça, sentindo a força e a precisão daqueles pés em marcha, entendi – pela primeira vez, acho – o terror que inspiravam no campo de batalha.

252

MULHERES DE TROIA

Por fim, pararam ao pé da pira. Os que carregavam o corpo levaram Príamo pela encosta íngreme e o puseram no esquife enquanto outros homens circularam cobrindo as toras com gordura de boi e óleo. A multidão assistia a tudo isso em silêncio absoluto, embora eu pudesse ouvir Hécuba choramingando um pouco ao meu lado. Ou melhor, pensei que ouvia, mas quando me virei para olhar, vi que era Cassandra quem estava fazendo o som. Hécuba não se movia nem falava.

Uma voz solitária começou a cantar um hino de louvor a Zeus. Gradualmente, uma a uma, outras vozes se juntaram até que toda a assembleia cantasse:

> *Vou cantar sobre Zeus,*
> *Maior entre os deuses e o mais glorioso,*
> *Onisciente, Senhor de tudo...*

Ouvi esse hino ser cantado em templos por todo o mundo grego, mas nunca de forma tão comovente quanto naquele dia. Mesmo enquanto a cantoria continuava, Calcas emergiu do grupo de homens atrás de Agamêmnon e se postou ao pé da pira. Enquanto a música se esvaía em silêncio, ele falou com Príamo.

– Que receba o melhor na moradia de Hades. Esses homens, seus inimigos, o saúdam.

No mesmo instante, a um sinal de Agamêmnon, o exército deu três gritos com toda a força para Príamo – Príamo! Príamo! Príamo! – e as gaivotas que tinham começado a pousar decolaram novamente e gritaram no alto.

Calcas acenou com a cabeça para Pirro, que olhou por cima do ombro para os homens parados atrás de si, mas então deu um passo à frente. O garoto que acariciava o pescoço de Ébano para acalmá-lo o levou para mais perto e, vendo Pirro, o cavalo relinchou uma saudação. A multidão silenciou, Pirro desembainhou a espada; e então se virou para Agamêmnon e os outros reis.

– Ontem, Calcas disse na frente de todos que preciso sacrificar meu cavalo Ébano ao pé da pira funerária de Príamo. – Então uma pausa, durante a qual ele olhou em volta para o círculo de rostos familiares.

PAT BARKER

– Refleti muito e, com toda a honestidade, não acredito que os deuses exijam isso de mim.

Uma inspiração aguda. Ao nosso redor, os homens se viravam para trocar olhares, suas expressões variando de surpresa a choque e até horror. Pirro ergueu os braços e esperou silêncio antes de falar novamente.

– Então, vou fazer outro sacrifício mais pessoal.

Ele ergueu a espada, puxou a trança grossa para a frente e a cortou, o mais perto que conseguiu do couro cabeludo. Isso pode parecer um sacrifício sem importância, mas para os homens que assistiam não era nada banal. Os guerreiros gregos eram – *são* – profundamente orgulhosos de seus cabelos longos e esvoaçantes. É quase como se pensassem que sua força reside neles. Um homem atira uma mecha de cabelo na pira funerária de seu pai ou irmão, mas é raro cortar todo o comprimento. Aquiles fez isso por Pátroclo; não consigo, agora, pensar em mais ninguém. O corte não demorou mais do que alguns segundos, então Pirro se virou, jogou sua trança nas toras aos pés de Príamo e, antes que alguém tivesse tempo de reagir, agarrou a tocha de um dos guardas e acendeu a pira. Imediatamente, homens com mais tochas escalaram a pilha de toras ateando fogo aos gravetos em tantos lugares diferentes quanto possível. Às vezes, por mais que esteja bem engordurada, uma pira não acende – foi o que aconteceu no funeral de Pátroclo –, mas não havia perigo disso hoje. Ressecadas como osso após a longa estiagem, as toras queimaram na hora. Um vento forte soprando do mar alimentou as chamas, enviando uma coluna de fumaça preta e faíscas girando ar acima. Um ou dois dos homens perto do topo da pira quase foram pegos pelas chamas e tiveram de pular para um lugar seguro.

Assim que Hécuba viu a pira começar a queimar, ela ergueu a voz em lamentação, um uivo mudo de tristeza. A vasta multidão de homens ao nosso redor ficou em silêncio. Pirro e Calcas ainda se encaravam. Eu estava ciente da espada desembainhada de Pirro, das fileiras de mirmídones em seus elmos se juntando atrás dele, espalhando-se dos dois lados, de modo que ele ficou em um semicírculo eriçado de lanças. Calcas olhou inquieto para Agamêmnon, que balançou levemente a cabeça e acenou para que ele se afastasse. Naquele momento, duas das águias marinhas que faziam ninho no promontório voaram sobre a pira.

Pirro apontou para o céu.

MULHERES DE TROIA

– Olhem! – disse ele. – Zeus aceitou o sacrifício.

Convinha aos mirmídones acreditar. Duvido que alguém mais acreditasse, mas vendo os mirmídones firmes atrás de seu líder, claramente preparados para lutar, e armados, ninguém ousou discutir.

A pira queimaria a noite toda. Normalmente, os filhos, netos, irmãos e sobrinhos dos mortos ficariam de vigília ao lado dela, mas não havia mais ninguém para fazer isso por Príamo. Talvez Heleno se esgueirasse até o promontório depois de escurecer e realizasse esse último serviço por seu pai, ou talvez não. Ele poderia estar assustado demais, ou envergonhado.

A assembleia começou a se desfazer. Um ou dois dos homens que passaram por nossa carroça estavam inclinados a reclamar. "Calcas disse para sacrificar o cavalo. Ninguém disse nada sobre cabelo." "Se fosse um de *nós*, teríamos que fazer." Um ronco em concordância. "Sim, bem, é isso, não é? Uma regra para eles, outra para nós. Sempre a mesma coisa." O resmungo não era alto, mas era persistente. Pirro não estava a salvo, ainda não. No fim das contas, ou o vento mudaria, ou não.

Creio que Hécuba não ouviu uma palavra disso. Ela continuou olhando para a pira em chamas, o vento levantando seus cabelos brancos até que giravam ao redor de sua cabeça tais como chamas. Eu ainda segurava sua túnica, mas mesmo assim fui pega de surpresa quando ela caiu. Eu cambaleei, mas a peguei com muita facilidade, ela não pesava nada, e a baixei para o banco.

– Correu tudo bem – eu disse gentilmente, quando ela se reanimou um pouco. – Deram a ele todas as honras.

Hécuba assentiu e pareceu se consolar um pouco com isso, mas Cassandra disse bruscamente:

– Ele devia ter sacrificado o cavalo. Calcas deixou isso bem claro.

Não bastava para ela que o corpo de seu pai tivesse sido cremado com todas as honras devidas a um grande rei. Ela teria jogado Pirro no fogo, se pudesse, usado a gordura dele para alimentar as chamas. Lembrei-me de Aquiles, que sacrificou doze jovens troianos, o orgulho e a esperança de suas famílias, na pira funerária de Pátroclo. Eles eram parecidos em seu desejo insaciável por vingança. Uma vez, apenas alguns dias após a queda de Troia, com o lamento de Aquiles se repetindo sem parar na minha cabeça, pensei: *Precisamos de uma nova canção*. E nós precisávamos. Precisamos. Mas uma canção não é nova apenas porque a voz de uma mulher a canta.

PAT BARKER

Querendo levar Hécuba de volta para casa e para a cama o mais rápido possível, procurei nosso condutor. Finalmente o vi, subindo a colina em nossa direção. Quando ele viu Hécuba, pareceu preocupado.

– Não se preocupe, querida – disse ele para mim. – Nós a levaremos de volta para casa num instante. É só esperar esse grupo sair do caminho.

Ele esperou que um bando de retardatários passasse, então com uma sacudida seguimos em frente, Hécuba o tempo todo se virando para olhar para o fogo.

Um pouco adiante, vi Andrômaca caminhando sozinha. Ela devia ter ficado para trás quando Pirro e os mirmídones partiram. Quando chamei seu nome, ela olhou.

– Por que não vem com a gente? – falei. – Há espaço de sobra.

Ela concordou, e a ajudei a entrar na carroça. Cassandra cumprimentou a cunhada com bastante frieza, pensei; Hécuba foi mais acolhedora e estendeu a mão para apertar as mãos de Andrômaca. E então, aos trancos e balanços, passamos pelos estábulos, onde notei as guirlandas de sacrifício de Ébano rasgadas e pisoteadas na terra.

Andrômaca e eu descemos do lado externo da cabana das mulheres e, juntas, observamos a carroça passar pelos portões.

35

Ao fim da tarde, começou a chover. Isso é um eufemismo. O solo estava seco demais para absorver o dilúvio repentino: poças surgiram do nada; cada colina se tornou um rio. Enormes colunas cinzentas de chuva varreram o acampamento, impulsionadas por um vento que soprava com ferocidade inalterada vindo do mar. Perguntei-me se Calcas estava começando a ficar nervoso, mas então pensei: *Não, ele não precisa ficar.* Ele sempre poderia culpar Pirro por não ter obedecido à vontade dos deuses. Apesar do aguaceiro, ainda fui dar uma caminhada, embora antes de cobrir alguns metros, meus cabelos estavam colados contra meu crânio. Piscando para tirar a água dos olhos, quase esbarrei em Macaão, que acenou alegremente enquanto seguia adiante.

– O que eu disse? – ele gritou por cima do ombro, apontando com as duas mãos para o céu. – CLIMA!

Uma profunda inquietação se espalhou pelo acampamento naquela noite, enquanto os homens lidavam com o fato de que o vendaval ainda soprava e que sua situação havia piorado com a miséria adicional da chuva forte. Álcimo passou em casa por um momento, mas foi embora logo depois. Ele tinha que levar um grupo de trabalho até o promontório, onde lutavam para manter a pira acesa. Segurando o manto sobre a cabeça, fui até o salão porque comida e vinho precisariam ser enviados para eles, e eu não acreditava que ninguém mais fosse cuidar isso. Ao voltar, passei para ver as garotas e as encontrei apáticas, entediadas e irritadas. Decidi que não era problema meu e, em vez disso, fui dar outra caminhada.

PAT BARKER

Aonde quer que se fosse, sentiam-se os cheiros de cabelo e lã molhados. Homens com suas capas puxadas sobre a cabeça se reuniam ao redor das fogueiras, que fumegavam, espirravam e ameaçavam se apagar por completo. A carne estava semicozida, na melhor das hipóteses; o vinho era o único conforto confiável, e com certeza estavam tomando muito. Sem cantoria, sem risos, sem conversa, e o pouco que havia eram na maior parte resmungos. Ah, eles ainda teriam lutado por Pirro, mesmo agora, se precisassem, mas a declaração dele de que conhecia a vontade dos deuses melhor do que Calcas, que era, afinal, o vidente-chefe do exército, não caiu bem com eles. A maioria preferia que Ébano tivesse sido sacrificado.

A chuva caiu ininterruptamente a noite toda. Os grupos ao redor das fogueiras se dispersaram cedo, com os homens cambaleando para encontrar o conforto que pudessem dentro das cabanas. Mas, nas últimas semanas, uma quantidade considerável de danos causados pela tempestade havia acontecido e muito pouco havia sido consertado. Em consequência disso, telhados com goteiras aumentaram o desconforto geral. Quando voltei da minha caminhada, descobri que três goteiras haviam começado na minha própria cabana, então peguei baldes no quintal e encontrei uma tigela grande suficiente para coletar as gotas que caíam sobre o aparador. No meio de todo esse caos, eu realmente sentei e tentei fiar, mas a lã estava úmida e cheia das pequenas bolotas irritantes que são tão difíceis de tirar. De onde estava sentada, podia ouvir a água caindo nos baldes e na tigela, mas os pingos aconteciam em intervalos imprevisíveis e cada um fazia um barulho ligeiramente diferente. Deve soar como uma irritação muito pequena, mas, acredite, depois de uma hora pensei que estava enlouquecendo, então coloquei a lã de lado e fui para a cama. O berço rangia; o bebê chutava. Achei que nunca ia conseguir dormir e então, de alguma forma, ainda escutando a chuva, adormeci.

Pouco antes do amanhecer, acordei com um sobressalto e fiquei deitada, com a boca seca e em pânico, olhando para a escuridão. Por um momento, não consegui nem lembrar onde estava. Escutei, esforçando-me para identificar o que havia me acordado. Álcimo entrando? Uma das garotas batendo à porta? Então, muito lentamente, comecei a perceber que o que eu estava ouvindo era silêncio. Claro, era apenas a calmaria antes do alvorecer que por semanas havia nos atormentado com uma renovação diária de esperança, sempre frustrada. Com alguma sorte, eu podia conseguir mais

MULHERES DE TROIA

uma hora de sono antes de precisar me levantar, então me virei de lado e puxei as cobertas até o queixo, mas não consegui me aquietar. O silêncio continuou. E continuou. Não havia nenhum som, exceto o *plic-plic* de gotas caindo nos baldes. Até o berço havia parado de ranger.

No fim das contas, eu me levantei, peguei meu manto e saí. Por todo o acampamento, as portas se abriam, homens de aparência atordoada cambaleavam para fora, piscando contra a luz. Seus movimentos pareciam espasmódicos, rígidos, como se fossem armaduras aprendendo a andar. Olhei para a minha direita e vi que as garotas haviam saído da cabana e estavam de pé nos degraus, olhando ao redor como se vissem o lugar pela primeira vez. O estranho é que ninguém falou, como se todos estivéssemos com medo de quebrar esse silêncio infinitamente frágil.

Então, rasgando a seda macia do ar, um homem gritou, e no mesmo instante outros se juntaram a ele; eles dançaram, eles cantaram, eles pularam em poças até que tinham lama até as coxas, e então correram. Correram direto para os navios, uma debandada que não havia como parar, embora eu ouvisse Automedonte gritando para que parassem, para que voltassem. Os navios não estavam carregados, dois deles precisavam de conserto, não podiam simplesmente pular a bordo e começar a remar para casa. Depois de um tempo, começaram a dar mostras de bom senso, se é que dançar e dar cambalhotas na areia pode ser chamado de bom senso. Pirro apareceu, parecendo, com seus cabelos curtos e mal cortados, um filhote ganhando plumagem. Atrás dele estava Heleno, os dois com os olhos vermelhos por causa da fumaça. Eles deviam ter feito a vigília noturna juntos. Eles talvez até tivessem revirado as cinzas para recolher os ossos de Príamo.

Depois de falar com Automedonte, Pirro entrou para se vestir. Em poucos minutos, toda a ação passou para a praia. As mulheres foram deixadas sozinhas no acampamento, como costumávamos ficar todas as manhãs, quando os homens partiam para a guerra. Foi uma experiência estranha ouvir aqueles gritos de júbilo, tentar imaginar o que significava para nós. Era óbvio o que significava para os gregos: eles estavam indo para casa. Para onde estávamos indo? Eu olhei para Andrômaca. Não havia nada para ela ali naquele momento, todos que ela amou estavam mortos, e ainda assim eu sabia que ela não ia querer ir embora. Ela deu à luz aqui; seus mortos jaziam enterrados neste solo. Era seu *lar*.

PAT BARKER

Todas as garotas pareciam desanimadas ante a desolação do exílio. Continuei dizendo a mim mesma que nada estava certo ainda. E parte de mim ainda esperava que o vento recomeçasse a qualquer momento, embora eu não tenha compartilhado isso com as outras.

No fim, apenas ficamos juntas, ouvindo os homens gritando na praia. Vendo a chuva cair.

36

Odisseu foi o primeiro a partir. Ele sempre havia sido o mais ansioso, o mais desesperado para voltar para casa.

Observei Hécuba sendo levada embora. Todas as mulheres se reuniram na praia para se despedir dela, embora ela mal tivesse erguido os olhos da prancha de embarque sob seus pés e, mesmo quando em segurança a bordo, ela permaneceu na popa olhando por cima de nossas cabeças em direção às torres enegrecidas de Troia. Gritamos: "Adeus, boa sorte!" à distância, até que aquela mancha de cabelos brancos fosse totalmente engolida pela névoa.

Enquanto as mulheres se dispersavam, vislumbrei um homem imensamente alto andando com elegância no meio da multidão, como uma garça-real em meio a patos. Calcas, não podia ser mais ninguém, mas Calcas como eu nunca o tinha visto antes: sem pintura facial, sem faixas escarlates, sem o bastão de ofício. Eu estava prestes a passar por ele quando ele gritou uma saudação. Quando me virei, percebi que estava vendo seu rosto pela primeira vez, conhecendo-o pela primeira vez, foi o que pareceu. Dava para perceber que um dia ele deve ter sido extremamente belo, mas o que mais me chocou foi quão tímido era. Eu nunca tinha notado isso nele antes.

Depois que as perguntas de costume havia sido feitas, ele disse:
— Vou sentir falta dela.
— Sim, eu também.

Caminhamos juntos. Olhando para baixo, vi que ele estava vestindo a mesma túnica curta que os soldados gregos usavam, o que significava que eu também estava vendo suas pernas pela primeira vez. Eram magras e pálidas devido ao longo confinamento sob saias até os tornozelos, uma desgraça para a masculinidade troiana. As de Helle eram melhores.

— Você está pronto para partir? – perguntei.

— Eu não vou.

— Não vai?

— Não.

Olhei ao redor para o acampamento deserto de Odisseu.

— Mas não haverá nada aqui.

— Há bastante comida nos jardins de Príamo. E acho que não vou ficar aqui para sempre... espero seguir em frente. – Ele sorriu. – Ver se consigo encontrar uma cidade que Aquiles *não* saqueou...

— Mas por quê?

— Por que vou ficar? Quero voltar para Troia. Eu tinha apenas, não sei... doze anos? Quando fui levado para o templo. Meus pais eram pobres, eu não me dava bem com meu pai, foi uma espécie de solução, suponho... mas *eu* não a escolhi. E agora quero voltar.

— Realmente *entrar* em Troia?

Ele deu de ombros. Não era necessário que eu apontasse os horrores que ele encontraria ali; ele sabia muito bem.

— Só quero ir para casa – disse ele. – Não é isso que todos nós realmente queremos? Voltar no tempo...?

— Sim, mas em geral não é considerado possível.

— Bem, então, vou falhar.

Paramos e fitamos o mar. Naquele momento, quase que por milagre, a névoa se dissipou e vimos os navios de Odisseu no momento que os homens pararam de remar e começaram a içar as velas.

— Espero que ela fique bem – disse eu.

— Penélope é bondosa, pelo menos é o que todos dizem.

— Mas não é liberdade, certo?

Lançando um olhar para o lado, vi que ele estava segurando as lágrimas. Ele se virou para mim, tentou falar, mas então apenas balançou a cabeça e, com uma reverência apressada, subiu a praia em direção às cabanas.

Olhei para o mar novamente, mas a névoa havia se fechado e os navios de Odisseu não estavam mais visíveis.

MULHERES DE TROIA

E agora vou quebrar minhas próprias regras. Até agora, ao contar essa história da minha juventude, tentei não fazer referência a fatos que só soube mais tarde; às vezes, como aconteceu com o destino de Odisseu e de seus navios, muitos anos depois. Mas acho que tenho razão para abrir uma exceção para Hécuba. Afinal, se a névoa não tivesse se fechado novamente, eu poderia muito bem ter visto o que aconteceu a seguir.

No exato momento que as velas foram içadas, Hécuba, que estivera encolhida em um canto fora do caminho, se transformou em um cachorro louco babando e com os olhos avermelhados e, antes que alguém pudesse impedi-la, escalou para o mastro superior, onde ficou, rosnando seu desafio para os gregos abaixo e, então, saltou para a morte.

Ninguém parece saber se ela se espatifou no convés ou caiu no mar. Gosto de pensar que foi no mar.

Nenhuma multidão apareceu para se despedir de Helena. Fui vê-la partir e fiquei sozinha na praia, observando, enquanto uma dúzia ou mais de rolos cilíndricos eram carregados com cuidado para o navio de Menelau. Uma silhueta alta com uma capa escura supervisionava a operação, um homem, deduzi, até que se virou para mim e vi que era Helena, certificando-se de que suas tapeçarias eram guardadas em segurança. Nada mais, eu acho, importava para Helena no final das contas. Não sua filha e, com certeza, nenhum dos homens que a haviam amado. Ela vivia apenas no, e para, seu trabalho.

Encaramo-nos, em lados opostos de um grande abismo de tempo e experiência. Ela acenou com a mão pequena e branca, um gesto quase imperceptível, e foi rapidamente para baixo do convés.

Inevitavelmente, chegou o dia em que Agamêmnon estava pronto para partir. Atravessei o acampamento quase deserto para ver Ritsa, decidida a não incomodá-la com meu choro. Encontrei-a fora da cabana de Cassandra, supervisionando o carregamento de utensílios domésticos em uma carroça. Ela veio em minha direção, enxugando as mãos no pano de saco que amarrou em volta da cintura, um gesto dolorosamente familiar. Ela sempre fazia isso, não importava se suas mãos precisassem ser limpas. Nossa despedida foi, como todas as despedidas, constrangedora. Acho que ambas queríamos que acabasse – para ter o alívio de deixar isso para

PAT BARKER

trás – e, ao mesmo tempo, nos agarramos a cada segundo que passava. Lembro-me de que, em certo momento, um grupo de mulheres passou a caminho dos navios. Avistei a forma volumosa de Maire, o bebê ainda bem amarrado ao peito e meio escondido pelo xale. No instante em que a reconheci, ela olhou para nós e sorriu. Momentos depois, estava fora de vista.

Virei-me e encontrei Ritsa me observando.

– Eles vão ficar bem – disse ela. – Eu disse, não disse? Vou ficar de olho neles.

Minha decisão de não chorar durou até que tivéssemos que dizer adeus; então desabei e berrei como uma menininha:

– Mas eu quero que você esteja lá! – Referindo-me a quando entrasse em trabalho de parto.

– Eu estaria, se pudesse, você sabe disso. – Ela deu um tapinha na minha barriga, de forma tranquilizadora. – Você vai ficar bem.

No meu caminho de volta para o acampamento de Pirro, visitei Hecamede. Os navios de Nestor também estavam prontos para navegar. Outro adeus. Eu me sentia mais otimista sobre o futuro de Hecamede do que há algum tempo. A saúde de Nestor parecia melhorar e, enquanto o velho bastardo conseguisse se agarrar à vida, pensei que ela ficaria bem. Nós nos abraçamos e então tive de deixá-la ir.

Primeiro Ritsa, depois Hecamede. Fui embora, sabendo que era provável que nunca mais visse nenhuma delas novamente.

Querendo aliviar a dor da separação das minhas amigas, fui direto para as piscinas naturais na praia, onde me agachei, procurando, embora sem muita esperança, por sinais de vida. Mesmo com a angústia de deixar Ritsa para trás, senti um pouco da emoção que sentia quando criança, agarrando a mão de minha mãe enquanto ela me ajudava a pular as pedras escorregadias. Uma estrela-do-mar foi tudo que encontrei, e mesmo assim morta. Minha mãe adorava estrelas-do-mar – ela amava toda a vida que se vê na costa, mas estrelas-do-mar em especial –, e eu herdei esse amor. Abaixei-me para examinar o cadáver pálido. Havia sido gravemente ferido antes de morrer, um dos membros arrancado e largado a alguma distância do corpo. Quando me inclinei para a frente, minha sombra recaiu sobre a água e imediatamente a estrela-do-mar ganhou vida e começou a avançar

MULHERES DE TROIA

devagar em direção a uma orla de algas marinhas pendentes. Não apenas isso, mas o membro decepado também começou a se mover e a procurar abrigo. Tive vontade de rir, porque agora me lembrava: *É isso que acontece.* Eu ouvi a voz da minha mãe me explicando: a estrela-do-mar-mãe cresce um novo membro, o membro amputado se torna uma estrela-do-mar; e assim, de um indivíduo danificado e mutilado, duas criaturas inteiras crescem.

Testemunhar isso me deu esperança e, sim, sei que é ridículo. O que eu podia ter em comum com uma estrela-do-mar? No entanto, de repente, encontrei forças para me levantar, olhar pela última vez para o túmulo de Aquiles e caminhar rapidamente de volta ao acampamento, onde os mirmídones estavam quase prontos para zarpar.

As garotas haviam colocado seus poucos pertences em sacos de algodão e estavam agrupadas na varanda, esperando que lhes dissessem para onde ir. Helle voltou seus olhos para mim quando me aproximei. De alguma forma, sem nunca falar muito, parecia que havíamos forjado uma amizade. Senti-me segura deixando as garotas aos seus cuidados. Não vi Andrômaca no grupo, e isso me preocupou, então fui procurá-la. Meus passos ecoaram pelo cômodo vazio, que de repente parecia muito maior. Eu estava prestes a andar pelo corredor rumo ao quarto dela, quando ouvi um movimento no pátio dos fundos. Ela colhia margaridas roxas, do tipo que cresce com tanto vigor quanto ervas daninhas nessa época do ano. Na verdade, é provável que *sejam* ervas daninhas. Agora, posso ver grandes montes delas da janela do meu quarto. Ervas daninhas ou não, nunca consegui arrancá-las.

– Andrômaca?

Com os braços cheios de margaridas, ela se virou para mim e disse uma palavra:

– Amina.

– Não sei onde ela está enterrada… ou se ela havia sido enterrada. O mais provável é que apenas jogassem seu corpo do promontório. Então pensei: *Mas sei onde ela morreu.*

Então, juntas, tecemos as margaridas em uma coroa de flores e levamos para a cabana da lavanderia, que parecia a mesma de sempre: secadores balançando com a corrente de ar, uma fileira de tinas onde as camisas manchadas de sangue eram colocadas de molho e, bem no meio da sala, a grande mesa com tampo de mármore. Lavei o corpo de Pátroclo naquela

265

laje, e o de Heitor e o de Aquiles, mas afastei essas lembranças. Aquele momento era de Amina.

Depositamos a coroa na laje e ficamos paradas por um momento com nossas cabeças abaixadas. Não tenho certeza se consegui orar, mas me lembrei dela: os olhos bem separados, os ombros retos, aquela recusa resoluta em curvar-se.

Depois saímos para nos juntar às outras mulheres e, minutos depois, Álcimo apareceu e nos conduziu até os navios.

SIGA NAS REDES SOCIAIS:

@editoraexcelsior

@editoraexcelsior

@edexcelsior

@editoraexcelsior

editoraexcelsior.com.br